반짝이끼

HIKARIGOKE
by Taijun TAKEDA

대산세계문학총서 142

반짝이끼

ひかりごけ

다케다 다이준 지음 — 박은정 옮김

문학과지성사

대산세계문학총서 142_소설

반짝이끼

지은이 다케다 다이준
옮긴이 박은정
펴낸이 우찬제 이광호
펴낸곳 ㈜문학과지성사
등록번호 제1993-000098호
주소 04034 서울 마포구 잔다리로7길 18(서교동 377-20)
전화 02) 338-7224
팩스 02) 323-4180(편집) 02) 338-7221(영업)
전자우편 moonji@moonji.com
홈페이지 www.moonji.com

제1판 제1쇄 2017년 5월 19일

ISBN 978-89-320-2998-6
ISBN 978-89-320-1246-9 (세트)

이 도서의 국립중앙도서관 출판예정도서목록(CIP)은 서지정보유통지원시스템 홈페이지(http://seoji.nl.go.kr)와
국가자료공동목록시스템(http://www.nl.go.kr/kolisnet)에서 이용하실 수 있습니다.
(CIP제어번호: CIP2017007574)

이 책은 대산문화재단의 외국문학 번역지원사업을 통해 발간되었습니다.
대산문화재단은 大山 愼鏞虎 선생의 뜻에 따라 교보생명의 출연으로 창립되어
우리 문학의 창달과 세계화를 위해 다양한 공익문화사업을 펼치고 있습니다.

차례

유배지에서 7
이질적인 존재 71
바다의 정취 123
반짝이끼 161

옮긴이 해설 · 마이너리티, 경계선에 있는 사람들 225
작가 연보 235
기획의 말 237

일러두기

1. 이 책은 武田泰淳의 『ひかりごけ』(東京: 新潮社, 2011)를 우리말로 옮긴 것이다.
2. 본문의 주는 모두 옮긴이의 것이다.

유배지에서

8월 5일 쾌청.

오전 5시, 1,200톤급 선박 A호는 본도(本島) 미쓰네무라의 항외에 정박했다.

"바다가 아주 잔잔했어. 이런 적이 드문데."

섬 주민인 듯한 부인이 간밤에 잠을 잘 잤는지 몇 번이나 그렇게 중얼거렸다. 그녀의 아기도 꺼림칙할 정도로 조용했다. 오시마에서 출발한 A호는 상당히 격하게 흔들렸고 검은 파도는 뱃전을 계속 두들겨대고 있었다. 정원이 여섯 명인 이등실에는 손님이 세 명뿐이었다. 선반 위에 있던 구명 부낭을 꺼내서 베개로 삼고 배급된 담요로는 다리를 에워쌌다. 항해는 쾌적했다. 다다미 바닥에 달라붙은 등이 대양의 넘실거림에 들썩이는 것도 그리 힘들지는 않았다. 승객들은 자신을 운반하는 기선이 운명의 커다란 손바닥이라도 되는 것처럼 느끼는 법이다. 철판과 리벳으로 만들어진 선체가 엔진의 성능, 풍압과 해류, 거기에 각종 물리적인 힘의 마찰과 타협으로 이동하기 때문이다. 게다가 모든 승객들은 선악과 귀천에 상관없이 불안정한 밤바다 속으로 똑같은 조건하에서 운반되는 것이다. 거대한 뭔가에 몸을 맡긴다는 편안함과 그곳에서 도망칠 수 없다는 체념 같은 것이 생겨 그들은 서로 친밀해진다.

나의 동행인은 우타코라는 열세 살 소녀이다.

그녀는 트렁크와 보스턴백을 들고 선실에서 빠져나올 때까지 창가에서 줄곧 속을 게워내고 있었다. 소녀의 팔다리는 길고 미끈했다. 입술은 야성적이고 도톰했다. 커다란 두 눈에는 웃을 때나 화를 낼 때나 깊은 웅덩이가 변함없이 자리 잡고 있었다. 소녀는 이미 어른만큼 키가 컸으며 얼굴의 윤곽이나 눈매에서 확고한 주관이 배어 나오고 있었다. 툭 튀어나온 커다란 입언저리가 남태평양의 원주민을 떠올리게 하기도 했다.

우타코는 H섬에서 초등학교를 졸업하고 도쿄에 유학 가 있는 중이었다. 그녀의 부모는 우리의 목적지인 Q섬*에 3년 전부터 이주해서 살고 있었다. 오시마의 항외에서 그녀와 나는 주먹밥을 두 개씩 나눠 먹었다. 섬 소녀이자 안내를 해주겠다던 그녀가 구토를 하는 것은 주먹밥 때문이 아니었다. 기선이라는 근대적인 배가 그녀의 성질과 잘 맞지 않아서였다. A호에서 내리고 나서 탄 거룻배나 가다랑어잡이 어선은 A호보다 훨씬 더 흔들렸는데도 불구하고 소녀는 아무렇지도 않은 듯이 보였다.

집사람이 만들어준 분홍색 원피스도 소녀가 구토를 계속하는 바람에 잔뜩 구겨져 있었다. 갑판을 적시는 물보라를 피할 힘도 없이 창턱에 비벼대는 소녀의 얼굴이 물방울에 반짝거렸다. 고통스러움을 호소하지도

---

* H섬은 하치조지마(八丈島), Q섬은 하치조코지마(八丈小島)를 말한다. Q섬인 하치조코지마는 무로마치시대부터 사람이 살고 있었다고 추정된다. 헤이안시대에는 무사 미나모토 요리토모가 이 섬에서 자진했다는 전설이 있다. 물살이 세서 뗏목이나 나룻배로는 탈출이 불가능하기 때문에 유배지로 유명한 섬이다.

못하고 창가에서 떨어져 잠시 밝은 천장을 바라보며 누워 있는가 싶더니 금세 다시 일어났다.

"H섬은 처음이신가요?" 부인이 물었다.

"아뇨. 저 아이는 H섬 아이인데 왜 저러는 건지……"

"댁도 H섬에 사시나요?"

"아니, 저는 H섬이 처음입니다."

나는 H섬에서도 Q섬에서도 몇 번이고 계속 반복해야만 하는 거짓말을 부인에게 했다. 나는 섬 구경을 하려는 관광객이 아니다. 하지만 나의 과거와 미래는 이 두 섬과 보이지 않는 끈으로 연결되어 있었다.

건장한 젊은 어부가 팔을 뻗어 손님을 한 사람씩 거룻배로 갈아 태운다. 뱃전이 닿을락 말락 들썩거리는 거룻배의 선미에서 팽팽해진 밧줄을 움켜쥔 젊은이는 제법 눈에 띄게 잘생긴 얼굴을 하고 있었다. 혈통 좋은 호족의 후예, 아니 해적 영화에나 나올 법한 미남 배우와도 비견될 만했다. 두꺼운 밧줄에 매달린 두 팔을 쭉 펼 때마다 바람을 거스르며 비스듬히 기울인 육체에서 젊은 수컷의 생동감이 뿜어 나왔다. 승객 대부분은 하얀색 옷을 입고 있었다. 하얀 원피스, 하얀 와이셔츠, 하얀 바지, 하얀 구두가 마치 집배원의 꽉 찬 가방 틈새에 끼인 봉투처럼 기름때로 얼룩진 탄탄한 거룻배로 연이어 내렸다. 젊은이는 손님들의 혼잡한 모습에도 눈길 한 번 돌리지 않고 갑판 선원에게 하얗게 반짝이는 이를 드러내며 호령하듯이 짧은 말을 내던졌다.

'저 녀석이야말로 오래전에 이곳에 끌려온 유배인의 자손일지도 모르겠군.'

옛 기록에 의하면 에도시대 초기에는 유배인 중에 의외로 무사들이 많았다고 한다. 나와 소녀가 가려고 하는 Q섬은 일찍이 H본도에서도 처치 곤란한 흉악범들만을 따로 모아서 보내는 작은 섬이다. 무지막지한 반역자 중 누구 하나 Q섬에서 탈출하는 데 성공한 사람이 없었다. 여학교에서는 지금도 역사 수업 시간 때 '태장도유사'*의 형벌 얘기를 하면 학생들이 무서워한다고 한다. "태형, 장형, 도형, 유배형, 사형이라고 선생님이 말하면요, 다들 제 얼굴을 쳐다보는 거예요. '유배형' 말이에요. 제가 Q섬에 살잖아요." 우타코가 나에게 말했다.

제복을 입은 A호 선장이 뱃전에 발을 내딛자마자 거룻배가 과감하게 방향을 전환했다. 전속력으로 항구를 향해 전진해 나간다. 아직 동이 트지 않은 섬은 그저 거무스름한 해면 위에 튀어나온 산등성이에 불과하다. 거룻배는 가로막고 서 있는 산 중턱을 향해 돌진하려는 것만 같다. 라임병과 소주병 같은 유리병의 푸르스름함이 자그마한 항구를 아련한 어두움으로 물들이고 있었다. 미쓰네(三根)라든지 야에네(八重根)라고 부르는 항구의 이름은 3개의 큰 바위, 아니면 서로 겹쳐진 큰 바위라는 뜻인가? 항구 왼쪽으로 바위를 무너뜨린 흙더미가 한 줄로 낮게 드러나 있는 것은 기선을 옆으로 댈 수 있게 만드는 개축 공사 때문이다. 깊은 산골짜기의 길을 더듬어 가듯이 거룻배는 기세 좋게 좁은 수로를 뚫고 들어간다.

푸른색을 통해 비탈진 언덕 위까지 잔뜩 모여 있는 섬사람들의 모습이 보였다. 다채로운 복장은 푸르스름한 어둠 속에 녹아들어 하얀 천 조각의 소란스러움만이 눈에 띄었다. 모여든 사람들은 바위며 콘크리트 길을 죄다 덮으며 거룻배 위쪽까지 뻗어 오르고 있었다. 8일에는 오시마에서 이즈 7도** 청년스포츠 대회가 열린다. 대회에 출전하는 H섬의 청년들

---

* 笞杖徒流死: 태형(매질), 장형(곤장을 때리는 것), 도형(옥에 가두고 강제 노역을 시키는 것), 섬으로 보내는 유배형, 그리고 사형을 일컫는다.

** 七島: 이즈(伊豆)반도 동남쪽에 있는 화산열도. 오시마(大島), 미야케(三宅), 미쿠라(御

은 귀환을 서두르는 A호를 타고 출발한다.

"타아, 어머니가 오셨네?"

"아, 네." 소녀는 피케 모자를 위로 올리며 나른한 눈빛으로 돌계단 저편을 바라보았다.

거룻배 안에 서 있던 나는 구로키 교장의 모습을 한눈에 알아보았다. 다른 사람들보다 훨씬 더 검게 그을린 독특한 얼굴과 손수건을 열심히 흔드는 모습 때문이었다. 교장의 낙천적인 위엄, 본인은 의식하지 않지만 존재의 심각함이 드리워진 얼굴은 도쿄에서 3시간밖에 만나지 않았는데도 강렬한 인상으로 남아 있었다. 그녀는 안면에서 돌출해 나올 것만 같은 또렷한 이목구비의 소유자였다.

산의 벽면을 스치며 떠오르는 아침 해가 노랗게 칠한 오래된 버스를 경쾌하게 비추기 시작했다. 나는 산악스키용 대형 배낭을 운전대의 청년에게 부탁하고는 겨우 올라탔다.

"오카쿄까지는 버스로 갈 거예요. 여관에서 잠깐 쉬고 그다음에는 야에네로 전화를 해서 Q섬으로 가는 배가 오늘 뜨는지 안 뜨는지 물어봐야 알 수 있을 거 같아요."

구로키 부인에게서 책임 막중한 초등학교 교장의 사무적인 긴장감을 엿볼 수가 있었다. 그러면서도 어렵사리 마중 나온 둘째 딸에 대한 더없는 애정도 배어 나왔다. 잘 포장된 도로는 이층집이 거의 없는 낮은 지붕의 집들과 선명한 아열대식물의 반짝임에 둘러싸여 어느새 평평한 섬 중앙부로 들어선다. 버스는 고등학교, 우체국, 서점, 특산물 가게 등이 고즈넉하게 마주한 거리 맨 앞쪽 입구에서 우리를 내려주었다. 작열

藏), 시키네(武根), 도시마(利島), 니지마(新島), 고즈(神津)의 일곱 섬으로 이루어져 있다.

하는 태양과 인적이 드문 탓인지 아니면 화산재를 품은 토질 탓인지 공기가 기분 좋게 건조하다는 착각을 일으켰다. (H섬의 습도가 높은 것은 유명한 사실이다.)

"여기가 야에네야?" 소녀는 귀찮다는 듯이 트렁크를 운반했다.

"타아, 무슨 말이야? 여긴 오카쿄잖아. 도쿄에서 잠깐 살았다고 벌써 잊어버렸니?" 엄마는 흰 면 티셔츠에 감색 치마, 양말도 없이 즈크화를 신고 있었다. 키는 딸보다 작았고 차림새에 전혀 신경을 쓰지 않는 섬사람들에 섞여 살다 보니 옹골참이 몸에 배어 있었다.

"오늘, 많이 기다리셨지요?" 뚱뚱한 여관 주인이 반바지 차림으로 교장을 맞이했다. A호는 새벽 2시에 도착할 예정이었다. 그래서 섬사람들은 항구에서 꼼짝 못 하고 밤을 지새워야만 했다.

무성한 수풀에 둘러싸인 산기슭을 개간해서 만든 정원이었다.

"야자수하고 소철은 도쿄로 보내고 있습니다." 주인은 자신의 자랑스러운 정원에 대해 말하다가 자랑스러운 H섬 얘기로 화제를 돌렸다.

"도쿄의 카페나 바를 장식하고 있는 게 전부 여기서 난 놈들이에요. 전쟁이 끝나고부터 이게 H섬의 중요한 특산물이지요."

깔끔하게 옮겨 심은 열대식물의 이름을 소녀가 하나하나 가르쳐주었다. 야자수는 폭풍 속을 뚫고 나가는 불사조의 날개를 닮았으며 잎사귀가 끝으로 갈수록 점점 더 넓어지는 놈이다. 판다누스의 뿌리는 위태롭게 줄기를 받치고 있었고 줄기보다도 길게 뻗어 있었다. 작은 종려나무는 아직 유년기인데도 이미 탐스러운 수염이 달려 있었다. 고무나무는 습기를 충분히 빨아들여 촉촉한 이파리를 반짝였다. 고무나무는 사내에게 몸을 맡긴 여인네의 모습을 떠올리게 한다. 탄력적이고 나른하며, 방심하면서도 동시에 몸부림을 치는 듯한 모습이 자연스럽게 섞여 있었기 때문이다. 그리고 소철, 그는 깐깐한 노인네이다. 시원스런 잎 아래로 검은 줄기를 단단히 죄어 매고 있었다. H섬 사원의 소철이 꽃을 피우면 이듬해 유배인들은 에도 정부로부터 사면장을 받을 수가 있었다고 한다.

하지만 이들 정원의 열대식물은 아무리 봐도 밀림에서 생포해 만든 표본처럼 보존되어 있다는 느낌이 들었다. 이들은 언제부터인가 왜소해졌고 또 사람들의 노리갯감이 되어 이 원시 자연에서 살아남았다. Q섬의 식물은(혹은 인간은 H섬보다) 더 어수선하고 정돈되어 있지 않았다.

교장은 방으로 돌아와서 다시 전화를 하려고 일어섰다. 전화로 교섭하는 데에는 시간이 걸렸다. 기선 회사에서 운영하는 정기편이 아니라 야에네 항에 잠시 머무는 Q섬의 어선을 이용해야 하기 때문이다.

"후지호를 타지 못한 게 오히려 잘됐어요. 후지호는 지금 바다가 거칠어서 다테야마로 피난 가 있다고 하네요."

"다테야마로? 그럼 배를 타지 못한 게 다행인 거네요."

"이제, 오늘 우리가 탈 배편만 있으면 정말 운이 좋은 건데요. 전화 소리로 봐서는 있을 것 같아요."

운이 좋다? 오늘 Q섬에 도착할 수 있는 나는 운이 좋은 것일까? 실내로 들어오자 교장은 눈에 띄게 피곤해 보였다. 두 눈은 피로로 물들어 있었고 코 양쪽에도 부자연스러운 그을림이 쌓여 있었다. 섬 학교의 교장들을 대상으로 하는 강연회가 열려 그녀는 20일 정도 Q섬을 떠나 있었다. 그녀는 내가 가지고 온 주먹밥을 천천히 먹었다. 소녀가 냄새를 맡고 나서 먹지 않았던 치킨라이스 도시락에도 젓가락을 가져갔다. 차가운 우유가 차 대신에 나왔다.

"T마을로 가는 배가 오늘 떠난다네요. 그 배에 태워달라고 부탁해 놓았어요. U마을로 가는 배라면 더 좋았겠지만 T마을이라도 상관은 없어요."*

세 번이나 전화를 하고 나서야 교장은 겨우 밝은 표정으로 돌아왔다. 삼륜 자동차는 고원의 관광 도로라 할 수 있는 넓은 길을 달리며 바다로 향해 내려갔다. 다카쿠라라고 불리는 남태평양풍의 곳간, 하얗게 메마른 땅을 선명하게 금 그어놓은 자갈로 만든 돌담, 홀연히 서 있는 산호수(珊瑚樹). 그런 정경은 눈부신 태양과 짙은 그림자의 흑과 백으로 구분되어 이상하리만큼 조용했다. H섬 사무실의 높이 쌓아 올린 돌담은 갯바람을 맞아서인지 허릿심을 갖추고 있었다. 그곳에서 길을 오른쪽으로 돌면 파랗게 나부끼는 풀밭 너머로 검은 바다의 위압적인 모습이 눈앞에 나타난다. 도쿠가와시대의 대관(代官)이나 지방 관리가 이곳에 이런 으리으리한 '성채'를 쌓은 것은 섬사람들과 유배인들을 회유하는 한편 바다의 중압감에 저항하기 위해서였던 것일까?

소먹이로 사용하는 여물(비트콘의 일종인 듯하다)이 단단한 줄기를 내보이며 살랑살랑 잎을 흔들어대는 초원, 거기까지 내려가면 바다는 자취를 감추어버린다. 오른쪽에는 초록으로 가득한 산기슭이 완만하게 이어진다. 돌출된 용암은 야에네 마을 민가 뒤로 황급히 사라져버렸다. 기계를 수리하는 철공소, 수산실험장의 문설주, 기선 회사의 출장소, 그리고 텅 빈 어두운 내부가 들여다보이는 창고. 그런 건물들이 가파른 경사에서 미끄러져 내려온 모래사장 끝에 쓸쓸히 서 있다. 출장소의 유리문 속으로 사원들의 모습은 보이지 않았다. 열쇠로 걸어 잠근 실내에서 전화벨 소리가 공허하게 울려 퍼지고 있었다.

---

* Q섬(하치조코지마)은 에도시대부터 섬 북서부에 마을 두 곳이 있었다. 그중 하나가 도리우치무라(鳥打村)로 여기서는 T마을, 그리고 우쓰기무라(宇津木村)는 U마을이다. 섬의 인구는 한때 513명에 달했으나, 1969년 이후에는 사람이 살고 있지 않다.

교장과 소녀는 대합실 바닥에 짐을 내려놓자마자 마을 어귀의 단골 가게 쪽으로 비탈길을 되돌아갔다.

항구는 암석과 콘크리트가 회색의 견고함으로 어우러진 거친 육지의 맨 끝자락에 자리를 잡고 있었다. 용암 절벽 사이의 좁은 골짜기로 흔들리는 바닷물을 내려다봤다. 바닷물은 작은 기포를 바닥에서 내뿜으며 희뿌예졌다. 치솟은 암벽의 견고함에 질린 새파란 물이 느긋하게 선착장을 향해 비좁은 수로로 들이닥쳤다. 겹겹으로 둘러싸인 암석에 가로막혀 수로의 입구가 보이지 않았다.

콘크리트로 다져진 선착장은 대도시의 건물들이 늘어선 곳에서나 볼 수 있는 회색의 말라빠진 비정한 직선을 수로 깊숙한 곳까지 험하게 연결시키고 있었다. '드디어 내가 기다리던 기회가 온 것이다.' 건너편 기슭에는 작은 도리이* 하나. 도리이는 바람이 사라지는 방향으로 기울어지고 퇴색되어 지금은 누군가가 세워놓은 썩은 나무 기둥에 불과했다. 태양과 암석 그리고 바람의 격한 교차 속에서 도리이만이 몹시도 비참하게 남겨졌다.

얼음 가게는 대합실의 한 모퉁이를 차지하고 있었다. 가게에는 수박, 참외, 오이, 가지 등 신선하지 않은 채소들이 진귀한 상품인 양 진열되어 있었다. 카키색의 군 셔츠를 입은 어부가 나무 의자에 상반신을 구부린 채 소년들을 상대로 흥정하는 데 여념이 없었다.

"야, 그러니까 잔돈이 200엔이잖여."

소년들은 어엿한 사내의 고집스러움을 보이며 중년 남자의 설명을 듣고 있었다. 어부는 내가 빌려준 연필로 소년에게 건네줄 우뭇가사리

---

* 鳥居: 신사 입구에 세워져 있는 두 기둥의 문.

대금을 계산해 보였다.

목발을 짚은 외다리의 사나이가 창고 쪽으로 걸어간다. 벌거벗은 상반신이 부드러운 가죽처럼 검게 빛나고 있었다. 한쪽이 짧은 흰 바지와 그의 흰색 해군 모자에는 주름 하나 없었다. 불구자답지 않게 정력이 넘치는 이 건장한 사나이는 오만하게 목발 소리를 냈다. 출장소 앞 평상 위에는 T마을의 노인이 앉아 있었다. (교장이 그에게 승선을 부탁한지라 나는 노인이 T마을 사람이라는 것을 알았다.) 왼쪽 다리가 없는 사나이는 노인에게 다가가서 큰 소리로 웃었다. 웃을 때마다 그의 탄탄한 복근이 두꺼운 혁대 사이에서 삐걱이며 색색거렸다. 그에게서 외로움이나 연약함은 털끝만큼도 찾아볼 수가 없었다. 그는 강렬하게 타오르는 이곳의 정경과 잘 어울렸다. 그런 모습이 소년 시절의 모험심을 떠올리며 나를 욱신거리게 했다.

이불 보따리를 등에 지고 소녀가 돌아왔다. 나도 소녀와 함께 구로키 교장이 들어간 가게로 갔다. "슈이치가 신세를 많이 지고 있습니다." 나는 잡화점 주인에게 인사를 건넸다. 슈이치는 집사람의 남동생 이름이다. 그는 구로키 부인의 장녀와 결혼해서 Q섬의 초등학교에 부임했다. "뭐? Q섬이라고? H섬의 끄트머리에 있는 그 Q섬?" 슈이치의 말을 듣고 나는 소스라치게 놀랐지만 그런 모습을 눈치채지 못하도록 부단히 애를 썼다. 나는 구로키 일가 앞에서는 그저 슈이치의 부모 대신일 뿐이다. 그리고 약간의 목돈을 모은 상인이기도 했다. 그것 외에는 아무것도 아닌 것이다.

된장에 절인 전복을 가득 채운 드럼통, 식기류와 쌀을 넣은 광주리, 그리고 수박 두 개를 셋이서 들고서 대합실로 운반했다. 교장은 수박 두 개를 같이 싸고는 다시 풀고, 다른 짐과 같이 쌌다가 또다시 짐을 풀었다. 삼밧줄이 엉킨 것을 풀어서 길이를 잰 다음 그것을 포석 모퉁이에 대고 갈아서 끊었다. 그 밧줄로 드럼통을 묶고는 몇 번이나 풀고 다시 묶는다. 대단한 인내심이다. 그래, 강한 인내심만이 Q섬의 주민들을 지켜주는 유일한 삶의 방식인 것이다.

"올해는 가다랑어가 안 잡혀서 말이죠." 연필을 빌린 어부가 말을 걸었다. "Q섬에 가셔도 생선을 먹을 수나 있을까 모르겠습니다." 그는 예전에 호주 부근까지 고기잡이를 나간 적이 있는 경험 많은 어부였다.

"보통 가다랑어 배로 다니십니까?"

"네, 저걸로 마구 돌아다녔죠. 지금처럼 멀리 나갈 수가 없다면 어민들이 곤란해지죠."

배를 내린다며 사람들을 불렀다. 방학이라 U마을로 돌아가는 중학생들까지 일손을 거들기 위해 서둘러 선착장으로 향했다. 남은 사람들은 여자들뿐이다. 도회지풍의 원피스를 입은 여자 두 명이 있었는데 몸집이 둘 다 큰 편이어서 섬 여인네들이 지닌 고뇌의 빛은 그다지 눈에 띄지 않았다. 태어난 지 몇 개월 안 된 갓난아기를 안고 있는 사람이 U마을의 촌장 부인이라고 했다.

"히로코 씨도 참 딱하지. 도쿄까지 마중 나갔는데도 촌장님은 돌아오지 않는다나 봐."

교장은 소녀에게 말을 거는 척하며 은근히 나에게 설명을 했다. "끝끝내 돌아오지 않으면 마을 사람들도 잠자코만 있진 않겠죠. 큰일이야."

이미 반년 이상 Q섬을 비우고 있는 상황에서 촌장의 책임은 컸다. 나는 슈이치로부터 들어서 알고 있었다. U마을의 교부금, 마을 사람들로부터 모은 돈, 식량 배급과 선착장의 개축, 그 밖에 마을의 일반 사무에 관한 촌장의 배임과 직무 태만을 둘러싸고 U마을은 암운을 드리우기 시작했다.

T마을의 어부들이 U마을로 가는 짐을 선창에 내려놓았다. T마을의 초등학교 교사가 구로키 부인의 숯 가마니를 등에 지어 올렸다. 어부에게도 뒤지지 않을 정도로 건장한 체격의 청년이었다. "교장 선생님, 타시죠." 뱃머리에 서 있던 선장이 제일 먼저 구로키 부인에게 말을 걸었다. 네 명이 굴려서 가지고 온 드럼통을 기관실 밖에 묶어놓자 배는 출발했다.

암벽 끝에서 오른쪽으로 돌자 뱃머리는 순식간에 앞발을 공중으로 휘두르는 거친 말의 목덜미처럼 뛰어올랐다. 배는 호기 있게 물보라를 뿌려댔다. 바닥 깔판 위에 흐르는 물을 피해 선창 뚜껑 위로 자리를 옮겼다. 사람들은 뱃전이나 로프, 커다란 통에 매달려 간신히 안정을 취하고 있었다. 가다랑어 배는 H후지의 산자락과 용암 기슭을 따라 움직인다. 배는 구로시오 해류의 흐름을 직선코스로 헤쳐 나갈 만큼의 힘을 가지고 있지 않았다. Q섬은 검푸른 삼각형 모양으로 넘실거리는 해류 너머로 나타났다가는 사라진다. 초록색 당구대의 펠트처럼 부드럽게 펼쳐진 산기슭은 바닷가에서 검붉게 부식되어버린 암질의 치열을 드러내 보였다.

큰 파도가 멀어지는 순간 배의 동체에서 쿠쿵 하는 소리가 들렸다. 그리고 배의 꼬리는 편치 않다는 듯이 옆으로 비켜섰다. 큰 파도라는 것은 두텁고 폭넓은 해수층 상피의 극히 희미한 흔들림에 불과하다. 파도가 높아질수록 더더욱 그런 느낌이 들었다. 중후한 바다가 오늘은 그리 사납게 날뛰지 않았다. 우리가 탄 배만 제멋대로 경박하게 몸부림을 치는 것이다. 옆자리의 노파는 보자기를 뒤집어쓰고 짐 속에 얼굴을 파묻었다. 우타코는 금세 활기를 되찾았다. 촌장 부인은 아기를 부둥켜안은 채 어두운 표정으로 입을 굳게 다물고 있었다. 묵직하게 다가오는 파도도 그녀의 눈에는 들어오지 않았다. 미동 하나 없이 치켜 올라간 눈을 험하게 고정시키고 있을 뿐이었다. 남편 그리고 남편을 빼앗은 정부 등 복잡한 가정사가 그녀를 외부 세계로부터 단절시키고 있었다. 엔진의 신경질적인 울림이 종종 끊길 듯이 울렸다. 그럴 때마다 선장이 "돌려, 돌리라고!" 하며 소리쳤다.

갑자기 두 사내가 서로에게 고함을 지르는가 싶더니 어느새 갑판 위를 밟고 일어섰다. T마을의 어부들이었다. 술에 취해 누워 있던 중년 남자가 잠을 자다가 한 되짜리 소주를 발로 걷어차 깨버린 것이다. 그런데 그게 다른 사람의 술이었다. "내가 사주면 되잖여." 그런 말만 내뱉고 사과하지 않은 게 사건의 발단이었다. 상대는 머리에 띠를 동여맨 젊은이였다. 기관실 앞 배 중앙에서 두 사내는 상대방을 어떻게든 넘어뜨리려고 했다. 러닝셔츠와 반바지 밑으로 노출된 네 개의 다리가 힘겹게 버둥거리고 있었다.

배 주위에는 배보다 폭넓은 파도가 배의 동체보다도 높게 검푸른 출렁거림으로 에워싸고 있었다. 파도는 금속 같은 광택을 내보이며 선체를 가볍게 자신의 등 위에 올려놓고는 곧바로 다음 주자인 더 큰 동료에게 바통을 넘겨주었다. 안하무인으로 통과하는 역동적인 파도 앞에서 싸우는 사내들의 움직임이란, 그저 변변찮고 느려터진 동작으로밖에는 보이지 않았다. 파도에 겁먹은 노파는 엉켜 있는 사내들의 다리 옆에서 여전히 얼굴을 숨기고 있었다. 양장을 입은 젊은 여자가 핏기 없는 볼을 배 가장자리에 비벼댔다. 배의 난항도, 승객에 대한 민폐도, 들러붙어 있는 두 사내는 의식하지 못했다. 갯바람과 소주 냄새, 삐걱거리는 배의 동체, 그리고 난폭한 파도가 고조되는 중에도 사람들은 어리석고 연약하다.

기관실 뒤에서, 선장이 쉰 목소리로 매섭게 야단을 쳤다. 그러자 기세가 등등한 젊은이 쪽에서 먼저 손을 떼었다. 일본 방패연에 그려진 무사의 얼굴처럼 눈썹이 진한 젊은이는 기관실 위에서 책상다리를 하고 앉아서는 눈을 부라리며 중년 사내에게 욕지거리를 퍼부었다. 기관총을 발사하듯이 퍼붓는 욕지거리에 상대는 뭐라 반격조차 할 수 없었다. 중년 어부의 저주하는 듯한 신음 소리가 일그러진 입술 사이로 흘러나왔다. 그는 몸을 다시 일으키고 나서 남아 있는 한 되들이 술병 두 개를 집어 들었다. 천천히 양손을 머리 위로 높이 치켜들고 귀중한 술을 바다 위로 내던졌다. 무거운 병을 집어삼킨 파도는 거품 하나 일지 않고 뒤로 물러섰다. 청년은 피를 뒤집어쓴 것처럼 하얀 얼굴에 홍조를 띠었다. 그가 기관실에서 내려왔다. 될 대로 되라는 듯이 쭈그리고 앉아 있는 중년 사내를 곁눈으로 노려보고는 상대가 가지고 있던 신문지로 싼 물건을 빼앗았다. 그러고는 똑같은 방식으로 아무 말도 하지 않고 기세 좋게 바다로 내던졌다. 끈으로 묶여 있던 물건이 한순간 바다 위로 떠오르는가 싶더니 이내 사라졌다. 중년 사내는 머리를 싸쥐고 벌러덩 드러누워버렸다.

"아이고 아까워라. 아니 어째서 저런 무모한 짓을." U마을 사람들은 자신들보다 야만적인(이라고 믿고 있는) T마을 사내들의 어리석은 행동에 숨을 죽이고 있었다. 구로키 교장은 엎드린 자세로 선창 입구 쪽으로 상반신을 내밀었다. "아, 우리 수박……"

"엄마, 왜 그래? 우리 수박을 던지진 않을 거야."

"그걸 누가 알겠어?"

"괜찮다니까, 그만하세요." 기관실 위로 돌아간 젊은이는 여전히 울분을 삼킬 수가 없는 모양이었다. 그는 팔짱을 낀 채 콧구멍을 벌렁이며 하늘 한구석을 노려보고 있었다.

Q섬의 절벽이 뱃머리 쪽으로 다가오고 있었다. 올려다보는 절벽의 끄트머리, 바위와 수풀 사이로 자그마한 그림자 두 개가 보였다. 교장은

손으로 이마를 가리며 일어섰다. 뭍에 접근하기 전까지는 아무런 시설도 보이지 않던 절벽 바로 밑이 U마을의 항구였다. 두 개의 항구 중 바람의 방향을 보고 그중 한 곳을 선택한다. 우리들이 도착한 지점은 '와다'라고 불리는 곳이다.

바위의 엄니가 기묘하게 뻗쳐 있는 그늘 아래의 바다는 깊고 투명했다. 흔들거리는 다갈색과 검녹색의 해조류가 T마을 어부들이 소란을 피우던 배 주변에서 흐물흐물 떠다녔다. 우리 셋과 촌장 부인, 그녀의 동행인 여자와 중학생들은 흔들리는 배 위에서 바위를 받침대 삼아 상륙했다. 제멋대로 난립해 있는 바위들 사이로 시멘트로 된 길이 한 줄로 이어져 있었다. "한 사람당 백 엔씩, 그리고 짐은 별도입니다." 바위디딤대 위로 손님들이 올라서자마자 T마을의 사내가 돈을 달라고 했다. 사내는 돈을 받고 다시 배에 올라타고는 선장에게 돈을 건넸다. 선장은 지폐를 세어보고 나서 사내를 나무랐다. 돈이 너무 많았기 때문이었다. 당황한 사내는 질주하는 배 위에서 남은 백 엔짜리 지폐를 흔들어 보였다. T마을의 초등학교 교사가 한 손을 들어 교장에게 인사를 했다.

바닷물에 젖어 상당히 미끄러운 시멘트 길이 드문드문 받침대로 급경사를 메우며 모퉁이를 돌아 일직선으로 섬의 중턱까지 쭉 이어졌다. 배낭을 멘 채 양손으로는 교장의 짐을 들고 큰 바위에 둘러싸인 선착장으로 올라갔다. 검게 반짝이는 와이어에 매달린 가다랑어 배의 하얗고 메마른 동체를 스치듯이 지나 그을린 콘크리트 바닥을 내디디며 걸어간다. 꼭대기를 올려다보니 확 트인 작고 평평한 땅 위로 초가지붕의 오두막이 하나 서 있었다. 거기서부터는 수풀을 가르는 좁다란 길이 지그재그로 머리 위에서 구불거렸다. 한숨을 돌리는 사이 촌장집 여인들과 우타코는 이미 저만치 높은 바위 그늘 속으로 숨어버렸다.

"언덕으로 올라가는데 좀 들어드릴까요?" 바지만 하나 달랑 입은 섬 청년이 긴 다리를 모으고 교장을 기다리고 있었다. 나는 가장 무거운 바구니와 드럼통을 그에게 넘겼다.

구로키 부인과 나는 어이가 없을 만큼 조금 올라가다 말고 금세 짐을 내려놓고 쉬었다. 섬 소녀들이 가볍게 떠들면서 내려왔다. "얘들아, 타아한테 빨리 좀 오라고 말해줄래?" 교장은 자기 학교 학생들에게 보따리 하나를 맡겼다. "슈이치 선생님도 이곳에서 보리 한 가마니를 지고 올라갔는데요. 아주 얼굴이 새하얘졌죠."

"그렇겠죠. 도쿄에서 몸을 완전히 망가뜨렸으니까요. 이번에 만났을 때 정말 깜짝 놀랐습니다. 완전히 건강해진 거예요. 정신도 차린 것 같았고. 전처럼 떠들지도 않아요. 슈이치가 이 섬에 온 건 정말 잘한 일이에요."

"그래요? 확실히 건강해지기는 했죠. 처음 여기 와서 인사하러 다닐 때만 해도 아픈 사람처럼 어딘가 불편해 보였거든요."

"좋은 약인 셈이에요. 그때 도쿄에서 계속 살았더라면 죽어버렸을지도 모르죠. 다시 태어난 겁니다."

"어머, 그렇게 말씀을 해주시면 저희야……"

양쪽의 나뭇가지들이 아치 모양으로 이어진 마을의 입구, 거기서 우리는 '고용인' 한 명을 만났다. 소에게 먹일 신선한 풀을 등에 짊어진 벌거숭이 소년이었다. 그는 H본도의 감화원에서 이 섬으로 보내진 불량소년인 것이다. 나는 교장의 설명을 듣지 않고도 알 수 있었다. 등에 진 여물의 무게며, 발바닥에 밟히는 작은 돌과 모래의 뜨거움, 그의 목마름까지 느낄 수가 있었다. **왜냐하면 15년 전, 나는 다름 아닌 바로 이 마을의 '고용인' 중 한 명이었기 때문이다.** 내가 열다섯 살이던 그해 7월부터 9월까지 3개월 동안의 일이었다. 지금 스쳐 지나간 소년이 그랬던 것처럼 나도 예전에는 고개를 숙이고 땀에 젖은 눈으로 마을의 어른들을 훔쳐보곤 했다. 네 명의 감화원 출신들과 오늘 걸었던 이 바닷길을 당시에는 어떤 심정으로 걸어서 이 마을까지 왔는지 지금 쓰는 이 일기처럼 자세하게 묘사하는 것은 불가능하다. 당시 나는 이유도 없이 화를 냈고 오늘 배 안에서 싸운 T마을의 사내들보다도 더 난폭했다. 인간은 누구든 간에 적이었고 아름다운 풍경마저도 밉살스럽고 일그러져 보였다. 분명한 것은 그것뿐이다.

초라한 학교가 쓸쓸하게 서 있는 좁다란 평지, 오래된 촌장의 집, 빗물을 모으는 공용 탱크며 돌계단과 돌담. 그 모든 것들이 산을 등지고 바다를 향해 있었다. 바다를 향하고 있다고 해도 대부분이 무성한 수풀 속에서 조심스럽게 몸을 숨기고 있다고 하는 편이 맞을 것이다. 무성함을 이루는 것은 동백나무, 뽕나무, 개암나무, 모밀잣밤나무에다 소귀나무, 그리고 드물지만 해송 등이다.

"어유, 정말 건장하시구먼."

우리들이 도착하기 전까지 청소하느라 정신이 없었던 구로키 씨가 나를 맞아주면서 그렇게 인사를 했다. 수건으로 머리를 감싸고 운동화를 아무렇게나 신은 그의 마른 몸은 유난히 하얬고 수염도 하얬다. 이렇게 하얀 피부는 이 마을에서 대단히 이례적이다. 그의 지식인다운 민첩한 배려심도 섬사람의 것은 아니었다.

머리가 여러 개 붙어 있는 뱀처럼 가지가 서로 엉켜 있는 수풀 아래에 재주 많은 구로키 씨가 손수 만든 평상이 놓여 있었다. 나는 가는 조릿대로 만든 돗자리 위에 앉아 슈이치 부부가 도쿄에서 어떻게 지내고 있는지를 보고했다. 구로키 일가가 섬에 정착한 지는 3년밖에 되지 않았다. 그들은 슈이치의 매형인 나의 과거에 대해서 알 리가 없었다. 아니 어쩌면 Q섬에 사는 주민들조차도 내가 '고용인' 사보(三朗)와 동일 인물이라는 것을 알아챌 사람은 없을 것이다. 단 한 사람. **그자만** 빼고는.

구로키 부부는 닭장에서 닭을 잡고 밭에서 뽑은 파를 잘라서 바지런히 식사 준비를 했다. 소녀가 환성을 지르며 발견한 붉은빛이 도는 귀중한 오이 한 개도 밥상 위에 올려졌다.

"뭐야, 이 의자는? 아버지가 만든 건 죄다 어딘가가 이상하거든."

소녀는 아버지가 직접 만든 의자를 무겁다는 듯이 평상 쪽으로 끌고 갔다. 만든 지 얼마 안 된 못생긴 의자는 어딘가 모르게 사형수들이나 앉는 전기의자처럼 생겼다. 닭고기는 적당히 기름지고 파는 굉장히 향기로웠다.

"여보, 얘기를 좀 질질 끌지 마시지. 거기까지는 잘 알아들었거든? 그러니까, 그다음이 어떻게 되었냐고." 짜증이 난 구로키 씨가 무릎 위의 모기를 탁 치고는 부인을 다그쳤다.

"섬은 정말 좋습니다. 여기 있으면 그냥 아무 데도 가고 싶지가 않아진다니까요. 저는 가끔 도쿄에 가면 야마노테 선으로 두세 바퀴는 돌고 나서야 내리곤 합니다. 그렇게 하지 않으면 성에 차지 않아서요."

구로키 씨는 교토 출신의 화가이다. 젊은 시절 부인하고 애들은 부모에게 맡기고 조선, 만주, 상하이에서 유럽까지 오랫동안 정처 없이 떠돌아다녔다.

"여기는 진짜 재미있는 사람들뿐입니다." 그는 자신을 매혹시킨 작은 섬에 대해서 말했다.

"여보, 아까 올라올 때 혹시 사네토모(實朝) 만나지 않았어? 아 그러셨어요? 어차피 한 번은 만나게 되어 있으니까요."

Q섬의 어민들은 요시쓰네(義經)나 다메요시(爲義) 같은 무사풍의 이름을 사용했다. 효사이(瓢斎)라고 불리는 여섯 살짜리 사내아이도 있었다. 사네토모는 마을의 우편물을 배달해주는 중년 남자이다. 주민의 대다수는 H섬 사람들에게 우편물을 맡기고 있었다. 본도를 왕복하는 선편이 있을 때마다 주민들이 직접 수령하러 가기 때문에 배달부는 거의 필요하지 않았다. 그런데도 사네토모가 이 일을 자원한 것은 몰래 다른 사람들의 편지를 뜯어보기 위해서였다. 그는 주로 남자가 여자에게 또는 여자가 남자에게 보내는 편지만 몰래 개봉하곤 했다. 사네토모는 아주 지독한 호색한이었다. 구로키 부인이 도쿄의 한 중학교 교장(남자)으로부터 받은 공문서도 그가 검열한 다음에야 도착했다.

"여보, 오늘 배에서 내릴 때 사네토모가 손을 잡아주지는 않았어?"

구로키 부인은 불쾌한 표정으로 씁쓸하게 웃었다.

세번째 부인마저 도망간 사네토모는 문이 굳게 닫힌 자신의 집에서 노부를 부양하고 있었다. 빈집처럼 대낮에도 판자문을 닫아놓은 어두운 방에서 병상의 노부가 어떻게 기거하고 있는지 그 실태를 아는 사람은 아무도 없었다. 툇마루에 밥그릇을 놓아두고 그 안의 내용물이 사라지면 살아 있다고 생각하는 것이었다. 지난봄, 몰래 빠져나간 노부가 절벽에서 굴러떨어졌다. 다행히 바위 끝에 매달려 있는 것을 발견하고 다시 데리고 왔다. 하지만 노부는 마을 사람들을 경멸했으며 문병 온 사람들에게까지 꼬장꼬장한 태도로 다가오지 못하게 했다고 한다.

"마을 놈들은 죄다 멍충이야, 아주 못됐어." 사네토모가 단언했다.

"재미있군요. 아주 재미있어요." 나는 억지로 구로키 씨에게 장단을 맞춰주었다. 하지만 나의 관심은 온통 **한 사람**에게만 집중되어 있었다. 지금 복수를 하려는 내가 재미있고 이상하다는 이 섬 주민의 생태에 관심이 있을 리가 없었다.

몸을 씻고 나니 달이 H본도의 산등성이를 비추고 있었다.

"밖으로 나와보세요. 이거야말로 저희가 자랑하고 싶은 경치예요." 그 경치에 대해서는 부인으로부터 새삼 얘기를 들을 필요도 없었다. 달빛을 받아 푸르름을 더해가는 돌담길이 조릿대와 대나무 이슬에 젖어 들어간다. 돌담의 희고 둥근 돌은 이끼로 인해 하나하나가 깊고 그윽하다. 거대한 몸체를 파묻은 원시 동물의 등뼈 조각처럼 길모퉁이에 드러나 있는 자연 그대로의 바위. 바위에서 바위로 발을 옮기면 시야를 가리는 나뭇가지 그림자 저편으로 바다가 내려다보였다.

해협은 은빛을 띠며 반짝였다. 구름의 내달림에 따라 해류의 주름도 막 잠에서 깬 것처럼 도드라지다가 다시 검은 공단의 어둠 속으로 녹아 들어간다. 본도에서 Q섬 기슭까지 빛줄기가 휙 하며 도망치듯이 날아오는 순간도 있다. 귀가 청명해지면서 밀물 소리도 고조된다. 해류는 지금 해협 양쪽 끝에서 동일한 힘으로 들이닥치고 있다. 그 힘의 균형 때문에 해수면이 매끄러운 것이다. 소용돌이는 이 순간 천천히 탄생을 고한다. 섬에 익숙지 않은 사람들은 알아차리지도 못할 정도로 고요하게 움직인다. (그 무렵 나는 해류의 성질에 대해서 얼마나 열심히 연구했는지 모른다.) 망원렌즈로 찍은 사진 속 달 표면의 구덩이처럼 움푹 파인 사화산(死火山)의 구멍. 혹은 펄펄 끓어오르는 기름에 밀가루 반죽을 떨어뜨렸을 때 쪼그라들면서 퍼지는 동그라미. 멀리서 내려다보이는 소용돌이는 그러한 모습으로 생존하기 시작한다.

오랜만에 듣는 밤의 해명(海鳴)은 제법 큰 울림으로 퍼져나갔다. 하지만 섬사람들에게는 그저 바위 자락에 재롱을 부리는 자장가일 뿐이었다. (열다섯의 나는 이런 평온한 달밤을 증오하며 오로지 폭풍이 들이닥치기만을 기다렸다.)

손전등을 비추며 타아가 마중을 나왔다.

"바닷가까지 내려가고 싶었는데 발밑이 어두워서 그만두었습니다." 나는 일부러 구로키 씨에게 그렇게 말했다. (하지만 내 발은 이미 바위의 굴곡 하나하나까지 죄다 기억해내고 있었다.)

함석지붕으로 된 구로키 씨의 집은 다다미도 유리창도 없었다. 바닥에 놓인 침대는 직접 만든 것이었다. 집의 한 면은 산 벽에 바싹 붙여놓았고 천장도 낮았다. 판자문을 닫고 램프를 켰다. 마을 사람들의 근검절약 정신에 따라 가능하면 램프는 하나만 사용한다. 한 개뿐인 창(벽면에 뚫린 작은 구멍에 불과하다)에 붙인 신문지 사이로 빗소리가 들렸다. 침대의 가느다란 대나무는 희미하게 흔들거렸고 나는 곤히 잠이 들었다. (고용인이었던 시절에는 이런 달콤한 잠자리가 단 한 번도 나에게 허락되지 않았다.)

8월 6일 쾌청.

"여보, 철사는 사 오지 않았어? 아, 그래? 그럼 요시쓰네 집에서 빌려 와야겠네." 구로키 씨가 나를 위해 부랴부랴 낚시 갈 준비를 했다. 소녀와 아버지, 그리고 나까지 우리 셋은 물통을 차고 어깨에는 커다란 어롱을 멘 다음 가파른 비탈길을 내려갔다. 도끼와 추, 드롭스 캔이 어롱 안에서 부딪치며 경쾌하게 울려 퍼졌다. 마을을 벗어나자 왼편의 절벽 바로 밑에서 새벽 바다가 달콤하고 화려하게 반짝이며 뻗어 오르기 시작했다. 오른편은 조릿대가 무성한 암벽 사이로 두세 군데 묘지를 숨기고 있었다. 묘비에는 끌로 파낸 듯한 풍파의 흔적이 고스란히 남아 있었다. 혈관처럼 종횡으로 흐트러지면서도 교묘하게 이어져 있는 기괴한 선이다. 하얀 문주란과 작은 탑, 그리고 야생초가 작은 묘비를 장식하고 있었다.

"이게 어제 말한 긴지로의 무덤입니다."

손가락 끝이 가리키는 새로 만든 묘표에는 '긴지로의 묘'라고 쓰여 있었다. 법명도 없었고 언제 죽었는지조차 알 수가 없었다. 그저 토지의 경계선을 나타낼 때 사용되는 말뚝처럼 생긴 묘비였다.

"고기잡이하러 갈 때는 여기에 꽃이랑 물을 바치고 가요."

"이렇게 악명 높은 유배인한테 풍어를 기원하다니 재미있군요."

"그렇습니다. 이곳 사람들이 하는 짓들은 하나같이 유쾌합니다."

오쿠스리 긴지로. 그는 에도시대 말엽 마을 여자들을 살해하고 집들을 불태웠으며 결국 스스로 불 속에 몸을 던져버린 흉악범이다. 묘지는 일본이 패전한 후에 새로 세워진 것이었다. 나는 이 묘지를 처음 본다. 1835년의 일이니까 지금으로부터 120년 정도 전의 사건이다.

"가다랑어가 너무 잡히지 않아서 사람들이 마을 할멈한테 물어봤대요. 무당 같은 분이셨죠." 구로키 씨가 어젯밤 나에게 해준 말이었다. "그러자 할멈이 말하길 긴지로가 원한을 품고 있다는 겁니다. 그래서 그 해에 바로 묘지를 세웠는데, 글쎄 그랬더니 전혀 잡히지 않던 곳에서 가다랑어가 많이 잡혔다는 거예요."

이 섬에서 일하고 있었을 무렵, '고용인'이었던 우리는 유배인들의 이야기를 듣고 싶어 했다. 그 이야기는 죄다 죽음과 절망의 냄새가 났다. 그게 우리 '유배인'들을 오싹하게 만들었지만 그래도 그 얘기를 듣지 않고서는 견딜 수가 없었다. 그중에서도 오쿠스리 긴지로의 운명은 당시의 나를 공포에 질리게 했다. 나는 어제 도착한 항구의 바위 위에서 무릎을 껴안고 앉아서는 아주 오래전 그곳에 있었던 잔교를 불태운 긴지로의 심정을 몇 번이고 헤아려보곤 했다.

긴지로가 폭동을 일으킨 날, U마을의 남자들은 전부 고기잡이를 하러 나갔다. 하치로 신사*의 신관, 즉 이 섬의 관리인 기쿠치 나가토도 상경하느라 자리를 비우고 있었다. 긴지로는 기쿠치의 부인과 마을 여자 두 명을 살해하고 한 명에게는 중상을 입혔다. 그는 기쿠치의 저택을 성곽으로 삼아 다다미를 세우고 낚싯줄로 묶었다. 그리고 촌장 집에서 현미 세 섬을 훔치고 마을 아가씨 두 명을 협박해서 절굿공이로 쌀을 찧고 밥을 짓게 했다. (이 마을의 절굿공이는 남태평양 사람들이 사용하는 봉과 유사했다. 절구 하나에 두세 개의 절굿공이를 동시에 사용한다. 그리고 백미는 사람들이 죽을 때까지 배가 부르도록 먹고 싶어 했던 귀중품이었다.) 반역자는 원한을 품었던 사람들의 옷가지를 갈기갈기 찢었고 가재도구는 죄다 때려 부쉈으며 버들고리는 뒷간에다 내다버렸다. 물독을 깨뜨리고 마을의 서류를 불태웠다. 그리고 바다에서 U마을로 들어오는 유일한 통로인 마을 사람들이 고생해서 만든 잔교도 불태워버렸다.

H본도에서 대관과 촌장의 부하들이 소총으로 무장한 수십 명을 거느리고 범인을 잡으러 왔다. 잔교가 불타버렸기 때문에 배를 T마을로 돌려 산을 타고 U마을로 내려갔다. 기쿠치의 저택을 포위하고 소총을 쏘기 시작했지만 총이 죄다 망가진 총신뿐이어서 공격은 더디게 진행되었다. (우리 불량소년들은 녹슨 총 얘기를 할 때마다 "멍청한 관리 녀석들!" "그래, 도쿄의 순경들도 하나같이 다들 얼간이들뿐이야" 하며 득의양양하게 웃곤 했다.) 이윽고 범인이 지른 불은 검은 연기를 내뿜었고 마을의 민가 21채가 남풍을 맞아 모조리 불타버렸다. (현재 U마을은 당시의 가구 수보

---

* 하치로(八郎)는 진제이 하치로(鎭西八郎)를 말하며 미나모토 다메토모(源爲朝)의 다른 이름이다. 즉 이 신사는 다메토모를 제사 지내는 곳이다.

다 크게 늘지는 않았다.) 검게 불타버린 긴지로의 사체는 목이 두 치 정도 늘어나 있었다고 한다. 밧줄로 목을 매었기 때문일 것이다. 일설에 의하면, 긴지로는 자신의 아들을 머리 위로 높이 치켜 올려 불 속으로 던지고 나서 스스로도 목숨을 끊었다고 한다. (섬사람들 중에는 유배인의 부인이 되어 그 아이를 낳은 예가 적지 않았다. 그런 여자들을 '물 긷는 사람'이라고 했다.)

긴지로가 바보 얼간이였는지 영웅이었는지, 우리는 자주 논쟁을 하곤 했다. 우리는 살인, 방화, 자살 같은 짓을 저지른 적이 없는 그저 부모를 잃은 힘없는 소년들이었기 때문에 결론이 나오질 않았다. "긴지로처럼 되고 싶지는 않단 말이지." 그렇게 탄식할 뿐이었다. 우리는 자신들이 얼마나 위험한 입장에 처해 있는지를 잘 알고 있었다. 설령 우리 중 누군가가 살인을 당한다 해도 그 사건은 그저 불운한 아이가 '행방불명되었다'고 그냥 덮일 것이다. 긴지로의 반역 사건이 있고 나서 몇 년이 지난 뒤 섬사람들은 '유배인' 요고로를 처형해버렸다. 이유는 요고로가 한밤중에 칼을 갈고 있었기 때문이다. "왜 칼을 가는 거냐?" "곧 알게 될 거다." 이렇게 대답했을 뿐인데 다음 날 사람들은 그를 꽁꽁 묶었다. 그리고 거꾸로 매달아 바다로 질질 끌고 갔다. 머리가 바위에 부딪치고 엉망이 된 요고로는 바닷가의 처형장에 도착하기도 전에 숨져버렸는지도 모른다. 문주란과 난초의 이파리가 하늘거리는 비탈진 곳에 깊은 구덩이를 파서 그 가여운 '유배인'을 자갈과 함께 파묻었다.

구로키 씨는 마을 아이들이 헤엄쳐 노는 곳으로 나를 안내해주었다. 흑갈색의 바위 돌기에 안전하게 둘러싸인 해수욕장에 한여름의 태양이 희푸르게 비치고 있었다. 대양의 거친 파도는 찾아볼 수 없는 곳이었다. "마치 용궁 같아요." 여름방학 동안 도쿄에 온 슈이치가 자랑을 했다. 파도가 들이치는 천연 풀장의 입구는 라임색 물결에 하얀 거품이 일고 있었다. 바위 사이로 아늑하게 자리 잡은 기다란 해수욕장이 정말 아름다웠다. 눈이 부실 정도로 환한 아름다움이었다. 형형색색으로 해초는 춤을 추었고 이글거리는 바위 그림자와 반짝거림, 이따금 바위 저편에서 불꽃처럼 치고 올라오는 물보라, 이 모든 것이 마치 유화처럼 명확하게 구성되어 있었다.

"자연을 바라보고 있으면 그림을 그릴 기분이 나질 않습니다." 구로키 씨가 말한다.

"자연이 너무 훌륭해서 말이죠. 요즘 저는 자연을 바라보고 즐기는 것만으로도 그게 바로 예술이 아닌가 싶습니다."

어젯밤 구로키 씨의 그림을 봤다. 파리의 화단과는 전혀 상관이 없는 사실화 일변도였다.

마을 소녀들은 달랑 흰 팬티 하나만 입었는데 타아만 조잡한 검은색 수영복을 입고 있었다. 두터운 가슴팍에 두 개의 봉긋한 부분이 눈에 띄는 소녀들도 있었다. 나는 한 소년에게서 선박 파편을 빌려 목 아래에 대고 수면 위에 반듯하게 누웠다. 그리고 두 발로 끝을 천천히 움직이며 차가운 물을 가르면서 몸을 이동시켰다. 머리 쪽으로 어렴풋이 바위의 모서리가 느껴졌다. 하반신을 수압에 맡기고 회전시키자 바위 표면을 덮은 해초의 융단이 허리를 부드럽게 감싸주었다. 바위는 강아지 등처럼, 벨벳 쿠션처럼 부드러웠고 느낌도 좋았다. 비틀어 따는 녹차나 보라색 해조류에서는 진한 점액이 나온다. 바닷물에 잠겨 있으면 그것조차 친숙해지고 불쾌하지가 않았다. 오늘 나는 바다와 친해질 수가 있었다. 하지만 예전에는 얼마나 바다를 증오했는지 모른다. 열다섯이었던 나에게 '바다'는 끝없이 가득 차 있는 존재이며 무한한 저력을 지닌 증오의 대상이었다. 바다는 변덕스러웠고 난폭했으며 모래가 없는 사막이었다. 나를 안달 나게 만들고 미쳐버리게 하는 기분 나쁜 지배자였다. 마치 명주 끈으로 목을 죄어오듯이 외딴섬의 '유배인'들을 서서히 나약하게 만들어놓고는 처형해버리는 것이다.

오늘은 내가 아니라 '고용인' 소년이 낚싯줄을 드리운 구로키 씨보다도 더 높은 바위 위에서 고개를 힘없이 떨군 채 바다를 바라보고 있다. 진보라색으로 타들어간 어깨며 등이며 살집이 좋은 소년이었다. 그는 마을의 또래 아이들과는 어울려 놀지도 못하고 그저 희미한 미소만 띠우며 태양에 타들어가고 있었다. 목덜미 주위를 지저분하게 덮은 뻣뻣한 두발. 무신경해 보이는 둥근 콧날과 탁한 눈빛. 어딘가 모르게 노곤해 보이고 될 대로 되라는 듯한 팔다리의 움직임. 그것은 분명 유배인 특유의 자태였다. '농노(農奴)'라는 단어가 있다면, 우리는 그를 '수노(水奴)'라고 불러야만 할 것이다. 섬사람들은 예전부터 유배인들에게 친절했다. "먼 바다에서 보면 귀신의 섬처럼 보이지만, 와보면 정이 많은 H섬"이라는 민요가 틀린 소리만은 아니다. 하지만 섬사람들이 아무리 친절하다고 해도 그는 특이한 섬사람들 중에서도 가장 특이한 '수노'인 것이다.

"고용인 중에는 용역 기간이 다 끝나고 H본도에서 운전사를 하는 친구도 있지요." 구로키 씨가 말한다.

"섬에서 도망친 자는 없었나요?"

"없습니다. 도망치려고 계획을 세웠던 자는 있었죠. 헌데 이곳은 해류 관계상 도망치기가 아주 어렵거든요. 그게 언제였더라? 아주 재미있는 일이 있었습니다. 녀석들 때문에 내가 도둑으로 오인을 받은 겁니다."

"맞다. 아빠, 그 달걀 도둑 말이죠?" 타아가 이야기에 끼어들었다.

"응, 그래. 우리 집 닭장 안에서 달걀이 사흘 연속으로 없어진 겁니다. 그런데 집사람이 '당신이 그런 거 아냐? 당신이 훔친 거지?'라고 말하잖아요. 제가 좀 식탐이 많거든요. 화가 나서 집사람하고 한바탕했죠. 하지만 다른 집에서도 쌀이며 된장, 건어물 같은 게 없어졌다는 겁니다. 조사를 해보니 그 녀석이 학교 지붕 밑에 훔친 물건을 가져다 놓고는 그 위에 멍석을 덮어 숨겨놓았지 뭡니까. 놈은 도망치기 위해 식량을 모으고 있었던 겁니다. 결국은 붙잡혔죠."

"맞다. 그때 아빠가 그 아이 얼굴을 때렸잖아."

"그야 그랬지. 도둑 취급을 당해서 화가 많이 났으니까. 근데 녀석은 두들겨 패도 그냥 가만히 있는 거예요. 그 모습이 아주 볼만했어요. 물론 바다에 내던지라고 소동을 피우기도 했습니다. 그런데 촌장의 부친이 나타나서 그만두라고 말리셨죠. '이 아이도 부모와 형제가 있는 어린아이잖아!'라며 호통을 치셨죠. 그러자 그 녀석이 갑자기 울기 시작한 겁니다."

그래, **그**는 울었을 것이다. 본심이었든 방어의 수단이었든 간에 **그**는 울었을 것이다. "잡히면 달려들거나 울거나 둘 중의 하나다." 우리가 탈출을 계획했을 때 결심했던 말이다.

"그래서 결국 어떻게 되었나요?"

"용서를 받았죠. 근데 얼마 안 있어 병으로 죽었습니다. 병사라고는 하는데 그게 마을에서 한참 떨어져 있는 집에 고용되었던지라 어떻게 죽었는지는 잘 모르겠습니다. 오타케라는 괴짜가 산에 살고 있는데 그자의 고용인이었지요."

나는 드디어 **그자**의 이름을 들을 수가 있었다.

"그렇겠네요. 산에서 죽으면 무슨 일인지 아무도 알 수가 없겠죠."

"그렇습니다. 그리고 바다에 빠져도 그걸로 끝장인 셈이죠. 경관도

의사도 없는 섬이니까요."

"그 오타케라는 자는 어떤 사람입니까?" 나는 내 의도가 드러나지 않도록 조심스럽게 물어봤다.

"오타케는 괴짜예요. 아주 걸출한 자라고나 할까?" 구로키 씨는 내가 선물로 가지고 온 캔에 들어 있는 담배 '피스'를 너무 많이 피웠는지 괴로운 듯이 기침을 했다.

"선견지명이 있다고 해야 할지, 아무튼 조금 예언자 같은 사람이었어요. 그리고 철저한 에고이스트죠. 근데 이유는 잘 모르겠지만, 마을 사람들이 생각지도 못한 일을 그 친구는 한다는 겁니다. 그리고 그게 전부 다 성공을 하죠. 예를 들어 동백기름 가격이 떨어지면 그 친구는 동백나무 묘목을 더 많이 심어요. 그러면 그게 2년 정도 지나서 아주 높은 가격으로 팔리게 되는 겁니다. 카누를 처음 사용한 것도 그 친구였어요. 다른 사람들은 물고기가 잡히지 않는다고 힘들어했는데 그 친구는 카누로 새우를 잡아 크게 한몫 챙겼죠. 버터도 만들고 훈제 생선도 만들었어요. 그게 또 아주 독특한 방법으로 성공을 하는 겁니다. 그런데도 그 비법을 마을 사람들한테는 절대로 가르쳐주지 않아요. 지금도 아슈라가하라에서 염소하고 양을 키우고 있는데, 그냥 내버려두는데도 아주 잘되고 있는 것 같습니다."

아슈라가하라. 나도 거기서 오타케의 소를 돌보고 있었다.

"잔인한 사람이라는 소문이 돌고 있긴 하지만 그래도 만나보면 겸손해요. 14, 5년 전인가? 오타케가 '고용인' 한 명을 살해했다는 소문이 있었어요. 그때는 제가 이 섬의 이름조차 몰랐던 때여서요. 이곳 사람들은 암튼 그저 태평한지라 사건의 내막도 잘 알려지지 않았어요. 도쿄에서 경찰관이 조사를 하러 왔다고는 해요. 하지만 증거가 없어서 결국은 흐지부지해졌다죠."

그렇다. **오타케가 사보를, 즉 나를 죽인(?) 것이다.** 오타케가 아직까지도 건강하게 잘 살고 있다는 것은 슈이치에게 들어서 알고 있었다. 하지만 내 '죽음'의 현장에 관청이 조사관을 파견했다는 사실은 오늘 처음 들었다.

타아는 고무 테두리의 물안경을 끼고 지치지도 않고 물속에서 놀고 있었다. 어제 같은 배를 타고 온 중학생들이 바위 꼭대기에서 수면 위로 화려하게 몸을 날린다. 두세 살짜리 아기를 물에 띄우며 간드러지게 웃으면서 물속에서 장난치는 소녀도 있었다.

돌아오는 길에 바닷가 오두막에 들렀다. 오두막은 경사지 단면을 벽으로 삼고 진흙으로 나머지 삼면의 벽을 쌓아 가늘고 긴 통나무 기둥을 세워 다른 집들보다 지붕을 높이 떠받치고 있었다. 펼쳐진 그물 위에 늘어뜨린 우뭇가사리에서 비릿한 냄새가 났다. 벌거벗은 여섯 남자가 웅크리고 앉아서 긴 다리를 감싸고 있었다. 나는 15년 전, 그들이 어떤 모습의 소년 혹은 청년이었는지 기억이 나지 않았다. 가끔 마을에 내려간다고 해도 시선을 땅에 떨어뜨린 채 고개를 돌리고 걸었기 때문이다. 그들의 손목과 발목이 특이하게 매끈하고 긴 것은 심해에 들어가서 바위를 옮기는 작업을 했기 때문이다. 그들은 경계하고 사양하면서도 내가 내민 담배 '히카리'를 한 개비씩 집어 들었다. 그들이 구로키 씨에게 보이는 태도는 특이한 것이었다. '선생님'이라는 존칭을 사용하면서도 특별히 하는 일 없는 이 **이방인**에 대한 경멸이 사라지지 않는 모양이었다. 게다가 검붉고 침울한 몸뚱이들 사이에서 하얗고 왜소한 구로키 씨는 분명 지나치리만큼 경묘했다.

광대뼈가 튀어나오고 눈이 부리부리한 요시쓰네가 입을 비죽이며 혼자서 지껄여댈 뿐 다른 사내들은 음침하게 웃고 있었다. 요시쓰네는 불그스름한 머리카락을 오래된 어망으로 헤어네트처럼 말고 있었다.

"멧토를 잡으면 어떨까?" 그는 자신도 믿지 못하는 돈벌이 얘기를 통역 없이는 알아들을 수도 없는 섬 사투리로 침을 튀기며 떠들고 있었다. 이 섬은 본도에서 바라보면 멧토의 모습을 하고 있었다. 멧토는 원추형의 대형 소라를 말한다. 멧토는 단추의 재료여서 귀하게 여겨지고 있었다. 내가 사보였을 무렵에도 간사이 지방에서 한 상인이 멧토를 사러 이 섬에 왔는데 가격 면에서 타협점을 찾지 못하고 그냥 돌아갔다. 요시쓰네는 떠들기를 좋아해서 이런저런 얘기를 혼자서 해댔고 다른 동료들은 대충 흘려듣고 있었다.

그날 밤, 구로키 씨 집의 식탁에서는 촌장 문제로 긴장감이 감돌고 있었다.

"당신이 마을 모임에 일일이 얼굴을 내밀 필요는 없다니까"라고 슈미즈 차림의 교장이 말했다. "그렇지 않아도 당신이 U마을을 휘젓고 다닌다는 소문이 자자하거든요."

"내가 뭐 참석한다고 했나." 구로키 씨도 심기가 불편해 보였다. "당신이 하도 나가고 싶지 않다고 하니까, 대신 나가주겠다고 한 것뿐이잖아."

"나는 진짜 참석하고 싶지가 않거든요. 나가봤자, 다들 촌장의 험담만 시끄럽게 떠들어댈 거고 결론은 나지 않을 테니까. 촌장이 돌아오면 다들 아무 말도 못할 거면서. 아무튼 나도 거기 껴서 똑같이 험담을 하고 있을 수만은 없잖아요."

이전 교장들은 세 명 모두 촌장의 말 한마디에 이 마을에서 쫓겨났다. 구로키 부인은 그것 때문에 마을의 정치에는 관여하고 싶지가 않았던 것이다.

"그렇게 나가고 싶지 않으면 안 나가면 되잖아."

"하지만 참석하지 않을 수 없는 노릇이잖아요."

도쿄에서 경관 일을 한 적이 있던 촌장은 섬 주민들보다도 몇 수는 위에서 놀았다. 게다가 촌장의 아버지는 옛날부터 마을 주민을 지도했던 이곳의 독재자였다. 이번에 청년들이 촌장을 쫓아내려고 하는 계획도 분명히 실패할 것이다. 촌장을 비판할 정도의 지적인 수준을 가진 구로키 부부가 힘을 빌려주지 않는 한은 말이다.

"촌장 부인이 촌장이 한 짓을 다 폭로했을 거예요." 구로키 부부는 촌장파도 촌장의 반대파도 신뢰하지 않았다.

이곳은 자연이 아름다운 섬이지만 정치는 어리석고 추악했다. 나는 요 며칠 동안 그것을 깨달았다. ('수노'였을 무렵 나는 아름다운 자연에도, 어리석고 추한 정치에도 신경 쓰려고 하지 않았다. 섬에서 도망치는 것, 오로지 그것만이 나의 유일한 소망이었기 때문이다.)

"오타케 씨처럼 행동하면 편하지 않을까요?" 신경이 곤두서 있는 두 사람을 지켜보고 있던 소녀가 천연덕스럽게 끼어들었다.

"촌장이 바뀌든 안 바뀌든 그 사람은 그런 일에 신경을 쓰질 않잖아요. 그리고 혼자서 돈만 잘 벌고 있고. 아무튼 그러는 편이 훨씬 이익인 거 아니에요?"

"타아가 말도 참 잘하는군." 구로키 씨는 익살스러운 어조로 말한다. 그 익살스러운 모습이 어딘지 모르게 씁쓸해 보였다. 이 섬에 사는 이상 이곳의 '정치'로부터 도망칠 수가 없다는 사실을 구로키 씨는 교장보다도 더 잘 알고 있는 것이다.

"타아는 저렇게 말하지만 당신은 이 섬의 교장 선생님이잖아. 그러니까, 일이 어떻게 되든지 섬 아이들의 가정에 대해서 생각해야 하지 않겠어? 오타케 씨처럼 그렇게는 안 되지."

"그야 그렇지만, 오타케 씨라면 섬이 어떻게 되든 걱정을 안 해도 되니까 편하지 않겠어요?"

섬이 어떻게 되든지? 그렇다. 나도 그렇게 생각하는 자신이 마음 편하다고 느끼고 있던 중이었다. 나는 이미 Q섬에서 탈출을 했다. 오타케는 당분간(혹은 영원히) 이 섬에서 도망칠 일은 없을 것이다.

8월 7일 흐림, 비, 때때로 맑음.

진제이 하치로 다메토모*가 살던 집터를 안내해달라고 소녀에게 부탁을 했다.

"다메토모의 집터에 갈 거면 가는 길에 오타케의 오두막도 안내해드리렴."

구로키 씨는 어젯밤 이후 기침이 심해져서 동행할 수가 없었다. 털진드기(피부에 파고드는 눈에 보이지 않을 정도로 작은 벌레)를 피하기 위해서 멘소래담을 목덜미와 손등에 발랐다.

비탈진 곳에 계단식으로 심은 고구마 밭이 거칠고 무성한 들풀과 검은 잿빛 바위에 둘러싸여 촉촉한 흙 색깔을 겨우 유지하고 있었다. 꼭대기까지 올라가서 밭을 끼고 왼쪽으로 돌면 섬 중턱의 윤곽을 따라 위태롭고 좁은 길에 도달한다. 키가 큰 풀은 허물어진 길 좌측으로 뻗어 있어 그 사이로 이따금 바다의 편린이 엿보였다. 절벽에 다다를 때마다 먼

* 鎭西八郎爲朝: 미나모토 요시쓰네(源義經)의 아버지인 미나모토 요시토모(源義朝)의 동생. 헤이안시대 말, 아버지 미나모토 다메요시(源爲義)와 함께 형인 요시토모와 대결했지만 패한다. 그 뒤 이즈의 오시마 섬으로 유배를 가 거기서 죽었다는 설이 있다.

바다와 낮은 바다, 그리고 드넓은 바다가 갑자기 발밑에서 솟구쳐 오른다. 지구 표면에 달라붙은 바닷물의 태곳적부터 울리는 신음 소리와 삐걱거림이 들리는 것만 같았다. 상당히 높은 파도지만 아주 작은 바위 밑동에서 자그마한 꽃을 소리도 없이 피우고 있다. 그리고 바다는 은빛 잔주름의 반짝임을 아로새긴 피혁처럼 움직임 없는 새파란 속살을 그대로 드러내고 있었다.

섬 옆구리를 들썩이며 꿈틀거리는 풀밭의 수선스러움이 우리를 다 그쳤다.

"아저씨, 전에 이 섬에 온 적이 있었나요?" 풀 벽을 가르며 앞서 가던 소녀가 물었다.

"왜? 온 적이 없는데."

"왠지 아저씨는 온 적 있는 것 같은 느낌이 들어서요."

"음, 그러면 온 적이 있을지도 모르지."

"어? 어느 쪽이에요? 온 적이 있는 거예요?"

"왔을 리가 없잖아. 아니, 왔을지도 모르지."

예전에 나는 이 섬의 조숙한 소녀들의 얼굴과 다리가 특별히 아름다운 것을 증오했다. 풀을 한가득 짊어진 나는 숨이 턱 막힐 듯한 후끈후끈한 풀내음 속으로 돌진하면서 섬 소녀들의 부드러운 배를 한 발 한 발 짓밟는 상상에 빠지곤 했다.

그루터기나 작은 바위에 숨어 있는 구멍, 틈새를 조심하라고 소녀가 일일이 알려주었다. 그녀의 다리는 빨랐다. 하지만 섬에서 자란 다른 소녀들과의 경주는 당해낼 수가 없다고 한다. 수풀 속에 꼼짝 없이 갇혀 있다가 헤엄치듯이 두 팔을 움직이며 비탈길을 내려갔다. 숲을 빠져나가 협곡에 다다르면 갑자기 차가운 습지대가 나타난다. 젖은 낙엽으로 반짝거리는 움푹 파인 폭 6미터의 음울한 땅이 일직선으로 바다까지 미끄러져 내려간다. 밀림 속에서 빛이 차단된 그곳은 풀 한 포기 없는 까맣고 매끄러운 진흙 바닥이었다.

"다메토모는 여기서 항상 망을 봤대요." 소녀가 굵은 나뭇가지에 한 발을 올려놓은 채 설명했다.

"적이 산을 타고 공격해오면 여기서 바다로 뛰어내려 갔대요. 그리고 바다에서 쳐들어오면 산속으로 들어간 거죠. 바다로 쳐들어오든 산에서 쳐들어오든 간에 여기가 가장 안전하고 방어하기도 좋은 곳이에요. 그래서 여기서 살았던 거예요."

공기의 움직임은 전혀 없었다. 후텁지근하게 볼을 건드리는 습기를 통해 썩은 고엽과 삭기 시작한 나무줄기의 냄새가 났다. 토뢰*를 떠올리는 음침한 공기와 어둠이, 막다른 곳에 내몰린 영웅 이야기를 사실처럼 꾸며주었다.

"요 위가 집터예요."

"여기가 좋겠다. 좀 쉬었다 가자."

이 비밀 통로를 소년 시절의 나는 몰래 이용하곤 했다. 오타케의 눈을 피해서 만든 뗏목을 사흘이나 걸려 모래사장까지 운반한 것도 이 통로였다. 오타케 또한 필요할 때면 이 움푹 파인 비탈길을 이용했다. 그는 이 길로 내 '시체'를 질질 끌고 내려갔고, 그리고 해변가 바위 위에서 바닷속으로 내던지는 데 성공했던 것이다.

고구마 밭까지 되돌아갔다. 바닷바람이 얼추 우리 뒤에서 우회한다. 구름이 H본도 방향으로 펼쳐져 있어 바다도 섬도 빛을 잃고 있었다. 소

---

* 土牢: 땅속에 판 감옥.

녀는 수풀 속에서 번행초를 발견하고는 뜯어서 바구니 속에 넣었다. 닭 모이로 주기 위해서였다. 밭이 있는 곳까지 내려가자 소녀는 무거워진 바구니를 볼품없는 고구마의 줄기 위에 올려놓았다. 거기서 오른쪽으로 가면 오르막길이 나온다. 바다 쪽은 동백나무 숲이고 산 쪽은 점점 더 가팔랐고 길은 어두워지기 시작했다. 빗방울이 숲을 두드리자 나뭇잎은 반짝이기 시작했다. 산 벽이 무너진 곳에 웅크리고 있던 암소가 움찔하며 지나가는 우리를 나른하게 노려봤다. 늙어빠지고 더러워질 대로 더러워진 홀스타인종이다.

오타케의 오두막은 길에서는 보이지가 않았다. 바다 쪽으로 숲을 몇 차례 더 지나가야 했다. 통나무 기둥에 얇은 널빤지를 박아서 고정시킨 오두막은 **그때보다** 더 그을려 있었고 훨씬 더 낡았다. 방치되어 내버려 둔 채 새로 개조한 흔적은 찾아보기 힘들었다. 바다 쪽으로는 허리 정도 높이의 마루가 깔려 있었고 산 쪽으로는 마루보다 넉 자 정도 높이 깔린 침상, 그 사이의 좁고 기다란 토방, 모든 게 어수선했고 곰팡내 나는 먼지로 뒤덮여 있었다. 오두막의 길이만큼 펼쳐져 있는 높은 마루 위에는 양피가 깔려 있었고 손끝에서 흙가루가 차갑고 까슬까슬했다. 문이 없는 입구에서 바깥 부뚜막 건너편까지 오두막은 훤히 뚫려 있었다. 출구 건너편의 녹음은 환영처럼 선명했다. 내부는 그만큼 어두웠다.

낯익은 탄탄한 마루에 걸터앉자 나는 자연스럽게 익숙한 자세가 나왔다.

“어, 이게 불상이에요.” 토방에 서 있던 소녀가 출구 가까이에 있는 선반을 가리켰다.

“뭔지는 몰라도 꽤 좋은 불상이래요.”

묶어놓은 그물이나 로프, 훈제용 그릇과 기름 짜는 기계가 잔뜩 쌓여 있는 어두침침한 곳에 목조로 된 금색 좌불상이 어슴푸레하게 보였다.

"M섬에서 떠내려왔대요." 에도시대의 유배인들 중에는 뛰어난 조각가도 있었을 것이다. 이 낡은 오두막에는 그 작고 오래된 불상만이 새로웠다. 바닥으로 내려가서 불상의 밑바닥을 살펴보니 붉은빛을 띤 나무 재질이 오두막의 다른 도구에 비해 그을려 있지 않은 편이었다.

"아주머니, 저희가 여기서 잠시 비를 피하고 있었어요."

아무런 대답도 없이 젖은 수건을 머리에서 푸는 오타케의 부인에게 소녀는 들뜬 목소리로 말을 걸었다. 소녀보다 키가 작고 아담한 부인은 철벅철벅 무신경하게 초리를 끌며 문 입구까지 나갔다가는 다시 허둥지둥 되돌아온다. 속곳이며 속치마가 오두막처럼 온통 꾀죄죄했고, 하염없이 히죽거리는 볼썽사나운 얼굴도 더럽기는 마찬가지였다. 주름이 없는데도 작게 뭉개진 것처럼 선악도 모를 것 같은 얼굴. 고용인들에게 매정한 행동을 할 만큼 영악하지도 않았고, 그렇다고 상처가 났을 때 돌봐주거나 하지도 않았다. 마치 바다와 산에서 태어난 사생아 같은 그 얼굴은 변함이 없었다.

오타케는 30엔을 지불하고 지바(千葉) 태생인 어부의 딸을 부인으로 삼았다. 그는 사적인 일에 대해서는 한마디도 하지 않았지만 부인은 오히려 자랑하듯이 떠벌렸다. 자신이 원래는 명문 집안의 딸이라고 우기고 다녔던 것이다.

소녀는 아버지가 시킨 대로 담배 '신세(新生)' 한 갑을 부인에게 건넸다. "타아, 이거 가져가렴." 부인은 오이 하나를 대신 내밀었다. 도쿄에서라면 아무도 사지 않을 검붉고 푸석한 오이였다.

"부군께서는 여기서 주무시나요?" 나는 도쿄에서 온 손님과 얘기가 하고 싶어 안달이 나 있는 그녀에게 머리 위의 침상을 가리켰다.

"그려요."

"여길 어떻게 올라가죠? 꽤 높은데."

마루 위에서 반대편 침상까지 토방을 건너기에는 상당한 거리였다.

"아, 알겠다. 아줌마가 여기에 엎드리면 아저씨가 아줌마를 밟고 올라가는 거죠?"

"그려." 부인은 소녀의 뛰어난 추리를 듣고도 의아해하지 않았다.

"가끔 같이 자주지도 않는 거야? 못된 남편이네요."

우흐흐 하고 그녀가 웃었다.

"저 불상은 팔지 않아요? 나 마음에 들었는데."

"저건 안 돼. 팔지 않아. 저것만은 팔지 않는대. **그 사람**이 그리 말했어."

"아저씨가 팔지 않는다고 했어요?"

"그려, 팔면 벌을 받는대나."

"그래요? 저걸 팔면 벌을 받는다고요? 벌을? 흠, 아저씨가 벌을 받는 거야? 아줌마가 벌을 받는 거야?"

"모르지……"

부인의 엷은 웃음이, 갑자기 거무스름한 낮은 코 양쪽으로 사라져 버렸다. 겁먹은 얼굴로 벌떡 일어나 허둥지둥 뛰어나가는 부인의 뒷모습으로 봐서는, 뒤를 돌아보지 않아도 오타케가 돌아온 것을 직감할 수 있었다.

"저희가 실례 좀 하고 있습니다." 내가 말했다.

어부라고도 농부라고도 할 수 없는, 8월인데도 볼품없는 누더기 옷을 잔뜩 껴입은 50대의 남자. 그게 오타케의 모습이었다. 그는 낫과 소쿠리를 토방 위에 내려놓았다. 그가 와이셔츠에 흰 바지 차림의 방문객을(내가 사보라는 것을 눈치채지 못했다고 해도) 경계하고 있다는 것은 두말할 필요도 없었다.

"오하마, 오하마!" 그는 성난 목소리로 부인의 이름을 불렀다. "이게 제멋대로 돌아와서는. 내가 오늘 가만 놔두나 봐라." 그의 난폭한 말투는 분명 낯선 방문객을 한시라도 빨리 오두막에서 쫓아내려는 의도가 다분해 보였다.

"타아, 물 좀 끓여줄래? 아저씨가 목이 말라서 말이야." 오타케의 험악한 분위기에 잔뜩 위축된 소녀에게 내가 말했다.

소녀가 물을 가지러 나가자 "오랜만입니다"라고 나는 다시 인사를 했다.

"누구요?" 마루에 앉으려 했을 때, 혹시나 하는 생각이 이미 오타케의 얼굴을 경직시키고 있었다.

"예전에 신세를 진 사보입니다."

오타케는 아무 말도 하지 않고 일어서서 나에게 등을 보이며 일부러 천천히 파이프와 각연초 상자를 선반 위에서 찾았다.

"사보? 잘 모르겠는데." 그가 대답했다.

"잊어버렸는지도 모르죠."

"난 사람 이름을 쉽게 잊어버리진 않아."

"하긴, 잊어버렸다고 하면 그게 더 이상하겠지. 당신한테 살해당한 사보라는 '고용인'이라고요."

"살해당했다고? 웃기지 마시지. 살아 있잖소. 아주 쌩쌩하시네."

오타케는 등산모(원래는 하얀 천이었던 게 고동색으로 변해 있었다)를 쓴 채 적당한 거리를 두고 토방에 서 있었다. 한번 지배자의 위치에 서봤던 사람은 자신이 지배했던 자를 언제까지고 우습게 보는 법이다. 그의 높은 코와 길게 째진 두 눈은 오랜 풍파에 노출되어 감정을 숨기기에 딱 좋은 껍질이 되어 있었다. 그럼에도 여전히 나를 우습게 보고 있다는 것을 알 수가 있었다.

"사보라는 고용인을 데리고 있었던 일도 기억하지 못한다는 거로군!"

"모르겠는걸? 고용인의 이름을 일일이 다 기억할 수야 없지. 그건 그렇고, 당신은 그 친구하고 뭔 상관이 있다는 거지?"

그의 연기는 완벽했고 여기서 폭력을 휘두를 수도 없는 노릇이었다.

"살해당한 사람이 입을 놀린다는 얘긴 들어본 적 없는걸? 또 정말로 살해당했다면 살아 돌아올 리도 없을 테고. 암튼 살아 있는 이상 살해당한 게 아닌 게지."

"지당하신 말씀. 당신이 나를 죽인 현장은 당신과 나 외에는 아무도 모를 테니까."

"아직도 그딴 소릴! 어쨌든 난 당신 같은 사람은 본 적도 없다니까. 난 살인범이 아니라고."

그의 범행을 목격한 사람은 아무도 없다. 더구나 피해자인 나는 살아 있는 것이다. 그가 모른다고 우기는 것도 당연했다.

"용건이 그것뿐인가? 누군지 모르겠지만 그딴 말이나 하려고 일부러 찾아온 걸 보면 꽤나 한가하신가 보군."

"용건은 따로 있지."

"뭔데?" 그는 거친 손끝으로 파이프에 담배를 채웠다. 떨치고 싶은 초조함과 나의 진의(혹은 살의)를 캐내고 싶은 욕구 사이에서 그는 망설이고 있었다.

"당신의 동백나무 숲과 오두막을 사고 싶어서 말이야. 곧 T마을로 이사를 간다면서? 여기를 팔고 싶어 한다는 얘기가 들려서."

오타케는 이마의 주름과 눈꼬리를 펴고는 또다시 교활한 눈을 가늘게 떴다.

"그런 얘기는 누구한테 들었어?"

"누구한테 들었는지 그게 무슨 상관이오?"

"구로키 씨한테 들었나? 아니면 촌장한테?"

"당신에 관해선 10년에 걸쳐서 모든 정보를 다 조사해뒀어. 당신의 본명이 무엇인지 왜 여기로 도망쳐 왔는지 전부 다."

땀과 때로 범벅이 된 군대 셔츠의 가슴께에서 그의 체취가 풍겼다. 그 냄새는 오랫동안 씻지 않은 지저분한 중년 남자의 것이었다.

"사고파는 게 그리 어려운 얘기는 아니잖소? 이 섬은 토지도 정식으로 등록되어 있질 않잖소. 호적도 엉터리일 거고." 나는 연거푸 공격을 해댔다.

U마을에 올해 이혼을 하려고 한 부부가 있었다. "이혼? 하고 싶으면 하면 되잖아. 수속? 그딴 거 필요 없어." 촌장의 아버지가 말했다. 호적을 보여달라는 부부를 뜰 앞에 세워놓고 촌장 아버지는 안으로 들어갔다. 그는 존재하지도 않는 호적을 뒤져야 했기 때문에 시간이 걸렸다. 다시 문간으로 나오자 이 마을의 지배자는 갑자기 부부한테 호통을 쳐댔다. "이런 멍충이 같은 놈들아, 니들이 이혼이나 할 수 있을 것 같아?"

"……?"

"니들은 애당초 결혼도 하지 않은 거라고. 장부엔 아무런 기록도 없으니까." 결국 부부는 맥없이 물러설 수밖에 없었다.

오타케는 자신이 심상치 않은 위기에 빠졌다는 사실을 깨달은 모양이었다. 비굴한 척하며 공격의 찬스를 노리고 있다는 것은 구부정하고 어두침침하게 굳어진 그의 두꺼운 목덜미만 봐도 알 수가 있었다.

"거래를 하러 오신 거로군. 그럼 얘기가 다르지." 그는 부드러워졌다. 바구니 옆에 소녀가 서 있는 모습을 발견하고 그는 자색의 입술을 다물었다.

"그럼, 동백나무 숲 좀 보여주겠소?" 나는 소녀의 질문을 피하기 위해 오타케에게 눈짓을 했다. 섬의 가슴팍이라고 할 수 있는 둥그스름한 곳에 150그루의 동백이 일정한 간격으로 심겨 있었다. 이슬비에 젖은 동백나무가 반짝거리는 이파리와 줄기 사이로 마치 비단양산 밑에 숨어 있는 것처럼 고요하고 어슴푸레한 분위기를 자아내고 있었다. 그 모습 때문에 그들은 끝없이 늘어서 있는 것처럼 보인다. 거름 구덩이와 돼지우리, 달리아꽃. 정돈된 비탈진 숲을 조금 더 내려가면 본도와 해협이 전부 다 내려다보였다. 그곳에서라면 오타케가 섬에 도착하는 모든 배들을 감시하는 것도 가능했다.

"아슈라가하라의 오두막은 아직도 있나요?" 내가 물었다. "가능하면, 그것도 같이 사고 싶은데."

"난 아직 판다고 하지는 않았는데." 그는 심기가 불편한 듯이 대답했다. "내가 그걸 당신한테 팔아야 할 의무는 없지. 이것저것 생각해봐야 하거든. 전쟁이라도 나면 여기만큼 안전한 장소가 있을 리 없겠지. 그러면 가격은 얼마든지 올라갈 테고 말이야."

"아슈라가하라의 오두막을 보고 나서 가격을 얘기해보죠."

"아슈라가하라에도 가볼 텐가?"

"비가 그치면 가보죠."

"……비는 내일 점심때쯤에는 그칠 게야."

"그럼, 내일 가보죠. 당신도 같이 가지 않겠소? 그편이 얘기가 빠를

텐데."

그는 거친 다박수염 속에 감춰진 사각 턱을 불안한 듯이 만지작거리며 생각에 잠겼다. 그리고 눈을 내리깔고는 도전적인 차가운 시선을 슬쩍 내비쳤다. 충분히 나를 초조하게 만들고 나서야 동행하겠다는 약속을 했다.

"……중앙의 일도 그렇고, 여러 가지로 궁금한 게 많으니까." 그가 덧붙였다.

구로키 씨의 집으로 돌아오자 호우가 시작되었다. 마을 청년이 촌민대회 일로 구로키 교장의 집을 찾아왔다. 청년은 도쿄의 전병 가게에서 일한 경험도 있어 표준어를 곧잘 했다. 일찌감치 자신이 촌장의 후임자임을 자처하는 사내였다. 우뭇가사리 채집에 관해서 얘기를 나눴다.

"물질할 때는 몸이 마른 편이 좋습니다만 우뭇가사리만은 살찐 사람 쪽이 좋죠." 그는 천천히 설명했다. "손님 같은 체격이라면 우뭇가사리 채집에서 일등도 할 수 있을 겁니다. 저희 아버지는 살이 찌셔서 쓸데없이 채집을 더 하시는 거예요. 전 그런 거 안 합니다. 물질을 하면 아무래도 생명이 단축될 테니까요. 어리석게 그런 일을 왜 합니까?"

이 청년의 할머니는 88세의 고령인데도, "제가 77세가 되어서요"라고 사람들에게 말한다. 그 나이 때부터 기억이 멈춰버렸기 때문이다. 할머니는 2, 3년 전까지만 해도, "제가 80세가 되어서요"라고 말하곤 했다. 아마 4, 5년이 더 지나면 "제가 70세가 되어서요"라고 할지도 모른다. 슈이치가 처음 이곳에 부임해 인사하러 갔을 때 노파는 "아이고 불쌍도 허지. 여꺼지 유배되어 왔구먼" 하며 그를 위로했다고 한다. 슈이치를 유배인이라고 착각했기 때문이다. 하지만 그녀의 그런 희미한 기억을 두고 우리는 마냥 웃을 수만은 없었다. 오타케도 그 부인도, 그리고 구로키 씨와 교장도 어떻게 보면 현대판 '유배인'이었기 때문이다.

노파는 구로키 씨에게 찾아와서는 죽고 싶으니까 약을 달라고 몇 번이나 졸라댔다. "선상님, 쥐약 좀 줍소. 내 이제 가야 할 거 같수다." 구로키 씨는 위장약을 종이에 싸서 주었다. 하지만 노파는 그 '독약'을 먹으려 하지 않았다. "아적 갈 수가 없구먼. 여서 돌봐야 할 게 넘 많아서……"라고 말하며 건장한 손자들을 가리키며 눈물을 훔쳤다.

"알림판을 돌릴까요? 아니면 게시판에 붙일까요?"

격문의 집필을 부탁받은 교장은 청년에게 물었다.

"게시판에 붙이면 비에 젖을 겁니다. 알림판을 돌리죠." 첫번째 안건, '촌장 부재의 건'이라고 청년은 조항을 읽었다.

"저는 공무원이잖아요. 그래서 모임에는 참석하겠지만 마을 정치에는 관여하지 않기로 했어요. 기요모리 씨가 그 점을 알아주시지 않으면 곤란해서요." 교장은 아이한테 말하듯이 청년에게 주의를 주었다. 26세의 기요모리는 책상다리를 하고 앉아 비가 내리는 바깥 풍경을 내다보면서 교장이 내어준 파란 사과를 베어 먹었다.

어찌 되었든 나는 '임무'를 수행하기 위해서 내일 아슈라가하라로 가야만 한다.

소년이었을 무렵, 우리는 그 무시무시한 고원에서 소젖을 짜고 버터를 만들었다. 오타케가 우리를 감시하기 위해서 매일 매시간 얼마나 애를 썼는지는 아무도 모를 것이다. 조금이라도 방심하는 날이면 불량소년들이 우유를 마셔대고 버터도 죄다 핥아버리기 때문이다. 어느 날 세 명의 소년들이 나를 괴롭힐 짓궂은 장난을 생각해냈다. 당시 우리에게 누군가를 비명 지르게 하는 일보다 더 통쾌한 즐거움은 없었다. 그들은 내가 싫어하는 바다뱀을 내 목에 휘감았다. 본도에서는 살모사가 유명하지만 이 섬에는 그런 뱀이 없었다. 검은색과 노란색 얼룩무늬 바다뱀은 내 입술과 콧등에 기름을 흠뻑 묻혀놓았다. 한번 들러붙은 바다뱀의 기름은 아무리 씻어도 쉽게 닦이지 않았다. 작업에서 돌아온 나의 입가에 기름이 번들거리는 것을 오타케가 발견했다. 내가 버터를 몰래 훔쳐 먹었다고 생각한 것도 당연했다. 이튿날, 오타케는 나를 언덕 끄트머리로 데리고 갔다. 벌겋게 녹슨 가는 쇠막대기가 갑자기 나를 내리치는 순간에도 그 형벌의 원인이 뭔지 나는 알아차릴 수가 없었다. 우리는 원인도 모르는 가혹한 형벌을 받는 것에 익숙해져 있었다. 하지만 그날 오타케는 집요했고 미치광이와도 같았다. 내가 나뒹굴어도 뼈를 내리치는 폭력을 멈추려 하지 않았다. 울부짖고 소리를 내질러도 소용이 없다는 것을 잘 알고 있었다. 숨도 내쉴 수 없는 고통이 두려웠다. 하지만 그보다 더 두려웠던 것은 그가 절대 지배자로서 내 머리 위에서 계속해서 나를 때리는 것이었다. 쇠막대기로 한 대씩 때릴 때마다 그가 지배자라는 것을 그도 느꼈고 나도 느끼지 않을 수가 없었다. 그런 사실은 섬을 뒤덮는 폭풍이나 섬을 둘러싼 해류보다도 더 견고한 철칙이 되어 전신에 통증과 함께 스며들고 있었다. 그 철칙을 깨고 지배자에게 상처를 입히는 저주의 말. 절뚝거리고 피를 뚝뚝 떨어뜨리며 도망 다니면서 겨우 그 말 한마디를 나는 생각해냈다. "이 개자식! 니놈도 유배인이잖아!"라고 소리를 쳤다. "니놈도 이 섬에서 뒈질 거라고. 개자식아!" 한순간 휘두르던 쇠막대기의 움직임이 멈췄고 대지를 태우는 태양의 소리가 들릴 정도로 주변은 쥐 죽은 듯이 고요해졌다. 빈혈 때문인지 내 팔다리도, 풀과 돌도, 그리고 하늘도 그저 하얗게 바래 빛이 나고 있었다. 오타케도 나도 거친 숨을 내뱉었다. 하얗게 흐려진 그의 얼굴은 이전에 본 적이 없을 만큼 추하고 약해 보였다. 그 순간 섬 꼭대기에는 서로를 증오하는 두 명의 유배인이 서 있을 뿐이었다. 그리고 지구상에는 오직 우리 둘만이 남겨진 채 모든 것들이 자취를 감춰버렸다. 이 세상에 비참함도 불행도 있을 리가 없다는 듯 풍요로운 햇살로 터질 것만 같은 정적. 그 벌판에서의 침묵은 뇌의 움직임을 멈추게 했고 옴짝달싹 못 하는 공포와 울분을 전해주었다. 사실 손발이 옴짝달싹하지도 못할 만큼 몹시 지쳐 있었다.

마지막 한 대를 내리치고 나서 어째서 나의 죽음을 확인하지 않았던 것일까? 또 땅속에 묻지 않고 바닷가로 끌고 가는 방법을 택한 것은 왜일까? 잘 모르겠다. 아무리 신중한 사람이라도 실수를 한다든지 착각을 할 수도 있는 법이다. 변덕스러운 바다의 정기가 나를 구해주지 않았더라면 나는 분명 일개 고용인의 시체로 소멸되어버렸을 것이다. 지바로 돌아가던 가다랑어잡이 어선이 표류하는 나를 구해주었다. 숨을 다시 내쉬게 된 나는, 내 '죽음'의 원인에 대해 일절 어부들에게 말하지 않았다. 섬의 이름도 오타케라는 이름도, 아니 나 자신의 이름조차 말하지 않았다. 어부들도 '죽은 자'의 신원을 성급하게 알려고 하지는 않았다. 가다랑어 배가 지바의 어촌에 도착하자 나는 다시 '유배인'으로 돌아가는 것을 두려워한 나머지 인사말도 남기지 않고 그곳에서 탈주해버렸다.

비바람은 함석지붕과 덧문을 두드리고 램프는 희미한 소리를 내고 있었다.

"비가 그치면 오히려 바람이 더 심해지는 경우가 있지요."

구로키 씨는 점토로 제작한 타아의 작은 나체상을 손가락으로 어루만지고 있었다. 판자 위에 반죽되어 있는 점토는 검녹색으로 말라가고 있었고, 누워 있는 소녀의 등 모양은 뾰족해 보였다. 선이 강한 소상(塑像)은 다리 부분에 금이 가서 애처로웠다. 살아 있는 소녀는 드롭스 캔을 흔들어보고는 사탕을 하나씩 입에 넣었다.

'만약 오타케가 나를 죽이지 않았더라면 나는 이 섬에서 탈출하지 못했을 것이다'라고 생각했다. 쓸데없는 생각이다. 하지만 역시 그랬을 거라고 생각한다.

8월 8일 흐린 후 맑음. 바람이 강함.

아슈라가하라까지, 흐르는 물을 도려낸 듯한 강바닥 같은 좁은 길을 따라갔다. 무너지기 쉬운 자갈과 날카로운 바위 모서리를 뛰어올라갔다. 길에서 위쪽으로 한 단만 올라서도 그곳은 바람의 나라였다. 바람은 흡사 움직이는 벽처럼 풀이며 수목을 죄다 밀어붙이며 통과한다. 작년에는 폭풍으로 초등학교의 함석지붕이 멀리 H본도까지 공중에 떠서 날아갔다. 함석으로 만든 연처럼 지붕이 바다 위로 날아간 것이다. 다메토모가 자기 아이를 연에 묶어 이 섬에서 탈출시키려고 했다는 전설이 억지로 꾸며낸 얘기만은 아니라는 생각이 들었다.

산 오두막에 도착하기까지 염소의 습격을 서너 차례나 받았다. 염소는 목숨을 걸고 공격하는 거라서 맹렬했다. 뿔을 기울이며 불시에 달려들었다. 자신들 외의 동물들이 침입하는 것을 거부하는 듯이 집요한 적의를 가지고 있었다. 한번은 몸을 피하지 못해 모래밭에 넘어져서 염소 복부의 체온을 코끝으로 그대로 느꼈다. 염소들이 떼를 지어 습격했다면 아마도 무사하지는 못했을 것이다. 오타케의 염소는 노인네들처럼 제각기 고립되어 있었기 때문에 전투를 할 때도 협력 따위는 할 리가 없었다. 새빨간 눈가, 표독스러움을 노골적으로 드러낸 골격. 자신들이 연약한 초식동물이라는 사실을 참을 수 없는 것 같았다. 하지만 이 가련한 동물의 난폭함을 마을 사람들처럼 그냥 '늑대'라고 부르기에는 뭔가 석연치 않았다. 풀을 씹는 부자연스러운 하얀 이빨의 움직임만 봐도 육식동물의

'피의 환희'를 모르는 피해자처럼 생긴 네발 짐승인 것이다.

"염소한테 공격을 당하지는 않았나?"

채찍을 손에 든 오타케가 처음 내던진 말이었다.

바위까지 뻗어 있는 오두막이 땔감과 건초 더미 속에 반쯤 숨어 있었다. 텐트 크기의 오두막은 살아 있는 나무의 생기를 완전히 잃어 흐린 잿빛 하늘 아래서 자연과 거의 구분이 되지 않았다. 직사각형의 구덩이 위에 나무껍질로 만든 지붕 하나가 올려져 있을 뿐이었다. 우리 악동들이 쌓은 2척 높이의 돌담이 납작한 오두막을 삼면에서 지키고 있었다. 임시변통의 피난처라기보다는 잘 정비된 무덤에 가까웠다.

"오타케 씨, 당신의 진짜 이름은 게누마 아닌가? 동료들이 게누마라고 부르지 않았소?"

"사업 얘기를 한다고 하지 않았나?"

"물론 사업 얘기지." 나는 방심하지 않고 말했다. 소가죽 끈을 두 줄로 꼬아서 만든 그의 채찍은 칼날처럼 날카로웠다. 머리 위 구름은 흐린 잿빛 실루엣이 되어 종횡으로 늘어졌다가는 흩어지고 또다시 하나로 녹아들었다. 사냥감을 잡은 하늘의 그물처럼, 부풀어 오른 구름의 그물코가 분주하게 휙휙 바람에 끌려다녔다. 구름의 불꽃이 어둡게 펼쳐진 탓에 오타케의 견고하게 서 있는 모습은 마치 정지된 채 모양을 바꾸는 것처럼 보였다.

"손가락을 하나 잘라야겠어. 하나면 되거든. 이거 아주 많이 봐주는 거야."

"손가락이라고? 무슨 그딴 멍청한 소리를 지껄여. 뭐 때문에?" 게누마의 적갈색 볼이 작은 귀 옆에서 억지스런 웃음으로 한층 팽팽해졌다. "게누마라는 놈이 어쨌다는 거지?"

"게누마가 이 섬에 아직 살아 있다고. 그건 당신한테 아주 안 좋은 상황이잖아? 그래서 손가락 하나만 건네주면 게누마를 없애주겠다고 하는 거야."

나는 와이셔츠 주머니에서 두 장의 사진을 꺼냈다.

"눈 딱 감고 넘어갈 생각이라면, 뭐 그래도 상관은 없겠지. 하지만 여기 증거가 있어. 보고 싶지 않으면 안 봐도 되지만."

두 장 다 오타케, 그러니까 게누마의 지문을 확대한 사진이었다. 한 장은 최근까지 촌장이 소장한 서류에서 슈이치가 다시 찍은 오타케의 지장이었다. 다른 하나는 기적처럼 불에 타지 않고 살아남은 경찰의 수배 사진이었다. 이쪽은 색이 붉게 바래 있었다.

"두 장 다 오른손 엄지손가락이거든. 그러니까 엄지손가락이 아니면 곤란하겠지. 당신도 곤란할 거 아냐. 이런 엄지손가락을 가지고 있는 한 당신은 언제까지고 게누마일 테니까."

게누마라는 이름은 경시청이 무정부주의자 조직에 심어놓은 스파이의 이름이었다. 그자의 본명을 알고 있는 사람은 아무도 없었다. 그는 무정부주의 테러리스트의 지도자 행세를 하며, 동료들이 고관들을 암살하도록 주도한 자였다. 총검거가 끝나기 전까지 게누마와 경시청이 서로 공모했다는 사실은 알려지지 않았다. 극비 지하조직에서는 지도자의 얼굴을 아는 사람이 극소수였기 때문이다. 그 얼마 안 되는 사람들도 대부분 처형을 당했거나 감옥에서 죽음을 맞이했다. 게누마라는 강력한 스파이가 조직 전체를 파괴했다는 전설만이 남아 있을 뿐 그자가 어떤 모습이었고 또 목소리가 어땠는지는 알 수가 없었다. 그것은 마치 그의 육체가 살아 있으면서 소멸된 것과도 같았다.

"용케도 이런 지문 사진이 아직 남아 있었군. 그리고 이걸 잘도 손에 넣었어. 근데 지문이 엄지손가락 한 개뿐이라고?"

연로한 무정부주의자가 간직하고 있던 집념 어린 옛 사진이 바람에 날리지 않도록 꽉 잡은 내 손끝에서 땀이 배어났다.

"그러니까, 게누마의 엄지손가락만이 사라지지도 못하고 살아남은 걸 내가 찾아낸 거지."

"이봐, 폭력이라도 행사할 생각인가?" '오타케'는 채찍의 끝을 왼손으로 둥글게 말고는 다가왔다. 그는 분명히 '게누마'로 다시 돌아가고 있는 중이었다.

"나는 필요하지 않으면 폭력을 휘두르지는 않아. 예전의 사보가 아니거든. 선량한 장사꾼일 뿐이지. 이제 곧 죽을지도 모르는 한 노인의 마지막 소망을 들어주고 싶은 것뿐이라고. 이건 암만 봐도 그렇게 터무니없는 소망은 아니거든. 게누마라는 놈 때문에 얼마나 많은 사람들이 원한을 품으며 비참한 죽음을 맞이했겠는가? 또 그 가족들은 얼마나 끔찍한 생활을 해야 했고. 만약 게누마가 뻔뻔스럽게 아무 일도 없었다는 듯이 잘 살고 있으면서 아무런 처벌도 받지 않는다면, 이 세상은 정의도 없을 뿐더러 사람의 도리도 없는 거겠지. 신도 부처도 없는 거라고 노인이 말했거든."

"내가 아무 일도 없이 잘 살고 있었다고는 말할 수 없겠지. 얼마나 힘들었는지 니놈이 알 리가 없잖아." 게누마가 말했다.

"만일 당신이 정말로 괴로웠다면 다른 사람의 괴로움도 알 거 아니오?"

"그건 내가 하고 싶은 말이다. 만약 니가 진짜 사보라면 섬에 남아 있는 내 괴로움도 알 거 아니냐고. 나는 도쿄에 사는 놈들을 증오하고 있어. 유배당한 사람의 일 따윈 까맣게 잊고 사는 도쿄의 놈들이 가증스럽다고."

"도쿄에 사는 놈이라는 말은 경시청 말인가?"

"……니들이 다 그래. 뻔뻔스럽게 아무 일도 없었다는 듯이 잘 살고 있는 쪽은 니들이잖아."

"하지만 잊히는 게 당신의 목적이었잖소? 그 때문에 이 섬에 온 거였고. 스스로 선택한 길이 아니냐고."

"누가 이런 길을 선택할 거 같아? 강제로 오게 된 거지. 니들도 예전에 감화원에서 이 섬으로 오는 걸 일부러 선택한 건 아니었잖아. 나는 오타케지 게누마가 아니라고. 그래, 스파이의 기분은 스파이가 아니면 모르겠지. 유배인의 기분도 유배인이 아니면 모르는 거겠지."

"다른 사람은 어떨지 모르겠지만 나는 당신을 비판할 자격이 있어. 나는 오래전 Q섬의 유배인이었고 당신한테 살해당한 사람이니까. 그러니까 손가락 하나만 자르자고. 그걸로 다 끝날 테니까."

세찬 바람에 우리 두 사람은 웅크러들었다. 바위, 조릿대와 여름풀 그리고 오두막의 지붕 위에서 사각사각 모래알이 내달리기 시작했다. 흐린 날인데도 생각지도 못한 곳에서 이상할 정도로 날카로운 빛이 고원 위를 비추고 있었다. 게누마는 채찍을 내리치고 싶어 좀이 쑤시는 것을 가까스로 억누르고 있었다.

"손가락을 내주지 않으면 어떻게 한다는 거지? 날 죽이기라도 할 테냐?"

"당신이 나를 한 번 더 죽이고 싶어 하겠지." 나는 말했다. "하지만 나는 이런 일로 사람을 죽이고 싶지는 않아. 당신을 몰아세우는 데에는 더 좋은 방법이 있을 테니까."

경우에 따라서는 이렇게 말할 생각이었다. 슈이치는 자신이 가르치는 아이들로부터 절대적인 신뢰를 받고 있었다. 마을의 아이들은 슈이치의 명령이라면 무슨 짓이든 신이 나서 할 것이다. 그들은 오타케의 오두막과 카누를 불태우고 그의 가축을 죽일 수도 있을 것이다. 그리고 마을 사람들이 방화한 자나 오타케의 가축을 죽인 범인을 찾아준다는 것은 아마 있을 수 없는 일일 것이다—

하지만 게누마는 휙 하고 등을 보이고는 멀어져갔다. 마치 지금까지 내 눈앞에 아무도 없었던 것처럼 그의 모습을 삼킨 풀바다는 한 줄기 바람으로 술렁거렸다.

오후, 도모지의 암반 지대로 향했다. 이 섬의 지명은 어려운 곳이 많다. 고부네고라는 말은 고부네고(河船河)라는 뜻이고, 도모지는 도모지(共地)인가? 아니면 도모지(艫地)라는 뜻인가? 파도가 높은 날 암벽에 둘러싸인 긴 웅덩이에 해수가 흘러드는 모습이 강으로 비유될 수 있으니까, 고부네고(河船河)는 조금 뜻이 통할 수도 있을 것이다.* 하지만 도모지(共地) 혹은 도모지(艫地)는 무엇을 나타내는 말인가?

긴지로의 묘지 아래쪽에서 선착장으로 내려가는 길을 오른쪽으로 꺾으면 산 쪽으로 완만한 푸른 풀밭의 비탈길이 나타난다. 그곳에는 줄기가 길고 청초한 문주란이 수두룩했다. 문주란에는 꽃봉오리 비슷한 단단한 열매가 달려 있었다. 쭉 뻗어 있는 꽃줄기의 끝에 동그랗게 펼쳐진 꽃 모양의 열매가 수십 개씩 달려 있었다. 마을 아이들은 돌팔매질할 때 돌 대신에 이 파란 열매를 던지곤 한다. 비탈길 사이로 듬성듬성

---

* 도모지(共地)는 색깔이나 무늬가 같은 천이고, 도모지(艫地)의 艫(로)는 뱃머리이다. 고부네(河船)는 강에서 사용하는 평평하고 긴 배이다. 이 고부네가 다니는 강[河]이니까 그렇게 부르는 것이 적당할지도 모른다는 의미.

드러난 바위는 녹음에 둘러싸여 죄다 시커멨다.

여름풀 사이로 겨우 얼굴을 내민 바위 하나가 돌로 된 사당을 감추고 있었다. 사당이라고 해봤자 작은 사각형의 돌에 불과했고 모양뿐인 돌문은 닫혀 있었다. 그 앞에는 검게 칠한 함석으로 된 도리이 수십 개가 쌓여 있었다. 사당도 도리이도 장난감처럼 작아서 바위나 풀의 풍성함이 오히려 두드러져 보였다. 사당이 특히 더 작게 보이는 것은 사당 주위에 숲처럼 쌓아놓은 산더미 같은 그릇들 때문이었다. 불그스름한 초벌구이 항아리, 유약이 노랗게 반짝이는 단지, 커다란 검은 독, 붉은색의 작은 단지, 사이다병, 맥주병, 그리고 상표가 선명한 양주병들이 온통 빗물로 가득 차 있었다.

이렇게 자그마한 사당은 돌계단의 모서리나 짙은 덤불 밑, 아니 마을 여기저기에 수두룩했다. 구로키 씨의 집 정원에도 검은 나무 그늘 밑에 돌 사당이 하나 있었다. 아이들은 덴구*를 기리고 있다고 하지만 섬으로 떠내려온 시체의 무덤일지도 몰랐다. 아니면 유배인을 묻었다는 표시인가? 아무튼 모래가 없는 소금물의 사막에서는 음료수 용기가 제기(祭器)인 것이다. 게누마가 죽으면 과연 누가 어떤 무덤을 세워줄 것인가? 나는 '오타케'의 비참한 최후를 진정으로 바라고 있는 것일까?

문주란의 열매를 바위 모서리로 내던지며 나는 도모지로 가는 길을 서둘렀다. 이미 나무도 풀도 하나 없는 바위의 숲이다. 깊고 험준한 바위의 갈라진 틈으로 파란 열매가 기세 좋게 튕겨 오르다가 다시 떨어졌다. 내려갔다가는 다시 오르고 엄니를 드러내고 버티고 서 있다가는 갑자기 낮아지는 암벽층의 끄트머리, 구부러지고 서로 달라붙고 또 변덕스

---

* 天狗: 하늘을 자유로이 날며 깊은 산속에 사는 신통력이 있는 동물. 얼굴이 붉고 코가 큰 상상의 동물.

럽게 떨어지고 싶어 하는 그런 바위줄기 어딘가에 게누마가 애지중지하는 카누가 숨겨져 있을 것이다. 견고하고 커다란 암반 몇 개를 넘어 오르면 생긴 지 얼마 안 된 바위의 진열장이 나타난다. 그곳은 요고로나 긴지로 혹은 다메토모, 아니 이 섬의 유배인들이나 섬 주민들이 살기 훨씬 이전부터 이미 잘 갖추어진 정원이자, 해저화산의 폭발로 용솟음쳐 올라간 용암의 유적들이었다. 물결 모양의 자유를 부여받은 암석. 광물 모양으로 만들어진 파도이다. 바위 협곡의 깊숙한 곳에 다다르면 더 이상은 높은 파도도 보이지 않았다. 바다는 층층 기암절벽의 맞은편에서 아쉽다는 듯이 술렁거릴 뿐이었다. 젖은 모래알이 손가락 끝에서 엉켜 떨어지는 모양의 모래 탑. 고양이에게 잡아먹히고 버려진 쥐의 복부. 그 밖에 어떠한 묘사로도 표현할 수가 없는 암석의 부락은 자연의 흥분된 상태를 고전적인 아름다움으로 기복을 이루고 있었다.

바닷게처럼 옆으로 기어서 바위 꼭대기와 틈새에 수를 놓듯이 걸어갔다. 바위는 차가웠다. 바위로 흘러내리는 안개와 같은 빛도 그곳에서는 차가웠다. 자신의 손발을 시험이라도 하듯 나는 이쪽 바위 저쪽 바위로 장소를 바꿔가며 앉았다. 조개껍질도 해조류도 나무 조각도 보이지 않았다. 예전에 우리가 뗏목을 숨겨두었던 동굴을 발견했다. 그곳은 카누를 올려놓기에 안성맞춤인 통나무 세 개가 놓여 있었다. 오래전 게누마는 우리의 뗏목을 불태웠다. 그렇다면 그가 가장 두려워하는 것도 누군가가 자신의 카누를 불태우는 일일 것이다.

내 예상은 너무도 완벽하게 들어맞았다. 바위 끝에는 용암의 출현으로 놀라기라도 한 듯한 오래된 암반이 드러나 있었다. 암반은 쩍 벌어지고 제멋대로 기울어져 파란 바다가 들여다보일 정도이다. 오타케의 카누는 부풀어 오른 파도의 등줄기를 타고 있었다. 카누를 고정시키는 두 개의 받침대가 검붉은 물보라를 뒤집어썼다. 게누마의 상반신이 물에 잠겨 있는 듯이 보였다. 그는 카누를 젓고 있었다. 하지만 젓고 있는 것처럼 보이지는 않았다. 그저 천천히 상체를 앞뒤로 쓰러뜨리며 체조를 하는 사람 같았다. 카누는 비교적 빠르게 전진했다. 그러고는 손쉽게 되밀려왔다. 해협을 헤쳐서 빠져나갈 생각 따위는 처음부터 없었던 게 분명하다. 그저 다른 장소로 카누를 이동시킬 수만 있다면 그걸로 마음이 놓일 것이다. 카누라는 게 얼마나 무겁고 또 얼마나 취급하기 어려운 물건이었던가? 그리고 파도라는 게 얼마나 제멋대로이고 또 얼마나 많은 가능성이 허락되는 놈이었나? 나는 어느덧 게누마가 물에 빠지지 않기를 기도했다. 그리고 그의 상체가 검은 점이 돼서 사라질 때까지 전송했다. 바다가 그를 심판한다는 게 왠지 부당한 것처럼 느껴졌기 때문이다.

해 질 무렵, H본도의 야에네 항 주변에서 불빛과 하얀 연기가 보였다. 그것은 드물게 보는 대형 화재의 조짐이었다. 마을 사람들은 불안해하고 있었다. 기요모리 형제는 마을에서 단 한 마리뿐인 개(이 마을에서는 고양이도 키우지 않는다)의 껍질을 벗기며 요리를 하고 있었다. “이 녀석은 나쁜 놈이야.” 그렇게 말하며 기요모리 형제는 사네토모의 개에 생선용 칼을 들이대고 있었다. 촌민대회가 내일로 연기되자 요시쓰네가 교장 선생님에게 보고를 하러 왔다. 싸움을 걸기라도 할 듯한 기세였다.

비가 내리는 어둠 속을 뚫고 게누마의 부인이 구로키 씨 집의 판자문을 두드렸다.

“우리 그이가 좀 이상허유.” 그녀가 말했다. 우비를 쓰고 있었고 그렇게 두려워하는 듯한 얼굴은 아니었다. “자기 엄지손가락의 껍질을 벗기는 거예유. 그게 좀 불안해서스리.”

"뭐요? 잠이 덜 깬 거 아니세요?" 구로키 씨가 부인을 놀려댔다. 내가 피스를 한 갑 내밀자 그녀는 기쁘다는 듯이 웃었다.

"아주머니, 제가 내일 오타케 씨를 만나러 가겠습니다." 내가 말했다. 구로키 부인은 요오드포름하고 붕대를 그녀에게 건넸다.

구로키 부부는 소녀를 섬으로 데리고 와야 할지 말지를 진지하게 의논하는 중이었다. 도쿄에 내버려두면 타아가 영양부족이 될 거라고 걱정을 했다. 섬으로 데리고 오면 학업이 늦어질 것이다. "그렇다면 이참에 나라(奈良)에라도 갈까?" 구로키 씨가 속내를 내비쳤다. "난, 아무래도 이 섬에서 죽고 싶지는 않은 것 같아. 나라에서라면 무덤을 만들어도 나쁘지는 않겠지."

나는 마을 초등학생들의 일기를 읽었다. 게누마도 나도 이 섬에서는 행복을 얻을 수가 없었다. 하지만 이 섬의 주민이 전부 불행하다고는 단언할 수가 없는 것이다. 섬 아이들은 어떨까? 기요모리의 막내아들이 쓴 작문이 가장 재미있었다.

—후지네(바위섬의 이름)로 세헤미(해초 이름)를 캐러 갔다. 해초가 별로 없었지만 그래도 참고 캤다. 요코세(지명)에서 캐고 있는데 "문어다" 하는 소리가 들렸다. 나도 뛰어가서 봤는데 정말 커다란 문어였습니다.

—고부네고에서 커다란 복어가 잡혔다. 무게가 2관 정도는 됐다. (복어 그림 있음)

—가타사키(지명)에서 물고기를 잡고 헤엄을 쳐서 돌아올 때 커다란 상어를 봤다. 기요시 군이 "으악" 하며 도망을 쳤다.

—가쓰오도리(바다 철새 이름)를 잡으러 갔습니다. 12마리 잡았습

니다.

—복어가 알을 낳는 것을 봤다. 오스미(바위)의 갈라진 틈에서 자주 알을 낳았다. 알을 하나 낳고는 뒤돌아서 보곤 한다.

—도모지에서 마루타를 많이 잡았다. 마루타, 사사키, 에에스, 아미사, 사사, 가리키누, 무로, 무쓰고, 하토* (생선 이름 밑에 그림 있음)

—어제 산에 갔다 와서 너무 피곤해서 잠을 잤다. 상당히 잠을 많이 잤다고 생각했는데 3시 40분밖에 자지 않은 것이다.

—오늘은 시타노쇼(지명)에서 풀을 지고 집까지 왔다. 오다가 중간에 무서워졌다. (피곤했다는 뜻)

8월 9일 흐리고 때때로 맑음.

다시 한 번 오타케의 오두막으로 갔다. 게누마는 부인이 말한 대로 오른손 엄지를 붕대로 감고 있었다. 한잠도 자지 못한 것처럼 검푸른 안색의 지친 모습이었다. 표독스러움을 잃고 방심한 상태였다. 충혈된 눈이 나의 전신을 천천히 훑었지만 더 이상 노골적인 적의는 찾아볼 수가 없었다.

"사진 좀 보여주게." 마루에서 일어나자마자 그가 그렇게 말했다. 나는 어제 보여준 사진 두 장을 그에게 건넸다. 그는 지쳐 보이는 어깻죽지로 열심히 그 두 장을 비교했다.

"니가 사보라고?"

"그렇소."

"노인이라는 자는 누구지?"

---

* 하치조지마(八丈島)의 방언. 그중 마루타(황어), 무로(무로아지, 갈고등어), 무쓰고(게르치)는 일반적으로도 알려진 생선 이름.

나는 노인의 이름을 그에게 말했다. "뭐? ××라고!" 게누마는 한 순간 표정이 일그러지더니 자색의 입술을 다물었다. 분하다는 듯이 "이런……" 하고 숨을 내뱉었다.

나는 네 장의 지문 사진을 더 꺼냈다. 사실 게누마의 지문은 다섯 손가락이 다 있었던 것이다.

"이건? 역시 그랬군." 게누마는 놀라지도 않고 네 장의 사진을 받아 가라앉은 어조로 중얼거렸다. 그리고 오른손 손가락을 하나하나 움직여 보고는 침울하게 쳐다보고 있었다.

"××가 무슨 일이 있어도 내 손가락을 원한다는 건가?"

"그래."

"××는 아직 살아 있겠지?"

"그렇소." 나는 거짓말을 했다. 그것은 노인의 마지막 유언이었던 것이다.

"동백나무 숲도 오두막도 당신한테는 팔지 않을 게야."

그는 바닥에서 일어나 다섯 손가락을 가능한 한 크게 벌리고는 오른손을 바닥에 딱 붙였다.

"엄지손가락을 잘라. 빨리 자르라고." 그가 말했다. "칼은 가지고 왔겠지?"

나는 대형 나이프를 가슴 주머니에서 꺼냈다. 그리고 두꺼운 칼날의 끝을 그의 엄지에 대어보았다. 그의 이런 반응은 의외였다. 하지만 나는 예상이라도 한 것처럼 숨도 쉬지 않고 시행해버렸다. 그렇게 하지 않으면 아마 노인과의 약속을 지키지 못했을 것이다. 왼손으로는 나이프를 쥐고 오른손 손바닥으로 과감하게 칼등을 내리찍었다. 부인의 모습은 보이지 않았다. '저 불상이 날 감시하고 있군!' 하는 생각이 들었다. 손바닥도 팔의 관절도 저렸다. 으드득, 뱀의 목처럼 게누마의 엄지가 절단되었다.

개운치 않은 씁쓸한 기분은 한밤중까지 지속되었다.

교장은 촌민대회에 참석했다. 아랫마을의 촌장 집에서 고함을 지르듯 연설하는 요시쓰네의 목소리가 들려왔다.

"마을 사람들이 나더러 연극을 써달라고 했던 건데요." 구로키 씨는 기침을 하면서 자필 원고를 나보고 읽으라고 했다. "그냥 써봤습니다. 근데 마음에 들어 하지 않아서 공연까지는 올리지 못했습니다."

각본에는 악한 관리, 선한 유배인, 악한 유배인, 유배인을 사랑하는 딸과 그녀의 아버지 등이 등장하고 있었다. 달이 밝은 밤에 유배인들이 폭동을 일으킨다. 선한 유배인과 딸은 악한 관리를 죽이고 자신들도 죽는다. 아버지는 탄식하며 슬퍼한다. 소박한 인정과 스릴이 교묘하게 뒤섞인 대중극이었다.

"이건 마을 연극치고는 너무 고급스럽네요." 나는 그렇게 말했다.

"그리고 유배인을 너무 선한 주인공으로 만들어서 마을 사람들이 마음에 들어 하지 않는 거겠죠."

"그럴까요?"라고 수긍하는 구로키 씨의 마음을 나는 알 수 있을 것 같았다.

침대 밑 배낭에는 게누마의 손가락이 들어 있었다. 손수건으로 싸고 다시 기름종이로 말아놓은 게누마의 손가락은 내 손에서 잘라낸 것 같은 느낌이 들었다. 아무튼 그것은 섬사람의 손가락이 아니다. 유배인의 손가락인 것이다.

"아아, 말도 안 돼. 하 참, 다들 너무했어. 말도 안 된다고." 구로키 부인이 검게 그을린 얼굴을 붉히며 회합에서 돌아왔다.

"요시쓰네는 처음부터 고함을 쳐대는데, 고함만 치지 요점이 뭔지를 모르고 있고. 촌장의 아버지가 와서 예전 일은 잊었냐고, 오히려 사람들을 하나둘 해치워버리는 거야. 그랬더니 다들 잠자코 있는 거야. 기요모리는 교활해서 요시쓰네에게만 연설을 시키고 자기는 아무 말도 하지 않고 말이야."

8월 10일 쾌청.

오후 9시, U마을의 가다랑어 배는 고부네고에서 출항을 한다. 파도 때문에 나흘 동안이나 U마을의 항구에는 배가 정박하지 못했다. 목소리가 큰 요시쓰네, 수염을 막 깎아 푸르스름한 사네토모와 호리호리한 기요모리 등 마을의 사내들이 이미 배 위에서 나를 기다리고 있었다. 우타코가 나와 동행하고 싶어 하다가 구로키 씨에게 혼이 났다. 배에 올라타자 절벽 위로 게누마 부인의 모습이 보였다. 평정심을 잃은 그녀는 절벽 끝에서도 우왕좌왕하고 있었다.

"왜 저러냐? 남편이 어데 가버렸나?" 사네토모가 차가운 눈초리로 비아냥거리면서 농담하듯이 중얼거렸다. "참고 기둘려야지. 잘 지내라고, 잘 지내여."

"늘 생각하고 있겠소."* 구로키 씨는 시동이 걸린 배를 보며 오래된 섬 인사말을 던져주었다. 구로키 부인은 계속 수건을 흔들었다. 배는 바위를 돌자 좌우로 기우뚱거리며 구로시오의 해류에 올라탔다. 와다 항 위쪽, 선착장 옆 오두막 근처의 검푸른 높은 지대에 떠 있는 구로키 일가의 모습은 하얀 세 개의 점이 되어 움직임 없이 서 있었다.

---

* 思うわようい: 이즈(伊豆) 최남단 아오가시마(青ヶ島) 섬에서 헤어질 때 하는 인사말. 당신이 눈앞에서 사라져도 계속 생각하겠소, 다시 만날 때까지 생각하고 있겠소라는 뜻.

오카쿄의 숙소에서 도쿄로 가는 선편을 기다렸다. 신문도 없고 라디오도 한 대 없는 Q섬에서는 전혀 알 수가 없었던 사건을 H섬에서 인쇄된 작은 신문을 통해 알게 되었다. '원생들, M기숙사에 방화. 여론에 응답해서 전원 철수하는가?' 그게 U마을 사람들을 불안하게 만든 화재의 진상이었다. H섬 감화원의 M기숙사에서 원생 32명이 기숙사 본관 건물 백 평 중 식당 50평을 깨끗이 불태워버린 것이다. 일손이 부족한 M기숙사에서는 50명이 넘는 수용 인원을 주체하지 못하고 도쿄의 본부로 계속 이동을 시키고 있었다. 폭동을 일으킨 자들은 도쿄로 가지 못하고 남아 있던 사람들이었다. '이 기숙사만 없어지면 섬에서 나갈 수 있을 것이다.' 그게 폭동의 주된 원인이었다. 고아 세 명이 동료들을 선동했다. 그들은 직원 세 명을 가두고 야구 배트와 침대 다리를 휘두르며 칼로 기숙사 사감을 협박했다. 전화선을 절단하고 식량 창고에서 설탕을 탈취했다. 식물을 닥치는 대로 베어버리고 나서 전원이 탈주했다. 선동을 주도한 세 명은 도망치지 못하고 현장에서 그대로 체포되었다. 섬사람들은 불량 청소년들을 전원 귀환시킬 것을 요청했다.

밤 11시, 미쓰네 항으로 향했다. 마을 사무실의 지프를 얻어 타고 갔다. 대원 모집 때문에 섬에 온 예비 대원을 맞이해 숙소에서는 연회가 열리고 있었다. 그래서 지프에는 대원들 외에도 경찰서장, 경제과장, 신문기자들이 동승했다. 다들 취해 있었고 운전사를 다그치며 칠흑 같은 어둠 속의 비탈길을 질주시켰다. 동해기선의 호화선(?)은 바다의 어둠 너머로 빨강과 녹색 빛 속을 가로질러 가고 있었다. 거룻배가 다가가자 눈이 부신 선내에서 흐르는 경음악이 들렸다. 나는 올 때보다는 한결 가벼워진 배낭을 손에 들고, 올 때보다는 훨씬 무거워진 발걸음으로 이등석의 지정실로 들어갔다.

8월 11일 맑음.

저녁노을이 하늘과 바다를 희미하게 물들일 무렵 배는 도쿄 만으로 들어갔다. "이곳은 미우라 일족이 차례로 전사한 곳으로 전사한 이들의 피로 인해 바닷물이 진홍색으로 변했다고 전해지고 있습니다." 미사키 앞바다를 통과할 때 안내양이 달달한 콧소리로 노래하듯이 설명했다.

쓰키시마의 부두는 분주한 등불과 소음으로 가득 차 있었다. 도쿄 만을 일주하는 유람선은 둥그런 빛의 모양과 빛의 베일에 둘러싸여 휘황찬란한 도쿄 거리의 한 모퉁이처럼 멈춰 선 채 유람 시간을 기다리고 있었다.

폭죽 소리가 요란하게 울려 퍼졌다. 그 소리는 자랑스러움과 동시에 확실한 효과음을 내면서 계속되었다.

『신초(新潮)』 1953년 3월호

이질적인 존재

나는 최근 한 철학자의 의견에 반대 입장을 취했다. 그는 매사를 지나칠 정도로 진지하게 생각하는 타입으로 나보다 나이가 열 살이나 많았고 열정도 열 배는 많은 인물이었다. 그는 예술을 광적일 정도로 사랑했고 오로지 이 세상에 속해 있지 않은 아름다움만을 동경하고 있었다. 어쩌면 내가 사랑하는 부류에 속하는 사람이었다. (그렇다고는 해도 내가 누군가를 진심으로 사랑한다는 건 도저히 믿을 수 없는 일일 테지만.)

어째서 그 정도 되는 철학자가 일개의 취객에 지나지 않는 나를 상대로 흥분해서 열변을 토했는지 지금도 그 이유를 모르겠지만, 그는 나를 뭔가 대화가 되는 청년이라고 생각해서 상대한 것이 분명하다. 고뇌이든 쾌락이든 간에 아무튼 마음속에 솟구치는 뭔가를 품은 사람들은, 상대방도 반드시 자신만큼 이해할 수 있는 능력을 가지고 있을 거라고 섣부르게 판단해버리는 것이다.

나는 반짝거리는 수액을 모조리 빨아들이는 적토의 구덩이처럼 냉정하고 조용히 앉아 있었다. 그곳은 특별한 찻집이기는 했지만 몹시 춥고 동시에 습기가 가득 찬 곳이었다. 게다가 불편하게도 나와 동거하고 있는 하나코라는 여성이 근무하고 있었다. 나는 11시까지 의자에 앉아서 그녀가 자유의 몸이 될 때까지 기다리기만 하면 되는 것이었다. 이 세상으로부터 미움을 받지 않기 위해서 무슨 일이든 그냥 적당히 하는 것이 좋다는 것, 또한 가끔은 그 같은 행동 패턴을 깨뜨리는 방법도 체득했다는 것을 나는 보여줘야만 했다. 그런 처세술을 죄다 꿰고 있었기 때문에 그냥 이렇게 가만히 앉아 있는 것처럼 보이지만 사실은 여러 가지 무언의 표정과 서투른 연출을 하고 있었다. 하지만 그래도 내가 아직 이 세상을 살아갈 여지는 남아 있었다. 그리고 앞으로도 여전히 괴로움이나 즐거움이 있을 것이고 무한한 미지의 세계에 둘러싸여 자신의 방식대로 살아갈 수도 있을 것이라고 안심하고 있던 터였다.

하지만 그때 그 철학자는 증오에 가까운 감정으로 두 눈을 번뜩이며 비통하고 절박한 어조로 나에게 질문을 연거푸 내던졌다. 처음에는 여자에 대한 나의 태도, 특히 하나코를 대하는 태도에 관한 인간미 넘치는 충고를 했던 것 같다. 그는 하나코를 마리아라고 부르기도 하고 그레트헨*으로 여기기도 했다. 그리고 2천 엔짜리 머플러도 사주고 현금으로 5천 엔을 주기도 했으며(하나코에게 원하는 게 뭐냐고 그가 물었을 때 축음기가 가장 비쌀 것 같다는 생각에 그걸 갖고 싶다고 대답했고 그 금액을 받은 것이었다) 헤어질 때는 '봉수아르 므시외' 혹은 '오 르부아르'**라고 말하도록 시키기도 했다. 하나코는 그 5천 엔으로 물건을 사서 금세 만 엔 정도의 돈으로 불렸고 그러고는 금세 그것을 다 탕진해버렸다. 그 현장을 지켜보고 있던 나는 그 학자에게 주눅이 들 수밖에 없었고, 그래

---

* 파우스트가 사랑한 여자로 청순하고 순수한 모든 것을 갖춘 여자로 등장한다.

** Bonsoir monsieur는 안녕히 계세요, Au revoir는 안녕, 또 봐요라는 뜻.

서 더욱더 무저항의 적토 구덩이처럼 찬란한 그의 말들을 무신경하게 빨아들이고 있었던 것이었다.

나도 가끔은 마리아 혹은 관음보살이라고 하며 그녀를 바라보지 못할 것도 없겠지만, 그것은 어디까지나 미혹된 것이며 일시적인 흥분에 지나지 않는 것이다. 그래서 그런 미혹이나 흥분 때문에 이제는 얼마 남지 않은 나의 정력을 소모하는 것이 두려워서 그저 모든 것을 생물학적인 가르침에 맡겨두고 있었다. 이른바 '마리아님'이라든가 '관음보살님' 혹은 '오 나의 생명!'이라는 말은 사람들 앞에서는 물론이거니와 한밤중 그녀와 단둘이 있을 때라도 표현하지 않기로 하고 있었다.

"자네는 사랑이라는 걸 전혀 모르는 것 같아." 철학자가 말했다.

"알고 있는데요."

"자네는 자네를 사랑하는 여인한테 상처를 입혀도 아무렇지도 않질 않은가! 자네의 행동이나 태도 하나에 그녀가 얼마나 눈물을 흘리며 슬퍼하는지 그걸 한 번이라도 생각해본 적은 있는가?"

"물론 있습니다."

"그렇다면 사랑이 뭐라고 생각하는가?"

"오해라고 생각합니다. 사랑은 오해하는 데서 성립하는 것이죠."

"뭐? 하지만." 철학자는 징그러운 파충류라도 쳐다보듯이 얼굴을 조금 뒤로 물리며 말했다.

"……그럼 괴테의 사랑도 그렇다는 건가?"

"괴테의 사랑도 그렇겠죠. 제가 괴테를 그렇게 읽지는 않았습니다만."

괴테를 경애하고 있는 그 학자는 나의 그런 무의식적인 발언에 심하게 상처를 받아 발끈한 것처럼 보였다. 과도한 지식 연마와 남아도는 열정으로 철학자의 얼굴은 검푸르게 일그러져 있었고, 어떻게 해서든 돼먹지 못한 나를 설득해야만 한다는 초조함으로 안경 밑의 볼살이 쭈뼛쭈뼛 경련을 일으켰다.

"사랑이 만약 자네가 말한 대로라면, 그렇다면 증오는 뭐라고 생각하는가?"

"증오도 같은 거겠죠."

"증오도 오해라는 건가? 오해하는 데서 성립하는 거냐고?"

"네, 그러니까……" 나는 귀찮아졌다. 하지만 그런 표정은 눈곱만큼도 내비치지 않았다. "인간은 절대로 상대방을 이해할 수 없는 존재라고 생각하고 있습니다. 이해하지 못하기 때문에, 아니 이해할 수 없다는 전제하에서 애정도 미움도 성립하는 거겠죠."

"그렇다면 자네는 인간의 사랑을 믿지 않는다는 말인가?"

"믿는다는 게 도대체 무슨 뜻입니까?"

"느끼는 거지. 온몸과 온 마음으로 그것을 분명하게 느끼는 거겠지."

"감각이나 감정 같은 게 저한테도 있기야 하겠죠. 하지만 그게 아주 애매하고 불확실한 거라서요. 전혀 믿을 만한 게 못 되는 묘한 겁니다. 그러니 사랑을 믿고 있냐고 물으시면 곤란한 거죠."

그러고 나서 어떤 교리문답과 같은 대화가 얼마 동안 계속되었는지는 기억이 잘 나질 않는다. 연거푸 계속되는 열정적인 질문에 나는 일일이 적당한 대답만을 찾고 있었던 것 같다. '적당한'이라는 말이 물론 '옳다'는 의미는 아니다. 그 대답이 그 자리에서 일단은 상황에 절묘하게 들어맞았다는 의미이다. 마지막으로 학자는 "그렇다면 자네는 지옥에 대해서는 어떻게 생각하는가? 자네한테는 지옥이라는 게 존재하는가? 아니면 존재하지도 않는가?" 하고 소리쳤다. 그것은 마치 불타오르는 쇳덩어리라도 집어 던질 듯한 기세였다.

"지옥은, 아무래도 있는 것 같습니다."

"그러면 자네는 지옥에 갈 거라고 생각하나?"

"제가요? 저는 지옥에 가지는 않을 겁니다." 나는 여행에 대해서 얘기하듯이 가볍게 대답했다.

"그래?" 철학자는 갑자기 기분이 좋아졌는지 눈을 반짝이며 의기양양하게 말했다.

"그럴 테지. 자네는 그럴 거야. 한데 나는 지옥에 갈 거라네. 지옥에 빠질 거라고."

나에게 '지옥에'라고 외칠 때 그가 어째서 이토록 의기양양하고 진리가 번득이는 황홀한 상태에 빠졌는지 그 이유를 알 수가 없었다. 그는 정말이지 자신이 파우스트 박사 앞에 나타난 진리의 악마나 예술의 귀신이라도 되는 것처럼 화려한 모습으로 가늘고 긴 한쪽 손을 공중에 치켜들며 외치는 것이었다.

"선생님이 지옥에 간다고요?"

"그래, 두려운 일이지. 하지만 난 그렇게 될 운명이야."

"그럴까요?"

"그렇다니까." 그는 생기발랄하게 말했다. "나는 사실 죄를 많이 지었거든. 자네는 모를 테지만. 실로 두려운 일이지, 이건. 하지만 사실이야, 이건."

"그렇지 않을 겁니다. 지옥에 간다니."

"아니, 지옥이야." 그는 나의 구질구질한 동정심을 떨쳐버리기라도 하듯이 회심의 미소를 흘렸다. 하지만 나는 그를 조금도 동정하지 않았다. 그렇게 쉽게 지옥에 떨어질 수나 있는 줄 아냐는 심술궂은 마음에서,

아니 어쩌면 예언자 같은 자신감으로 그렇게 주장한 것이다.

"선생님은 극락에 가실 겁니다."

"극락?" 학자는 언짢다는 듯이 노골적으로 눈살을 찌푸렸다.

"선생님은 누가 뭐라 해도 극락에 가실 거라고요."

"어째서?"

"왜냐하면 사람은 누구나 극락에 가는 게 당연한 거니까요."

그는 순간 호흡을 멈췄다. 그리고 아주 가증스럽다는 듯이 나를 쳐다봤다. 초등학교 1학년 학생이 백묵으로 숫자 두세 개를 칠판에 크게 그려놓고는 온갖 수학상의 계산이 이것뿐이라고 했을 때 그걸 본 대학교수의 분노와 현기증 같은 게 그를 엄습했음이 분명했다.

"아무튼 그런 건 이미 정해진 거라서 어쩔 수가 없는 겁니다." 나는 기회를 놓치지 않고 덧붙였다. 나는 오랫동안 '극락'이라는 말을 대화에서 사용한 적이 없었다. 그저 상대가 '지옥'이라는 말을 했을 때 갑자기 '극락'이라는 말이 불쑥 튀어나왔다. 그것은 마치 손때와 기름으로 반들거릴 만큼 애용한 물건처럼, 한 여자 때문에 알게 된 두 남자의 지극히 불필요한 대화 중에 그냥 튀어나온 것뿐이었다.

죄악의 불길이 활활 타오르는 소리를 들으면서 근원적인 생명의 아비규환을 목구멍 가득히 토해내며, 그 어떠한 로켓보다도 격렬한 스피드로 지옥을 향해 고꾸라져 내려가는 전율. 그것을 과학과 예술의 이름으로 입증하려고 했던 그 학자가 갑자기 입을 다물어버렸다. 그는 불쾌하기 그지없다는 표정으로 그저 두 눈을 번뜩일 뿐이었다. 그리고 '극락'이라는 물컹물컹하고 흐느적거리는 연체동물 같은 것에 지옥으로 내려가는 스피드를 저지당한 그런 불쾌감을 우물우물 되새김질하는 모양이었다.

학자여, 용서하시오. 나는 결코 귀하의 지옥행을 방해하려는 게 아니라오. 내가 한때는 **극락 전문가**였기 때문에(이 사실을 깨닫는 데에 일주일 이상이 걸렸지만) 그냥 이야기하는 중에 무심코 튀어나온 것뿐이었다. 나는 젊은 시절 아미타불의 힘에 기대어 극락왕생을 이룬다는 타력본원*을 믿는 종파의 승려였기 때문이다. 그래서 나도 모르게(조심하고 또 조심하지만) 만인을 극락에 보내려는 좋지 못한 비장의 무기가 나와버린 것이다.

「이질적인 존재」는 나의 극락 이야기의 한 소절이다.

내가 승려가 된 까닭은 태생부터 자주독립의 정신이 결여되어 있었고 동시에 그 무렵의 나는 딱히 달리 해야 할 일도 없었기 때문이었다. 득도를 하려고 마음먹은 것도 아니었고 그렇다고 세상을 덧없이 여기는 것도 아니었다. 그저 가장 쉬운 길을 선택한 것이었다. 나는 무슨 일을 해도 시작하기가 무섭게 싫증을 냈고 한시라도 빨리 거기서 도망쳐 나오고 싶어 하는 성격이었다. 겉으로 보기에 혈기 왕성한 사회주의 학생이었던 열아홉 살의 내가 절에서 태어나서 절에서 살지 않았더라면 그렇게 성급하게 극락 쪽으로 치달릴 이유는 없었을 것이다.

어느 쪽으로 굴러가도 딱히 손해를 볼 게 없었던 나는 얼마 못 갈 거라는 사실을 알고 있으면서도 '어쩔 수 없으니까 하는 거 아니겠어?' 라는 태도를 보였다. 하찮은 일이든 고상한 일이든 간에 매사가 관심의 대상인 호기심이 많던 그런 아이가, 생선 가게의 자식이 생선 가게 주인이 되고 지주의 자식이 지주가 되듯이 그냥 그렇게 승려라는 직업을 가지게 되었던 것이다.

---

* 他力本願: 아미타불의 본원력, 즉 타력을 의지하여 염불에 의한 왕생정토를 기원하는 것을 말한다.

본산*에 틀어박혀 수행을 하겠다고 결정한 그날 오후, 나는 단골 이발소로 가서 삭발을 했다. 사회주의 학생답게 덥수룩하고 빗질도 하지 않은 장발이 그렇게 잘려나가고 있었고, 새삼스럽게 서글프거나 하는 느낌은 없었지만 머리를 밀었다는 게 생리적으로 기묘한 느낌을 주는 것만은 사실이었다. 매끈한 두상을 어루만지고 얼굴까지 쓰다듬어봐도 머리와 얼굴은 전혀 구별이 되지 않았다. 이제 죄다 얼굴처럼 매끄러워져서 머리카락이 나는 두상이라는 게 소멸되어버린 것이다. 막 깎아내린 두상은 속세와는 어울리지 않게 아기 피부처럼 연분홍색의 얇은 막이 싱그럽게 펼쳐져 있었다. 그 안에 꽉 차 있는 나의 모든 지능은 이제 더 이상 머리카락의 위장으로 보호받을 길도 없이 부끄러운 모양으로 수축되어 이내 모든 것을 포기하고 우주에 몸을 맡겨버린 것처럼 보였다.

이제 나는 속인이 아니라는 느낌이 들었다. 여자를 껴안고 가정을 이루며 자신의 이름을 내걸고 국력을 증진하는, 즉 이 세상을 영위해나가는 그런 일반인들하고는 한없이 동떨어져버렸다. 이제는 두 번 다시, 아니 다시는 그런 무리들 사이로 들어갈 수가 없게 되어버린 것이다. 오늘 이후 나는 인간이면서도 인간이 아닌 다른 무언가처럼 기분 나쁜 존재인 것이다. 저것 봐라. 좀 전까지만 해도 사근사근하고 지나칠 만큼 몇 번이고 기둥에 걸린 가죽에 일본 면도날을 갈고 있던 이발사도 지금은 그저 가만히 서서 거울에 비친 나의 시퍼런 머리에 시선을 고정시키고 있다. 마치 수족관의 수조 한구석에서 사람들에게 잊힌 채 죽어가는 낙지를 바라보듯이.

"됐어." 나는 아무렇지도 않다는 듯이 중얼거렸다.

---

* 本山: 일종(一宗), 일파(一派)를 통할하는 사찰.

그날 밤, 나는 택시에 짐을 실었다. 흰색 무명옷 위에 검은색 상의를 걸치고 있었다. 그리고 감색 승복을 두르고는 검붉은 커다란 문을 뚫고 가행* 도량 안으로 들어갔다. 계단을 올라 현관에 들어서자마자 나막신이나 구두 같은 사회에서 통용되는 신발들은 죄다 압수당했다. 하얀 끈으로 된 초리가 그 대신에 주어졌다. 나는 가행자들이 모여 있는 곳이 아니라 가행을 담당하는 승려들이 모여 있는 방의 장지문을 열었다. 그곳에는 새로 온 신참들을 감독하는 만만찮은 선배들이 심술궂은 미소를 지으며 화로에서 불을 쬐고 있었다.

"어! 왔어?"

유달리 체격이 좋고 가무잡잡한 중이 잔인해 보이기까지 한 허연 이를 드러내며 나를 맞아주었다.

"스키 타는 거랑은 다를 거야. 힘들 거라고."

"요 정도는 아무것도 아니지."

나는 너무도 악당처럼 생긴 그 거구의 사내와 스키장에 같이 간 적이 있었다. 단순하고 솔직한 그는 소년 시절 보슈** 해안가의 절에서 마을 불량배들과 싸움을 벌인 적이 있었다. 거친 어촌 마을에서 싸움을 걸어오면 그는 곧바로 절로 돌아가서 총신이 긴 엽총을 메고 나왔다. 그러고는 잔뜩 모여 있는 청년들한테 총을 발사했다. 하마터면 죽을 뻔했지만 그날 이후 마을 청년들은 소년이었던 그를 어엿한 사내로 받아주었던 것이다.

나는 그가 경문을 읊조리는 모습을 단 한 번도 본 적이 없었다. 폭력단이 밀어닥치는 본산의 사무실과 대웅전 사이를 그는 늘 코끼리처럼

---

* 加行: 정규 수행에 들어가기 전의 준비 단계.

** 房州: 아와(安房)라고도 한다. 현재 지바 현의 남부 지역.

천천히 걸어 다녔다. 나는 그의 강인한 완력과 부랑자 같은 오만함이 마음에 들었다.

"어차피 넌 제대로 된 중은 될 수 없겠지만 그래도 이왕 할 거면 열심히 해봐." 그는 감독관처럼 말하면서 "암튼 아직 시간이 이르니까, 한잔하지?"라며 컵에 술을 따라주었다.

"해야 할 일은 제대로 할 테니까 걱정하지 마." 나는 무사가 되려는 소년이 도장 깨기*를 할 때 '한 수 부탁한다'고 말을 건네는 그런 기세로 술을 벌컥벌컥 들이켰다. "이곳에 밋카이(密海) 씨가 아직도 계시는가?" 나는 그에게 물었다.

"밋카이? 있지. 너희하고 같이 수행을 하잖아. 무슨 일인데?" 그는 날카로운 눈으로 나를 쳐다보고 나서 대답했다.

"아니, 만나서 얘기 좀 하려고." 나는 조심스럽게 대답했다.

그곳 본산에는 중국에서 온 승려가 1년 정도 머물고 있었다. 그는 말도 하지 않았고 글로도 자신의 의견을 말하려고 하지를 않았다. 그저 얌전하고 멍청할 정도로 침묵을 지키면서 절의 부엌 옆방에 머물고 있었던 것이다. 그가 과연 밀교**인지 선종인지, 그렇지 않으면 더 새로운 대승불교의 일파에 속해 있는지 아무도 알지 못했다.

"중국 놈들은 중들도 좀 이상해." 본산의 승려들은 그렇게 비판만 할 뿐 그의 성격이나 사상에 대해서 알고 싶어 할 정도로 그에게 관심을 보이지는 않았다. "지치부(秩父)에 있는 황족이 원래는 불교 신자였대. 주머니에 항상 염주를 넣고 다닌다나 봐." "이번에 제1사단장님이 우리 절의

---

* 다른 유파의 도장에 가서 무예를 겨루는 일.

** 密教: 7세기 후반 인도에서 성립한 대승불교의 한 종파.

단가*라고 하던데." 그런 소문에 관심이 집중되어 있는 것 같았다.

하지만 나는 그렇지 않았다. 종잡을 수 없는 것, 너무도 모호해서 알 수가 없는 사실, 예를 들면 산수화에서 보이는 중국 대륙의 끝없는 바위와 물, 그리고 수목이 가득하고 더 깊은 산속의 백운(白雲)이 자욱한 우주의 일각을 나는 동경하고 있었다.

그런 까닭에 유학생이든 요리 당번이든 간에 대륙에서 건너온 사람이라면 무턱대고 다 좋아했던 것이다. 유학생들은 죄다 '새로운 동양'을 재건하기 위한 비밀 사명을 띠고 온 것처럼 보였고, 중화요리점 주인이라면 다들 금은 재화를 몰래 비축하고 밀실에서 미끈한 각선미의 미인을 껴안고 있는 것처럼 생각되었다. 어쩌면 그 평범한 중국에서 온 승려도 당시 항일운동에 앞장섰던 국민당 혹은 공산당에서 파견된 인물일지도 모른다.

다음 날 저녁, 천장에 자욱하게 김이 들어선 커다란 취사장의 찬마루 위에서 나는 밋카이와 마주 앉게 되었다. 취사 담당은 커다란 가마솥의 두꺼운 뚜껑을 들고 야구 배트만 한 주걱으로 유행가를 부르면서 밥을 섞고 있었다. 시뻘건 불길에 벌겋게 달아오르면서 긴 장작을 아궁이 속으로 힘껏 밀어 넣는 이도 있었다. 일이 고된 취사 당번은 가난한 농촌의 절에서 온 아이들이 도맡아서 하고 있었다. 그들은 전문학교에 다닐 학자금도 없어서 일꾼 대신 거친 일을 하며 대승정이 될 기회를 엿보고 있었다. 그리고 그들은 경제 사정이 좋은 도회지의 절에서 온 잘사는 아이들을 증오하고 있었다.

"간장 좀 주지 않겠소?" 나는 마루에 서서 그들 중 한 명에게 부탁

* 檀家: 일정한 절에 시주를 하는 집 또는 그 사람.

을 했다.

"뭐하게요? 이유가 분명해야 하거든요." 꾀죄죄한 흰옷의 소매를 야무지게 걷어 올리고 흰색 머릿수건을 두르고 있던 상대는 퉁명스럽게 봉당에서 이쪽을 쳐다보았다. "우리가 바빠서 일일이 다 상대를 할 수가 없어서요."

"알고 있소. 이거 때문이오."

나는 가슴팍에서 흰 종이로 싼 참치 초밥을 꺼내 그들 앞에 내놓았다. "괜찮으시면 좀 드시죠."

"그래요? 이유가 아주 확실하네요." 상대는 좋아서 어쩔 줄 몰라 하며 찻잔 가득 간장을 따라주었다.

수행 중에 비린 것을 먹는 것은 금지 사항이었다. 그런 것을 참지 못하고 중간에 뛰쳐나오지는 않을까 걱정한 가족들이 심부름하는 학생을 통해 내가 좋아하는 것을 보내주었다. 나는 같은 방 동료들에게 초밥을 나눠주려고 간장을 가지러 온 것이다.

그때 그런 우리들의 대화를 아무 말 없이 어두운 구석에서 지켜보고 있던 스물대여섯 살의 승려가 있었다.

아직 으스스한 3월 초순인데도 그는 마로 된 쥐색의 일본 옷을 엉성하게 차려입고 있었다. 목덜미와 팔다리가 기묘하게 길고 매끈해서 마치 근육과 뼈의 일부가 없는 것처럼 보였다. 피부는 노랗고 매끄러웠으며 책상다리를 한 무릎이나 젓가락을 쥔 손등에도 털 같은 건 하나도 보이지 않았다. 앉아 있는 모습이 어딘가 모르게 긴장한 듯 주위의 공기와는 어울리지 않았다. 머리는 막 밀어버린 우리보다 조금 길었다. 모난 부분이 하나도 없는 기다란 얼굴을 약간 기울이며 조금 떨어진 한 점에 정신을 집중하고 있는지, 밥상을 앞에 두고도 귀찮다는 듯이 저녁을 먹고 있었다. 그는 지금까지 내가 본 어떤 일본 승려보다도 승려다웠다. 겉모습에서 느껴지는 느끼함이나 잡음이 상당 부분 풍화되어 사라져 있었고 내면에는 사색적인 심성이 자리 잡고 있는 듯한 그런 느낌이 들었다.

"밋카이 씨로군요." 나는 확인을 했다. 그는 세심하게 머리를 몇 번 끄덕였고, 일본어도 아니고 중국어라고도 할 수 없는 "스우, 스우, 스우"라는 발음이 밥알 가득한 그의 입안에서 새어 나왔다. 그리고 그의 길쭉한 눈에서 주의 깊은 시선이 내 얼굴 쪽으로 다가왔다. "저는 가행승입니다. 스님하고 잠시 얘기를 나누고 싶어서요"라고 말했다. 그는 식사가 끝날 때까지 기다려달라고 분명치 않은 중국어로 대답을 했다. 나는 유학생들과 교류를 한 적이 있어서 그 정도의 대화는 충분히 이해할 수 있었고 동시에 그가 남쪽의 푸젠(福建) 출신인지 아니면 광둥(廣東) 출신인지도 대충 짐작할 수가 있었다.

나는 동료들이 있는 곳으로 돌아가서 참치 초밥을 재빨리 먹어치우고는 수첩하고 연필을 들고 취사장으로 돌아왔다. 밋카이 씨도 자신이 먹은 밥상을 치우고 있는 중이었다. 그는 나를 자신의 방으로 안내했고 우리는 서로 마주 보고 앉았다. 그리고 나의 질문에 응했다.

그는 상당히 신경이 쓰이는 듯한 표정으로 나와 마주했지만 전체적으로 굽실거리거나 하는 모습은 조금도 없었고 그저 내키지 않는 듯한 허탈한 태도를 보였다. 인간적인 냄새가 물씬 풍기는 조포(粗暴)한 일본 청년을 상대하는 게 귀찮은 것처럼 보였다.

"스님께서는 어느 종파에 속하십니까?" 나는 수첩에 한문도 백화문도 아닌 한자를 늘어놓았다.

"나는 현재 불교를 수행 중인 몸으로 어느 한 종파에 속해 있는 것은 아니오. 그대가 속해 있는 종파의 본산에 기숙하고 있는지라 지금은 왕생정토문(往生淨土門)을 연구하고 있소." 그는 이렇게 글로 썼다.

"그렇다면 스님은 '극락'에 대해서도 연구를 하고 계시겠군요."

"그렇소. '극락'에 대해서 연구하고 있소."

"그렇다면 좀 여쭤보겠습니다. 극락이라는 게 이 세상에 있는지요, 아니면 저세상에 있는지요?"

"저세상에 있소."

"이 세상에는 없다는 겁니까?" 나는 그렇게 썼다.

"이 세상에 없기 때문에 저세상에 있는 것이오. 그 사실은 이미 당신네 종파에서는 결론이 난 게 아니오?"라고 쓴 다음 그는 미심쩍다는 듯이 고소를 띠며 나를 쳐다봤다.

"아니, 이건 어디까지나 저 개인의 신앙 문제라서 종파가 뭘 어떻게 결정하든 상관이 없습니다." 나는 흥분해서 마구 써 내려갔다. "제 생각에는 극락이 설령 저세상에 있다고 한들 그게 무슨 소용이 있겠습니까? 이 세상에 극락을 건설하는 것이야말로 승려의 임무가 아닐까요?"

"하지만 유감스럽게도 이 세상에 극락을 건설하는 것은 불가능한 일이오. 그런고로 저세상의 극락정토로 가는 거겠지요."

"저세상이 어떻게 되든 그건 상관없습니다. 저는 지금의 이 세상에만 관심이 있습니다."

"……그렇다면 자네는 사회주의자겠군." 그는 연필을 만지작거리고 나서 다시 천천히 써 내려갔다. "자네가 사회주의자이고 그토록 이 세상을 좋아한다면 뭣 때문에 승려가 되려고 하는 건가?"

나는 쓸데없는 질문을 해서 윗사람으로부터 어설프다는 지적을 받아 점점 마각이 드러날 것만 같은 불안감을 느꼈다. 결국 될 대로 되라는 기분으로 "저는 사회주의자라고 할 정도는 아닙니다. 그저 **극락이 저**

세상에 있다는 게 정말이지 싫은 겁니다"라고 연필에 힘을 주며 썼다.

"좋소, 좋아." 그는 그렇게 중얼거리고 나서 자상하면서도 쓸쓸한 미소를 지었다. "열일고여덟 살 정도의 소년 시절에는 아무것도 모르는 법이죠. 다들 당신처럼 생각할 겁니다. 하지만" 그는 덧붙였다. "**당신도 또한 곧 그 극락으로 향해 가는 거겠죠.**" 그리고 그는 그 문장에 친절하게 밑줄까지 그어서 보여주었다.

온몸에서 참을 수 없는 혐오스러움과 비참한 전율이 빠져나가는 것만 같았다. 상대는 계란 껍질처럼 주름도 기미도 하나 없이 매끈하게 빛나는 온화한 얼굴로 안쓰러운 듯한 친밀한 표정을 보이며 마치 노승이나 되는 것처럼 태연자약하게 나하고 마주하고 있었다.

극락으로? 내가 극락에 간다고? 그래 그렇게 다 정해지는 거라면 그것 외에는 전부 사라져버리는 게 아닌가? 청춘의 슬픔도 환희도 머리털이 곤두서는 고뇌도, 온몸이 황홀해지는 쾌락도 그렇다. 나는 이해할 수 없는 외부 세계의 움직임과 자신의 아메바 같은 꿈틀거림 때문에 이렇게 흑백의 승복을 입은 인간 아닌 인간으로 전락해버렸다. 마치 모순의 표본과도 같은 이 존재의 불안정함도, 그 뼈에 사무치는 부끄러움도, 그리고 이 진지한 감각도 그렇다.

그것은 너무도 뻔한 얘기였고 또한 허무주의적인 대빙하기의 투명한 균열과도 같은 것으로, 너무도 명확하고 너무도 물리적이며 또한 너무도 천연 자연적인 것이다. 내가 한 인간이고 밋카이 씨 당신도 우리와 같은 인간인 이상 이 세상의 '삶'에 대해서 머뭇거린다든지 넘어진다든지, 아니면 집착을 한다든지 휩쓸린다든지 하는 건 당연한 게 아닌가?

"스님께서는 머리에 뜸을 뜨셨습니까?" 나는 수첩에 써서 보여주었다. 중국의 승려는 민중이 피폐할 대로 피폐해진 청나라 말기에 당국으로부터 머리에 뜸을 뜨라는 명령을 받았다. 세금이나 용역을 피하려고 하는 가짜 승려들이 속출했기 때문이었다. 머리에 뜸을 떠서 그 뜨거움을 견딜 수 있을 정도의 의지가 있어야만 비로소 진정한 승려라고 인정했던 것이다.

밋카이는 조용히 머리를 앞으로 떨구며 내 쪽으로 내밀었다. 머리카락이 조금 자라 있는 두상에 동전 크기의 뜸 뜬 자국 여섯 군데가 분명하게 모습을 나타냈다. 그것은 손질이 잘된 잔디 위에 있던 화분을 치우면 드러나는 바닥 같은 흔적이었다. 조금 옥죄이고 유난히 번들거리는 곳도 있었다. 그 둥근 6개의 인위적인 상처는 어딘가 모르게 집요하고 처참한 느낌을 불러일으켰다.

"당신은 아마 앞으로도 사회주의를 잊지는 못할 것이오. 소년으로서 그것은 분명히 지니고 있어야 할 것이겠죠." 나의 감정에는 개의치도 않고 그는 열심히 적었다.

"허나 때로는 우주에 대해서 진지하게 생각해보는 것도 좋을 것이오. 이 우주에는 실로 몇 만 혹은 몇 억이나 되는 별들이 흩어져 있소. 우리 지구도 그중의 하나에 불과한 것이오. 게다가 이 끝없는 우주의 별 중에서 어느 별은 스스로 대폭발을 일으켜 산산조각이 나기도 하는 것이오. 우리는 시시각각 한 번의 호흡을 할 때마다 폭발하고 흩어지며 소멸하는 거대한 것들에 둘러싸여 있소. 그런 까닭에 만약 불교적인 진리가 있다면 이 우주라는 태내에서 이런 대파괴와 대소멸, 그리고 대동란을 견디어내지 않으면 안 되는 것이라오"라고 그는 썼다.

"아아, 이것을 견디기가 얼마나 어려운 일인지 당신도 한번 생각해보는 편이 좋을 것이오. 그게 얼마나 무겁고 차가우며 단단한 것인지, 또한 끝도 없는 어려운 것인지를. 당신이 싫어한다는 **저세상의 '극락'**이라는 것도 이 어려운 길을 헤매 다니던 선배들의 약소한 발명으로 얻어낸 하나의 실마리에 불과한 것이오. 그것과 관련해서 당신은 그 선배들만큼이나 고뇌하지는 않았을 것이오. 따라서 당신은 선배들이 고뇌한 끝에 만들어낸 그 극락이라는 것을 상상할 수 없겠지요. 하지만 그것도 어쩔 수 없는 일인 것이오."

아직 나는 조금도 고뇌하고 있지 않다는 사실을 자각하고 있었기 때문에 그의 의견에 반대할 수가 없었다.

초야 예불을 알리는 대북 소리가 울려 퍼졌기에 나는 밋카이의 방에서 나왔다.

다다미 열 장짜리 방 네 개와 여덟 장짜리 방 두 개를 한 개로 합친 가행승의 커다란 대기실에서는 밋카이의 묵직한 불교 이론과는 전혀 상관없는 북적거리는 생활이 계속되었다. 마흔을 넘긴 여학교 영어 교사도 있었고 파산한 뒤 중이 되려고 마음먹은 예순에 가까운 포목점 주인도 있었다. 대다수는 20대 중반의 사내들이었다. 그 대부분이 사원에서 태어난 자제들이거나 사원에서 일하는 학자들로 다시 절에 돌아가면 생활은 보장되었다. 그래서 실업 문제로 고민하는 일반 학생들이나 청년들과는 달리 밝고 편안한 기운이 감돌고 있었다. 80여 명의 동료들은 평소 남녀 문제나 식욕 등 일반인들과 전혀 다를 바 없는 평범한 생활을 보내다가 어느 날 갑자기 '삼계의 대도사'*가 되기 위해 구태의연한 수행 생활에 들어선 것이다. 그들은 그 어색함을 주체하지 못하고 있었다.

금욕 생활이 계속되었기 때문인지 성욕은 더욱 강해졌고, 수행하는

---

* 불교에는 전세, 현세, 내세 등 삼세가 있고, 중생이 생사 왕래하는 세 가지의 세계가 삼계이다. 삼계에는 욕계(欲界), 색계(色界), 무색계(無色界)가 있다고 한다. 대도사(大導師)는 법회나 장례를 주관하는 중이다.

자신들의 하루하루를 반성하다 보니 오히려 악하다고 생각해서 그런지 일부러 큰 소리로 그런 쪽 얘기를 지껄여대는 사내들도 있었다.

아직 동정(童貞)이었던 탓인지 나도 이 두 달이라는 기간 동안 '여자'에 대해서 이토록 순수하게 깊이 생각해본 적이 없었다. 이미 여자를 알고 난 다음 전쟁터에서 금욕 생활을 하게 된다면 죽음의 공포가 따라다니고 야수적인 면이 겉으로 그대로 드러날 것이다. 하지만 이 흰옷을 입은 80여 명의 동료들, 그들에게서 풍기는 남성의 체취에 둘러싸여 하얀 버선을 신은 채 발을 꼬아 올리고 천장을 올려다보고 있는 이 백주야말로 우리 젊은 피부의 모공 하나하나가 여인을 향하여 숨을 쉬고 있다는 것을 자각하는 순간이었다. 그 순간 나에게는 여성이야말로 진정한 극락이었는지도 모른다.

그것은 사물의 미립자 하나하나가 반짝거리는 생선 비늘처럼 광채를 발하면서 화엄 세계의 무게와 부드러움으로 묵직하게 나를 짓누르고 있었다. 밋카이에 뒤지지 않을 만큼 나도 연구에만 전념할 수 있었을지도 모른다. 그가 말하는 **그것**을 견뎌내는 쉽지 않은 길을 걸어보는 것도 보람된 일일 것이다. 하지만 여자가 있는 이상 그리고 나 자신이 그것을 열망하는 이상, 나는 도무지 신실한 승려가 될 수는 없을 거라고 생각했다.

메이지시대가 시작되면서 정부는 승려들에게도 '육식'과 '결혼'을 허용했다. 그 결과 나도 이 세상에 태어나게 되었고, 언젠가는 저세상인 극락으로 갈 운명이다. 하지만 당시 열아홉 살의 나는 사랑하는 부인을 껴안으며 따스한 이불 속에서 행복에 겨워하는 승려가 된 나의 모습을 상상하는 것이 불가능했다. 거기에는 그저 행복만이 존재할 뿐 불교는 없는 것처럼 생각되었다.

그 무렵, 나는 간사이 지방의 총본산에 계셨던 대승정을 남몰래 흠모하고 있었다. 사진으로만 그의 모습을 봤을 뿐 그에 대해서 아는 것은 거의 없었다. 내가 그를 흠모하게 된 것은 그가 평생 동안 여범(女氾)을 짓지 않고 살았기 때문이었다. 그래서 큰아버지가 그를 방문하러 간다고 했을 때도 기꺼이 동행하고 싶다고 말했다. (그 일은 가행에 참가하기 1년 전의 일이었다.)

대승정은 몹시 작았고 아기처럼 주홍색 옷에 감싸여 있었다. 그는 등의자에 앉아 있었다기보다는 그저 거창한 승복의 주름 사이에 힘없이 떠 있는 것처럼 보였다. 순백의 옷깃에서 빠져나온 가느다란 목 위로 갸름한 얼굴이 위태롭게 기울어져 있었다. 햇빛에 노출되지 않은 피부는 놀라울 정도로 하얬으며 분홍색으로 붉어진 부분도 있었다. 103세라는 연령을 나타내는 것은 앞으로 기울어진 얼마 남지 않은 백발의 두상뿐이었다. 하지만 심하게 오그라든 작은 두상은 그것만으로도 충분히 오랜 세월이 흘렀음을 말하고 있었다.

큰아버지와 내가 들여다보듯이 얼굴을 가까이 대자 맑은 잿빛 눈동자 위로 눈꺼풀이 희미하게 움직였다. 그리고 여리여리한 시선이 흔들리며 이쪽으로 향했다.

면담을 하는 동안 어슴푸레한 방 안쪽에서는 오래된 화조(花鳥) 맹장지*의 금가루가 무디게 반짝이고 있었다. 잘 닦인 복도 밖 벼랑 밑의 연못에서 시원한 바람이 환하게 열어젖힌 장지문으로 불어왔다. 한여름의 녹음이 방 안에 있는 사람들의 얼굴을 희푸르게 비추고 있었다.

양복을 입은 큰아버지가 무릎을 불편하게 구부린 채 대승정의 귀에 대고 친근하게 인사를 했다. 그리고 내 이름을 말한 다음 지금은 고인이

* 두꺼운 종이를 겹바른 장지.

된 대승정의 지인 이름을 대며 그 지인과 나의 관계를 설명했다. 귀는 들리는 게 분명했지만 양쪽 눈에서는 종잡을 수 없는 표정으로 희미하게 바뀌었다. 그리고 입을 우물우물 움직이자 잠긴 목소리가 흘러나왔다. 그게 무슨 말인지 들리지는 않았지만 꽤 오랫동안 계속되었고 큰아버지는 연신 고개를 끄덕거렸다.

간신히 입이 열리고 닫혔으며 그때마다 느릿느릿하게 움직이는 코 밑의 얇은 살점은 모든 짐승의 야만성을 씻어버릴 정도로 하얗고 투명했다. 거기에 있을 법한 노인의 감정도 이미 인간적인 기름기를 잃어가고 있었다. 전신이 표백되어버렸다고도 할 수 있었다. 청결하기까지 했다.

이제는 더 이상 인간이 아닌 상태로 변해가는 '그 무엇인가'가 그렇게 나와 큰아버지, 그리고 동행한 승려들의 활기 넘치는 육체들 속에 둘러싸여 맥없이 놓여 있었다. 그리고 그 잿빛 눈동자의 움직임과 일그러진 입술 속에서 흘러나오는 낮고 의미를 알 수 없는 목소리만이 아슬아슬하게 주변과 연결되어 있었다. 나는 그렇게 느꼈다.

5분이라는 정해진 면담 시간이 채 끝나기도 전에 "자, 그럼 피곤하시면 안 될 테니까" 하며 큰아버지가 동행인에게 눈짓을 했다. 대승정의 의자 바퀴가 희미하게 삐걱거리며 사라지자 우리 둘은 복도로 나왔다. 큰아버지는 일본에서 유일하게 존경하는 인물을 만났다는 기쁨에 살점 두툼한 볼을 붉히고 있었다.

사무실에는 승려들이 모여 있었다. 속세 사람들과는 달리 검은색의 개량복에 하얀 버선을 신고 있었지만 어깨며 손목의 소소한 움직임만 봐도 그들에게서 일반인의 정기가 느껴졌고 내게도 있을 법한 비릿한 냄새가 감돌았다. 승복을 입고 있었기 때문에 더더욱 그런 인간적인 냄새가 느껴졌다. 표백한 듯한 노승의 고목과 같은 무저항적인 모습이 인상적이

어서 더욱 그런 느낌이 들었다.

"대승정님의 요즘 몸 상태는 어떠신가?"

"약해지신 것 같아요."

"지금 돌아가시면 대소동이 일어날 게야. 좀더 견디셨으면 좋겠는데."

큰아버지는 자신과 같은 업종이라고 생각해서인지 거리낌 없이 말을 걸었다.

대가람(大伽藍) 밖으로 한 걸음만 더 옮기면 오래된 시가지는 한여름의 작열하는 태양에 마비된 것처럼 쥐 죽은 듯이 고요했다. 빛바랜 노란색 전차가 천천히 달리고 있었다. 전차는 뒤뚱거리면서 노선 위를 더듬어 가고 있었다.

"대승정님은 어떠셨냐?" 큰아버지가 물었다.

"느낌이 나쁘지 않은데요."

"그래?" 큰아버지는 기쁜 듯이 말했다. "이제 저런 분은 없을 게다. 앞으로도 나타나지 않을지도 모르지."

중년 여자 둘이 우리들 옆을 지나갔다. 한 명이 뒤돌아보고는 "암튼, 도쿄 치는 화려하다니까"라고 옆 사람에게 말했다. 나는 새로 산 회색 양복에 진한 주홍색 넥타이를 매고 있었다. 환한 대낮이었지만 침체된 그 마을에서는 이런 색이 야하게 느껴질 정도로 사람들에게 밝게 비쳐졌을 것이다. 그녀들은 물론 우리의 대화도 이해하지 못했을 것이고 나의 태생조차 알지 못할 것이다. 알았더라면 어떻게 생각했을지 궁금했다.

우리는 마을의 한 목욕탕 앞을 지나갔다. 입구 유리문에 매달린 하늘색과 녹색 비즈가 바람에 흔들리며 주렴처럼 걸려 있었다. 목욕탕 안에서는 기세 좋게 물을 끼얹는 소리, 그리고 나무바가지를 바닥에 내려놓는 소리가 들렸다. 그 순간 나는 진홍색 승복의 주름 속에 감춰져 있는 노승의 작은 몸을 떠올렸다. 그 전신의 느슨함과 주름, 드러난 뼈와 피골이 상접한 등이며 구부러진 허리 등을 상상했다. 완성된 승려의 육신이 심하게 표백되고 풍화된 모습으로 생생하게 눈앞에 떠올랐다.

그러자 "안 돼. 역시 안 되겠어" 하는 소리가 어디선가 들려왔다. 나는 지금 입고 있는 양복과 속옷, 그리고 구두 속에서 노승과는 전혀 다른 나의 육체를 느꼈다. 그리고 윤기 있게 그을리고 걸을 때나 멈출 때나 꿈틀거리며 움직이는 근육, 휘어지고 구부러지고 서로 비벼대는 근육, 그리고 그 근육이 원하는 이성의 감촉이 거리에서 나를 죄어왔다.

가행승의 동료들은 나보다 고생도 훨씬 많이 했고 여자 경험도 풍부했다. 그들 중 어떤 이는 활기찬 어조로 자신의 성행위를 화제로 삼았다.

"드디어 말러 청년이 606호에 올라탐"*이라고 변사 흉내를 내는 자도 있었다. "나는 백인 여자와 한번 자보고 싶어. 딱 한 번이라도 좋아. 그게 이뤄지면 죽어도 좋을 텐데"라고 말하는 자도 있었다. 그들이 그런 말을 내뱉을 때마다 물을 가득 채운 고무공을 꽉 쥐어 터뜨렸을 때의 그런 쾌감이 말하는 이나 듣는 이에게 전달되는 것 같았다.

성욕에 살기가 어려 있는 경우도 있었다. 한쪽 다리가 조금 불편하고 비만형인 아나야마라는 사내는 그런 경향이 특히 더했다. 그의 아버지는 가난한 직공이었고 그는 버려진 아이처럼 친척이 운영하는 절에 맡겨져서 자랐다. 그 절은 우리 절 바로 근처에 있었는데 도쿄에서는 보기 드물게 몹시 참담하고 작은 절이었다. 어릴 적부터 만족스럽게 음식 한

---

* 말러는 일본어에서 남자의 페니스를 상징. 그리고 606호는 매독 치료제로 쓰이는 살바르산(Salvarsan)으로서 일본과 독일이 공동 개발한 매독 특효약인 '살바르산 606호'를 말한다.

번 제대로 먹어보지 못하고 자란 아나야마는 부자 사원에서 자란 자제들에 대한 반감이 심했다.

가행이 시작되면 찾아오는 손님도 많고 끊임없이 물품이 제공되는 도련님처럼 자란 이들은 자연스럽게 동료들로부터도 주목을 받았다. 나도 그중 하나였다. 아나야마는 고생도 모르고 어리광 부리며 자란 그런 이들을 경멸과 분노의 눈으로 바라보고 있었다. 그가 한밤중에 절을 빠져나가 술에 취해 폭행을 일삼는 것도 쌓이고 쌓인 성욕 외에 그러한 반항심이 더해졌기 때문이었다. 나의 일거수일투족을 지켜보는 아나야마의 차가운 눈빛도 그런 그의 짜증스런 기분을 노골적으로 드러내고 있었다.

어느 날 밤, 나는 화재 연기에 쫓기고 목이 메여 가위에 눌리는 꿈을 꾸다가 잠에서 깨어났다. 고개를 들자 쭉 늘어서서 나란히 잠들어 있는 동료들의 머리 위로 푸르스름한 연기가 현실로 흘러들어 오고 있었다. 나는 창가 쪽에서 자고 있었기 때문에 비교적 연기가 희미했지만 커다란 화로가 놓인 중앙에는 짙은 흰 연기가 소용돌이치듯이 자욱하게 끼어 있었다. 그리고 그 연기 속에서 술에 취한 아나야마와 두 명의 동료가 욕설을 지껄이며 떠드는 모습이 보였다. 그들은 커다란 화로에 모닥불을 피워놓고 못된 장난을 치기 시작한 것 같았다. 연기는 아나야마의 난폭함이 두려워서 자는 척하는 승려들에게 위협을 가하는 역할을 하고 있는지도 몰랐다.

아나야마의 살이 붙은 건장한 등허리가 이쪽을 향하고 있었다. 그는 복도 쪽의 장지문을 바라보며 비틀거리면서 서 있었다. 비틀거릴 때마다 불편한 쪽 다리의 두꺼운 장딴지와 발목이 기묘하게 뒤틀리면서 한 걸음씩 움직였다. 양쪽 어깨 위로 걷어 올린 검은색의 개량복 소매는 자글자글 주름이 졌고 허리 쪽도 부풀어 오른 옷자락이 휘감겨 있었다. 아나야마의 건장한 몸에서는 동굴에서 나온 곰이 힘자랑이라도 하는 듯한 살기와 우스꽝스러움이 엿보였다.

"아나야마 시작할까? 준비됐냐?" 그의 동료가 따가운 눈을 비비면서 말했다.

"기다려봐, 곧 시작할게." 아나야마는 한 팔로 흰색 옷자락을 잡고는 장지문을 향한 채 목을 쭉 빼고서 자신의 하반신을 내려다보고 있었다.

"좋아. 준비됐어." 그는 고개를 들고 배를 앞으로 쑥 내밀어 장지문에 힘껏 부딪쳤다. 장지문은 가볍게 덜커덩거릴 뿐 쓰러지지는 않았다. 그가 온몸으로 힘껏 발을 내딛었기 때문에 다다미방이 쿵 하고 크게 울려 퍼졌다.

아나야마의 목적이 물론 장지문을 넘어뜨리는 것에 있을 리는 없었다. 그는 직립시킨 음경으로 장지문 종이에 구멍을 뚫으려고 했다. 구멍이 뚫리면 바로 옆으로 자리를 옮겨 "오우" 하면서 또 허리를 움직였다. 종이가 뚫리는 소리는 들렸지만 그것을 확인할 수는 없었다. 종이를 찌를 때마다 그가 느꼈을 감촉과 푹 하고 한 번씩 찌를 때의 감각을 고스란히 나의 하반신으로 받아들이고 있었다. 종이는 비교적 정확한 원형으로 뚫렸고 시커먼 복도의 어둠이 들여다보였다.

나는 자는 척하고 있었지만 "오우" 하는 아나야마의 소리를 들을 때마다 '하나 더' 하며 수를 세고 있었다. 그리고 속으로 '한 번 더' 하기를 바랐다. 아나야마의 기합 소리가 희미해질 때도 있었다. 술에 취해 호흡이 흐트러졌기 때문에 목소리가 희미해졌다기보다는 자신의 행위에 점차 흥분해서 소리 내는 게 귀찮아진 것처럼 보였다. 결국 아나야마는 소리도 내지 않고 거칠게 숨을 내쉬며 필사적으로 그런 행위를 계속했다.

나는 여자를 동경하고는 있었지만 음탕한 짓은 싫어했다. 성욕의 본

질을 붙잡고 늘어지기보다는 여인의 아름다운 육체를 연정이라는 감정으로 포장해서 삼키는 쪽에 가까웠다.

아나야마가 그런 동작을 취하는 모습을 봤을 때 처음에는 참을 수 없을 만큼 음란함을 느꼈다. 하지만 그의 동작은 단순한 장난 이상으로 주변에 뭔가를 감돌게 만들었고 긴박감이 가중됨에 따라 끈적끈적한 음란함은 사라지고 몸속으로 스며들 것 같은 긴장감이 엄습해왔다. 그런 긴장감이 생리적으로 불결한 것이라고는 생각되지 않았다. 그저 비린내 나고 답답한 것이었다.

눈을 감으면 하얀 종이 위에 뚫린 검은 구멍이 선명하게 보였다. 그것으로 여자의 생식기를 상상한 것은 아니었다. 당시 나의 에로티시즘에는 그런 게 포함되어 있지 않았기 때문이다. 나의 찬란하게 빛나는 '여인의 화엄 세계'에는 노골적인 생식기의 모양은 아직 혼재되어 있지 않았다. 하지만 새하얀 살결과 같은 종이와 무의미할 정도로 뚜렷하고 검게 뚫린 구멍이 눈꺼풀의 이면에서 떠나지를 않았다. 그 검은 점이 오점인지 아니면 아름다움의 중심인 것인지 그런 판단도 할 수가 없었다. 그리고 그 흑과 백은 숨이 막힐 정도로 절대적인 권위를 가지고 거침없이 내 얼굴 전체로 다가왔다.

아나야마는 다시 생각이라도 난 것처럼 "오우" 하는 기합 소리를 냈다. 그 소리 역시 육욕적이고 조포하기는 했지만 어딘가 모르게 연약하고 어리석은 울림으로 울려 퍼지고 있었다. "아나야마! 아직 더 할 거냐?" "미친놈이야" 하는 동료들의 말소리도, 킥킥거리는 웃음소리도 더 이상 들리지가 않았다. 나른한 침묵은 계속되었고 덜커덩거리며 흔들리는 장지문 소리와 종이가 뚫어져 찢기는 소리만이 들려왔다. 하지만 그것도 이내 사라졌다.

잠시 후, 가쁜 숨을 길게 토해내는 아나야마의 숨소리가 들렸다. 그러고 나서 만족했다고 하기에는 너무도 모양새가 없고 불쾌감에 찌든 목소리로 "아아, 수고. 수고했어" 하고 그가 중얼거렸다.

눈앞에서 갑자기 엄청나게 묵직한 '극락'의 철문이 확 떨어져 내려오는 듯한 느낌이 들었다. 아니면 별도 없고 등불도 없고, 한밤의 새와 벌레도 없는 그런 뜨뜻미지근한 허공이 끝없이 펼쳐지며 모든 것을 죄다 집어삼키려고 했는지도 모른다. 그리고 그 허공 속으로, 이불 안에서 따뜻하게 데워진 뜨거운 체취와 불쾌한 구취만이 피어오르고 있었다.

바깥은 점차 봄기운이 완연해졌다. 정문에서 대웅전까지는 완만한 비탈길로, 포석과 돌계단이 백 미터 정도 이어져 있었다. 신조(晨朝), 정오, 일몰(日沒), 초야(初夜), 중야(中夜), 그리고 후야(後夜)인 육시(六時)의 예불 등, 하루에도 몇백 번씩 반복되는 예불을 드리러 오고 가는 그 길에는 참배하러 온 사람이나 걸인의 모습이 항상 눈에 띄었다. 여성 참배인도 있었고 산책을 하는 사람들도 있었다. 화려한 기모노를 입은 여성의 뺨이나 손가락에는 혈색이 감돌고 있었고 스웨터나 스커트 사이로 드러난 손발의 움직임에도 차가운 겨울의 긴장감이 녹아내린 자유로움이 엿보였다. 여성들의 복장은 장갑에서 손수건에 이르기까지 나비의 경계색처럼 우리를 위태롭게 했다. 파라솔이 꽃잎처럼 기울어져 열리며 방향을 바꿨다. 은은한 빛이 감도는 대웅전의 기와지붕을 바라보며 염주를 들고 줄을 서서 비탈길을 올라갈 때면 아무리 조야(粗野)한 행동을 하던 자들도 가능한 한 조용히 움직이게 된다.

그들은 사전에 서로 약속이라도 한 것처럼 사람들이 자신들을 이질적인 존재로 지켜본다는 것을 의식하고 있었다. 우리에게는 작은 움직임일지라도 세인의 눈에는 자칫 우스꽝스럽고 꼴사나운 이상한 행동으로 비쳐진다는 것을 알고 있었다. 잠깐 멈춰 서서 젊은 여자 쪽을 돌아본다. 그것만으로도 대단히 모순되고 절대로 해서는 안 되는 행동인 것이다.

종루나 납골당, 아직 잎이 나지도 않은 벌거숭이 은행나무와 무성한 적송, 마른 풀로 뒤덮인 무덤 등 그 모든 것을 품은 잿빛 공간에 희고 붉은 복숭아꽃이 색을 더하고 있었다. 그리고 그 공간의 어딘가 먼발치에 자그마한 젊은 여자의 모습이 조금이라도 덧붙여진다면 그 광경은 복숭아꽃이나 핏방울보다도 더욱 생생하고 선명하게 불타오르는 것이다. 세상은 그 부근에서 발화하고 변색하는 것이었다. 아나야마조차 검은색의 승복들 사이에서 곤혹스럽다는 듯이 오소리와 같은 얼굴을 찡그리고는 두꺼운 목을 돌리지 않으려 애를 썼다.

나는 심부름 해주는 학생과 작당을 해서 저녁 무렵 가행장에서 잠시 빠져나왔다.

인버네스를 걸치고 중절모를 쓴 다음 나막신으로 바꿔 신고 택시를 탔다. 그리고 번화가 한가운데서 내렸다. 레스토랑에는 이 세상 사람들이 이 세상의 광채와 냄새를 풍기며 담소를 나누고 있었다. 전등은 반짝였고 차는 질주했으며 라디오와 레코드 소리는 울려 퍼지고 있었다. 나는 붉은 포도주를 마시고 두툼한 커틀릿을 먹으며 향기가 나는 아이스크림을 홀짝였다. 꽃병에는 윤기 흐르는 녹색 이파리 위로 섬세하게 주름진 카네이션이 꽂혀 있었다. 은으로 된 수저와 포크는 유리잔이나 커다란 접시에 닿을 때마다 기분 좋은 소리를 냈다.

아무도 내가 가행 중인 이질적인 존재라는 것을 알아챌 리는 없었다. 나는 잘 닦인 벽거울을 바라보며 아주 작은 변신에 불과한 중절모를 조금 비스듬하게 써봤다. 그러자 두상인지 안면인지 알 수 없는 머리를 민 자국이 푸르스름하게 드러났다. 나는 마치 영혼이라도 들여다보듯이 그것을 가만히 바라보고 있었다.

키가 작고 통통한 귀여운 여종업원, 꽃으로 비유하면 꽃봉오리 같은 소녀가 나의 이상한 행동을 쳐다보고 있었다. 기분이 나쁠 정도로 잘 닦인 큰 거울 속에서 흠칫하며 눈을 크게 뜬 그녀가 사랑스런 하얀 손으로 앞치마 끝을 꽉 움켜쥔 모습이 그대로 비치고 있었다.

"훗, 그래. 놀라는 것도 당연하지." 나는 속으로 중얼거리며 의자에 앉았다. 문둥병 환자라도 쳐다보는 듯한 그 순진한 눈동자의 떨림은 당연한 것이었다. 왜냐하면 나는 이질적이었기 때문이다.

사람들이 우리를 언제 부르러 올지 나는 잘 알고 있었다. 가족 중 누군가가 죽는다, 이 세상의 누군가가 이 세상에서 사라진다, 그러면 남은 자들은 우리가 필요하다고 느끼는 것이다. 즉 사람들은 저세상과 관련되어 있는 한 무리의 이질적인 존재들이 이 세상에도 살고 있다는 것을 기억해낸다. 그리고 우리를 부른다. 우리는 전문가답게 송장의 옆자리를 차지한다. 사람들은 울며 슬퍼한다. 얼음 조각이나 드라이아이스로 냉각을 시키거나 화로의 열기에 녹아 더 이상 이 세상에 없는 잔해. 그 옆에서 시중을 들고 있을 때에만 우리는 비로소 그곳에 어울리는 사람처럼 보이는 것이다. 사람들은 결코 우리와 기쁨을 함께 나누려고 하지 않을 것이다. 그저 슬플 때 그 슬픔만을 나눌 수 있는 것이다.

결국 우리가 이 세상에서 존재의 의의를 인정받을 수 있는 것은 저세상이라는 것이 사람들의 뇌리 속에 아주 잠시 스칠 때뿐인 것이다. 하지만 이 세상에 살고 있는 한, 사람들은 저세상을 꺼려 한다. 따라서 저세상을 연상시키는 검은색 옷을 입은 전문가들도 싫어하는 것이다.

'하지만 이런 나도 저세상이라는 놈보다는 이 세상과 천 배, 만 배는 더 친하단 말이지. 정말이지 극락이라는 게 저세상에 있는 거라면, 그걸 누군가가 달라고 한다면, 나는 누구한테든지 줄 수 있을 것이다. 내가 진정으로 원하는 것은 이 세상이기 때문이다.'

나는 그렇게 소리를 지를 뻔했다. 이 세상의 번화가를 다시 한 번 차근차근 바라봤다. 밋카이의 가르침에도 불구하고 거리는 천년만년 후에도 변함없이 존재할 것처럼 천연덕스러운 얼굴을 하고 있었다. 사람들은 아무리 괴롭더라도 이 거리에 매달려서 살 것이고 한 발자국도, 아니 단 1초도 여기에서 떠나려고 하지 않을 것이다. 나 역시 그렇다. 밋카이가 말하는 대우주 어딘가에서 시시각각 계속 발생하고 있을 대파괴와 대소멸, 대소동이라는 게 도대체 이 마을과 이 사람들, 그리고 이런 나하고 무슨 상관이란 말인가?

나는 다시 극락의 전문가가 되기 위해 수행하는 곳으로 되돌아왔다.

가행은 이제 막바지에 다다르고 있는 중이었다. 그리고 나는 아나야마라는 인물과 하마터면 진짜로 극락에 갈 뻔한 일대의 사건을 일으켰다.

나는 이런저런 허튼 망상에 빠져 있었지만 가난한 사원에서 온 자제들은 가행이 그렇게 한가하고 쉬운 일만은 아니었다. 스승이나 선배, 그리고 친구들로부터 가행 비용을 빌려서 온 이도 있었고 아나야마처럼 어릴 때부터 절에 맡겨져 엄격하고 고통스러운 생활을 하다가 의무적으로 오게 된 이도 있었다. 그들 이른바 하위 계층의 승려들에게 가행이라는 것은 자신들이 어렵게 독립을 하고 또 앞으로 부모 형제나 처자식을 어떻게 해서든 부양해나가야 할 출발선상인 것이다. 그래서 심각하다 싶을 정도로 적극적인 자들도 있었다. 초보 불교학을 비롯해서 종을 치는 방법이나 목탁의 상태, 딱따기를 치는 방법, 독경이나 예불가의 곡조나 음을 잡는 방법, 인도(引導)하는 방법에 이르기까지 그들은 열심히 배웠다. 그리고 그들과 동떨어진 곳에서 가장 게으름을 피우고 있었던 것은 나와 아나야마였다.

대지주이기도 한 우리 절은 나 하나쯤은 얼마간 놀고먹어도 될 만큼 풍요로웠다. 우리 일가 중에는 종단 중앙의 지도자도 있었고 종단 대학교의 부장이나 교수들도 많았다. 나는 이른바 최상위층 종단 귀족의 자제였던 것이다. 매일같이 엄청난 식료품과 일상용품이 나에게 배달되었고 그것은 곧바로 주위 젊은이들에게 배급되었다. 그뿐만 아니라 예전에 우리 일가 중의 누군가에게 신세를 진 적이 있는 사람들은 특별히 나를 더 돌봐주었다. 고액의 사례금을 받은 행두(行頭)들도 대체로 관대하게 봐주었다. 나는 가행장에서 얼마든지 사람들의 호의에 거드름을 피울 수 있는 입장이었다.

짧은 기간이기는 했지만 나는 이미 병영이나 유치장에서 자유롭지 못한 생활도 경험해봤다. 거기에 비하면 가행은 조금도 힘들지 않았다. 내가 게으름을 피우는 것은 그저 고등학생이 수업을 땡땡이치거나 아무 생각 없이 도망치는 그런 버릇과 같은 것이었다.

아나야마의 경우는 나와 환경도 다르고 처지도 전혀 달랐다.

동료들이 도량을 빠져나간 뒤, 백 장이 넘는 울퉁불퉁한 다다미는 아침의 밝은 햇살을 받아 인기척 없는 언덕처럼 쭉 이어져 있었다.

나는 볕이 잘 드는 창가 옆의 침구 뒤에 숨어서 전날 밤 예불 시간 때 뻣뻣해진 팔다리를 풀고 있었다. 방 뒤쪽은 급경사를 이루며 수목이 많은 공원에 인접해 있었다. 작은 새들의 지저귀는 소리가 멀리 떨어진 마을의 소란스러움과 함께 조용히 들려왔다.

고개를 들어 이불이 쌓여 있는 끄트머리 쪽 입구를 쳐다보자 여느 때와 마찬가지로 길게 엎드려 누워 있던 아나야마가 사납고 뚱한 표정으로 이쪽을 쳐다보고 있었다.

"첫, 니놈은 뒈져야 해." 그는 나를 노려보면서 누운 채로 소리를 질렀다. 내가 잠자코 있자 천장을 향해 한 번 더 똑같은 말을 외쳤다.

"난 아직 살아 있거든."

"나도 살아 있어." 그는 괘씸하다는 듯이 말했다. "죽으라고. 넌 뒈져도 된다고. 하지만 난 그래서는 안 되지. 앞으로 얼마든지 할 일이 남아 있거든."

"뭘 하는데?"

"그런 건 애들은 몰라도 돼. 아무튼 난 아주 근사한 일을 할 거라고."

그는 나보다 대여섯 살 위이지만 나보다 열 살은 더 늙어 보였다. 그리고 학대를 받고 자란 젊은이의 음울한 허무주의 성향이 거친 성욕과 반항심의 웅덩이에 그림자를 떨구고 있었다.

"니들 같은 애들은 말이야. 뭐든지 하고 싶어서 안달이 나 있을 테지만 결국 아무것도 할 수가 없을걸? 근데 나는 할 일 따위는 없거든. 하지만 어떻게든 저지르는 거지."

"……음. 근데 말이야. 중이 할 수 있는 일이 뭐가 있는데?"

"이 자식이!" 그는 소리를 지르며 일어서서 베개며 재떨이며 부지깽이 따위를 내 쪽으로 던졌다. "니놈은 뭐든지 책으로 배운 철학으로 우리를 깔보고 비판하는 척하겠지만 그게 니놈 맘대로는 안 될 게야."

그는 걸을 때 드러나는 한쪽 다리의 약점을 내게 보여주고 싶지 않아서인지 한쪽 무릎을 세운 채 큰 소리로 떠들었다. "내가 어떤 기분으로 살고 있는지, 또 어떤 일을 계획하고 있는지 그걸 코흘리개 아귀 따위가 알게 뭐냐고……" 그렇게 말을 끝내자마자 아나야마는 단단한 등을 내동댕이치듯이 벌러덩 드러누웠다.

그렇게 그와 나의 피할 수 없는 충돌은 점점 다가오고 있었다. 사건은 가행 승려 중 한 명이 가행 담당자로부터 구타를 당하면서 동시에 일어났다.

구타한 감독은 나와 스키를 타러 갔던 거구의 승려였다. 맞은 사람은 아나야마의 단짝 중 한 명이었다. 본산에서는 정해진 시간이 되면 큰 북소리가 울리고 가행승들은 복장을 갖추고서 도량으로 모인다. 그 집회에 멍청하게도 늦게 들어온 자들이 있었다. 그날 얻어맞은 이들도 두세 명이서 늦게 들어온 것이다. 그는 아나야마의 동료로 폭력적이기는 했지만 아나야마와는 달리 요령을 잘 피우는 음흉한 자였다. 감독은 복도에서 그자를 나무랐고 그자는 뒤돌아보며 감독에게 막말을 내뱉었던 것이다. 감독은 순식간에 손을 뻗어 그 자리에서 그를 때려눕혔다.

행두는 저녁 식사가 끝나고 가행승들이 다들 모여 있는 자리에서 그 사건을 보고했다. 그의 옆에는 아나야마가 바짝 붙어 있었다. 행두는 종교 대학에서 좌익 사건에 관여한 적이 있는 달변가였다.

"이번 사건은 단순히 구타당한 모 군 한 명만의 문제가 아닙니다. 수행 중인 승려 전체의 문제입니다." 그가 말했다. "모 군이 그때 집회에 늦은 게 잘못이었다면 왜 부드럽게 말로 설득해서 깨우치게 하질 못하는 겁니까? 신성한 가행장에서 승려들을 이끌어가야 할 감독이라는 자가 비열하게 폭력을 행사했다는 게 말이 되는 소리입니까? 더군다나 감독은 모 군 및 그 주위에 있던 자들한테도 '니놈들'이라고 소리를 쳤다는 겁니다. 그 말은 우리들 전부한테 '니놈들'이라고 한 거나 마찬가지입니다. 결국 우리를 그런 식으로 취급하고 있었다는 말이 아니겠습니까? 만일 우리가 이대로 가만히 있으면 감독이라는 자는 앞으로도 두 번이고 세 번이고 완력을 휘두르며 우리를 모욕할지도 모를 일입니다."

마지막으로 행두는 "이 집회는 아나야마 군의 제안으로 열린 겁니다"라고 덧붙여 말했다.

아나야마는 침묵을 지키고 있었다. 하지만 아나야마의 압력에 행두가 눌리고 있는 것만은 분명했다. 행두는 가행 기간이 얼마 남지 않았으므로 가행을 무사히 마치게 함으로써 자신의 책임을 다하고 싶었던 게 틀림없었다. 그가 '아나야마 군의 제안으로'라고 덧붙인 것도 그 때문이었다. 우리는 평소보다 조금은 긴장된 얼굴로 둥글게 모여 앉았다. 행두는 잡담을 하며 분위기를 흐리는 자가 있으면 엄격하게 주의를 주면서 이 문제가 중요한 사안이라는 것을 모두에게 알렸다.

연장자들에게 의견을 구하자 그중 한 명이 곧바로 일어섰다. "우리 가행 승려 일동은 내일 아침을 기해 모두 하산을 합시다"라는 것이 그의 의견이었다. "이처럼 부패한 집행부와 감독 밑에서는 더 이상 수행을 계속하는 게 무의미합니다. 이번 일은 단순히 폭행을 행한 악독한 감독 한 명만의 문제가 아니라 종단의 당국자 및 집행부 전체의 문제입니다. 그러니까 당국자와 집행부의 각성을 요구하기 위해 깨끗하게 하산을 하자는 거죠. 그리고 하산을 하고 각자 사원으로 돌아가서 거기서 성심을 다해 수행을 해야만 할 겁니다. 지금 우리는 이런 구태의연한 수행 방식에 사로잡혀 있을 때가 아닙니다. 우리가 다 함께 하산하는 게 종단을 떠받치고 있는 하층 승려들의 힘을 보여줄 수 있는 절호의 기회가 될 겁니다."

그는 자신의 주장을 말하고 나서 주위 사람들에게 "이건 진짜 말도 안 돼. 이런 바보 같은 일이 어디 있겠어. 그렇지 않아?" 하며 동의를 구했다. "저들은 지방 사원의 어려움이라든지 젊은 승려들의 고민 따위는 전혀 모르고 있다니까."

나는 혈색도 좋지 않고 버석버석한 피부에 산전수전을 겪을 대로 겪은 그 연장자를 잘 알고 있었다. 그가 당시 종단을 지배하고 있던 당국의 입장에 반대하는 당파에 속해 있다는 것도 알고 있었다. 종단에는 두 개의 당파가 있었다. 그중 하나가 독일 유학파로 산스크리트어를 연구하고 원시불교의 교리를 소개하는 지도자를 따르고 있었다.

굳이 말하자면 그들은 신흥 세력이자 세계주의자들이었다. 반대파는 한역(漢譯) 대장경을 중시하며 종단의 전통을 예전 그대로의 모습으로 지키려고 하는 대승정을 중심으로 하고 있었다. 이들은 구파 또는 국수주의자라고 할 수 있었다. 어느 쪽이 옳은지 나는 잘 모르겠다. 하지만 국제주의와 국수주의, 그 신구 양 파가 다투고 있던 것만은 분명했다. 그 연장자의 발언은 이 두 세력의 대립이 작은 형태로 드러난 것에 지나지 않았다.

그가 착석하자 행두가 다시 일어났다. 행두는 종단 앞에 놓인 사회 정세에 대해서 열변을 토했다. 그의 발언은 이번 사건에 비해 지나치게 과장된 연설이기는 했지만 혈기 왕성한 젊은 승려들은 상당히 열심히 귀를 기울이고 있었다.

"기독교는 세력을 확장하고 있는 중입니다"라고 그가 말했다. "그리고 정치적인 정세는 긴박감이 고조되고 있는 상황이고요. 우파와 좌파의 세력은 우리 종단을 부숴버릴 만큼 거대한 힘으로 집결되고 있고 지금 바로 우리 코앞에서도 분쟁을 계속하고 있습니다. 피비린내 나는 사건이 속출하고 있는 중이지요. 지금 이 시대는 권력자들에게 알랑거리는 우리 종파의 교조나 난의포식(暖衣飽食)하고 있던 기성세대의 승려들에 대항해서 굶주림에 흐느끼는 인민 민중을 위한 새로운 불교운동을 발족시켜야 할 시기인 것입니다."

그는 세련된 옷을 입은 프랑스혁명의 지도자처럼 손목에서 거치적거리는 소매를 솜씨 좋게 걷어 올리면서 본인도 예상치 못한 흥분 상태에 빠져 있었다.

"우리 종단이 앞으로 얼마나 오랫동안 존속될지 그건 잘 모르겠습니다. 이 같은 세기말적인 현상 앞에서 우리 젊은 승려들은 각오를 분명히 다져나가야만 할 것입니다. 우리의 일거수일투족은 이제 종단 전체의 운명을 결정짓게 될 것입니다. 우리가 앞으로 조직을 확대 강화할 수 있을지, 우리 종파의 독립과 번영을 영위할 수 있을지, 그게 아니면 기회주의자나 배신자로서 몰락할지, 이 모든 게 다 이번 구타 사건에 의해 결정될 것입니다."

그런 변론이 계속되는 동안 아나야마는 화로에 한쪽 팔꿈치를 괴고 귀찮다는 듯이 아무 말 없이 담배를 피우고 있었다. 그 모습이 뻔뻔스럽기도 했지만 한편으로는 고독해 보이기도 했다. 이윽고 연설이 끝나자 그는 고개를 숙인 채 "그래, 역시 두들겨 패는 편이 낫겠어"라고 중얼거렸다. "아예, 구타를 하자고."

"뭐? 뭐라고?" 행두가 움찔하며 아나야마 쪽을 돌아보았다.

"그 녀석이 있는 데로 가서 패주는 거야. 나 혼자서도 충분하다고."

나는 빙 둘러앉은 맨 뒤쪽 자리에서 느슨하게 눈을 감고 있었다. 그 순간 나는 여전히 이 세상에 머물러 있었고, 뿐만 아니라 그 한가운데에 어쩔 수 없이 서 있다는 것을 깨달았다. 그것은 간지러우면서도 으스스한 것이었다.

저세상에도 인간들이 있다면 인간들은 그곳에서도 분명히 분쟁을 일으킬 게 틀림없다. 가늘게 눈을 뜬 눈꺼풀 사이로, 그리고 눈썹을 통해 나의 내부로 비집고 들어오는 흑백 승복을 입은 사람들의 움직임 속에서도 그러한 징조는 다분히 드러나고 있었다. 그 무렵의 나는 만일 이 세상에 올바른 게 있다고 한다면 그것은 내가 이룰 수 없는 것 중에 포함되어 있을 거라고 생각했다. 그리고 아름다운 것 또한 내가 닿을 수 없는 곳에 존재하는 것이었다. 그 때문에 실눈 사이로 오렌지색의 전등에 비쳐서 몽롱하게 눈에 들어오는 이곳의 상황 속에 혹여 올바른 것이나 아름다운 것이 있다고 해도 그것은 아마도 내 손이 닿을 수 없는 것일 테고 미치기도 어려우며 어쩌면 내 시력으로는 포착할 수조차 없는 것들임에 틀림없었다. 그렇다면 이 소동에 끼어드는 것도, 거기서 빠져나가는 것도 둘 다 무의미한 것이다.

견딜 수 없을 만큼 소란스러울 때에는 숙연한 경지에 들어가고 싶어지는 법이다. 그런 인간적인 교활함으로 인해 나는 그 순간 밋카이적인 우주관 쪽으로 조금 기울어져 있었다.

"이제 구타당하는 쪽은 그 가행 담당자일 게야. 그 거구 말이야."

나는 문뜩 깨달았다. 나는 스키를 같이 타러 간 동료가 구타를 당할지도 모른다는 사실을 알면서도 묵인하고 있었다. 이런 사소한 일이 나를 일깨웠다. 그것은 감각적으로 불쾌한 사실이었다. 아무튼 그를 구타하려는 계획만은 저지해야겠다고, 나는 생각했다.

그때 근행(勤行)에도 강의에도 지극히 열심히 임한 모범생 중 한 명이 일어섰다.

"우리가 이 자리에서 지금 당장 정신없이 뭔가를 결의해버리는 것은 조금 문제가 있다고 생각합니다." 그는 머뭇거리며 제안했다. "우선 감독을 이 집회 장소로 불러오면 어떻겠습니까? 그러면 그가 사죄를 하든지 자신의 주장을 말하든지 할 테니까 결의는 그다음에 하기로 하면 어떨까 생각합니다."

다른 사람들도 그의 의견에 찬성을 해서 행두 외 두 명이 감독을 부르러 사무실로 갔다. 이윽고 그들은 다시 돌아왔고 감독이 곧 이곳에 올 거라고 보고를 했다.

잠시 후, 긴 복도에서 쿵쿵거리는 발걸음 소리가 멀리서부터 들려왔다. 그 도전적인 발걸음은 감독의 평소 발걸음보다 배나 빨리 다가왔다. 그리고 복도 쪽으로 하얗게 늘어서 있는 20개의 장지문 중 하나가 거칠게 열렸다. 문지방에서 문짝이 떨어져 나갈 것만 같았다. 검은 얼굴에 검은색의 옷을 두른 감독이 당당한 체격으로 다다미를 밟으며 나타났다. 목욕을 하고 방금 나왔는지 이마와 목덜미는 빨갛게 달아올랐고 팔짱을 낀 팔뚝이나 벌어진 양다리에서는 기력이 넘치고 있었다.

"무슨 일이지?" 그는 꼿꼿이 선 채 오만하게 말했다. "할 말이 있으면 빨리 말해. 대표가 누구야?"

행두는 "왜 모 군을 구타한 겁니까? 그 상황을 좀 설명해주셨으면 합니다"라고 말했다.

"왜 팼냐고?" 그는 갑자기 얼굴을 붉게 물들이며 호통을 쳤다. "그걸 알고 싶다고? 그걸 물으려고 일부러 날 여기까지 부른 건가? 도대체 자네들은 수행을 제대로 하고 있다고 생각하는가? 그딴 태도로 지금 가행을 잘 받고 있다고 말할 수가 있느냔 말이야! 금붕어 똥처럼 줄줄이 늘어서 있기만 하고선. 큰 북소리가 났는데도 5분, 10분이나 지나서 도량에 들어오는 놈이 있질 않았냐고! 감독인 내가 그걸 잠자코 지켜보고만 있으란 말인가? 얻어맞지 않으면 깨닫지 못하는 놈들한테는 패는 것 외에는 다른 방법이 없는 거야. 금붕어 똥처럼 줄줄줄, 줄줄줄 늘어서가지고는. 이제 긴장 좀 하시지그래."

"왜 완력에 호소하지 않으면 안 되는 겁니까?" 한 명이 낮은 소리로 물었다.

"넌 뭐냐? 나한테 지금 따지는 거냐? 난 할 일을 했을 뿐이야. 난 니들이 덤벼도 하나도 겁나지 않아. 불만이 있는 놈들은 앞으로 나와! 한꺼번에 다 덤벼봐."

감독은 흥분해서 소리쳤다.

왜 아나야마가 일어나지 않고 그냥 가만히 앉아서 가행 담당자의 위압적인 말을 못 들은 체하고 있는지 나는 알고 있었다. 그는 혼자서 그 거구를 쓰러뜨리고 다치게 할지 아니면 불구로 만들지 그걸 생각하고 있었던 것이다. 지금 그가 덤비면 다른 승려들도 너도나도 덤벼들 게 분명했다. 하지만 그는 그런 집단적인 행동으로 울분을 떨치고 싶어 하지 않았다. 그런 모험이나 영웅주의, 그리고 음흉한 복수일지라도 그게 뼛속에 사무치는 피비린내가 나지 않는 손쉬운 거라면, 그건 그저 애송이들이나 하는 짓이라고 경멸하고 있었던 것이다.

그는 종단의 신구 세력에 대해서나 종단의 독립과 번영에 대해서는 아무런 관심도 없었다. 자신의 어두운 일상에서 골똘히 생각한 것을 그저 자기 손으로 직접 처리하고 싶어 했을 뿐이었다. 그의 눈초리나 거동에서 풍기는 아나키스트적인 냄새가 그걸 증명하고 있었다. 그 후 집회가 계속되는 동안에도 그는 계속 심기가 불편했던 모양인지 잠자코 있었다. 그리고 어떠한 논의에도 응하지 않은 것을 보면 그것은 분명했다.

아나야마가 일어서지 않아서 다른 승려들은 공격할 타이밍을 놓친 듯했다. 또한 가행 동료들 중에는 나와 아나야마 그리고 그 얻어맞은 사내처럼 규율도 제대로 지키지 않고 권위도 소홀히 생각하는 사자신중충*처럼 시간을 보내고 있는 자들이 섞여 있다는 사실에 불만을 품고 있

* 獅子身中蟲: 『범강경(梵綱經)』에 나오는 말. 사자의 몸속에 기생하면서 끝내 사자를 죽게 하는 벌레. 불제자이면서 불법(佛法)을 해치는 자를 비유.

는 이들도 있었다.* 이런 종류의 신념을 가진 이들은 극소수였지만 말없이 실행을 하고 언젠가는 종단의 간부가 될 사람들이었다. 그들은 내부 붕괴를 두려워하고 있었고 기강을 바로 잡기를 원하고 있었다. 그리고 그들 외에, 누가 뭐라 하든 종단의 일원이 되는 신분증명서만 받으면 나머지는 어떻게든 될 거라고 생각하는 현실파도 있었다. 그 숫자가 훨씬 더 많았다. 그들은 처음부터 구타 사건 따위는 어떻게 되든 상관이 없었던 것이다. 그래서 발언자는 좀처럼 나오지 않았다.

빨강과 검정으로 채색된 부동명왕(不動明王)과 같은 무시무시한 형상의 감독은 "뭐야, 할 말이 없는 거냐? 날 여기까지 불러놓고는"이라고 내뱉었다.

"니들처럼 그냥 그렇게 있다가는 스님은커녕 수레꾼이나 신발지기도 될 수가 없을 게야."

행두가 "일단 돌아가주세요"라고 그에게 말했다. 행두는 동료들의 상태를 간파하고 있었다.

"내일부터는 더 엄격해질 거다. 손으로 안 된다면 곤봉으로라도 칠 테니까, 그리 알아."

그러고 나서 감독은 내 쪽을 힐끗 노려보며 말했다.

"언제였는지 정확한 날짜는 기억하지 못하겠는데 수위한테 돈을 주고 인버네스에 중절모를 쓴 채 뒷문으로 빠져나간 놈이 있었다지? 택시를 타고 놀러 나간 녀석이 있다고 하던데."

빙 둘러 앉은 승려들 사이에서 누군가가 쿡쿡거렸다. "그런 녀석은 언젠가 파계승이 되든가 살인범이 돼서 어딘가에서 목을 맬 게야. 부처님이 벌을 내리실 게 틀림없어. 반드시 그렇게 될 거다. 그때는 찔찔 짜게 될 테니까 지금부터 각오해두는 편이 좋을걸."

(그 예언은 점점 입증되기 시작했다.)

"이 세상은 말이야, 지옥이라고. 알겠냐? 극락에 있는 것처럼 산다면 다들 뼈며 가죽이며 절굿공이로 갈려버린다고. 그러니까 정신들 차려."

그는 명배우가 사라지듯이 나갔다.

그건 그렇다고 해도 감독의 말은 약효가 너무 강한 듯싶었다. '우리가 이런 말을 듣고 잠자코 있을 수만은 없질 않은가?' 하는 생각이 더욱 강해진 것이다.

"자기만 옳다고 생각하고 있군. 반성이라곤 조금도 하고 있지 않잖아." 그렇게 중얼거리는 자들도 늘었다. "그래 역시 패주자. 그게 가장 쉬운 방법이야"라는 아나야마의 동료 발언도 진지하게 받아들여지기 시작했다. "다 같이 하산하자." 연장자는 다시 한 번 그런 주장을 했고 그의 의견으로 기우는 사람들도 늘었다.

'구타'파 중 몇 명인가는 흥분해서 행두가 있는 쪽으로 갔다. '하산하자'고 하는 사람들도 서명운동의 준비를 시작했다. "때리자." "하산하자." 행동파와 정책파 그리고 비합법파와 합법파는 점차 활기를 띠기 시작했고 승려들의 얼굴은 소동의 쾌감으로 빛이 나기 시작했다.

수행 기간 중 흑백의 승복으로 심신이 완전히 굳어버린 젊은 그들이 이때만큼 생기 있는 모습을 보이며 다시 살아난 듯이 자신들의 의견을 말한 적도 없었을 것이다. 너무도 일방적이고 고풍스러운 정신적인 틀에 갇혀 답답해하던 사람들이 이 작은 사건을 통해 현실에서 빠져나와 느긋하게 긴장을 풀고 있는 것처럼 보였다.

창문으로는 빗방울이 비스듬히 부딪치고 있었다. 비는 도량에서 아래쪽으로 퍼지는 공원의 어두움을 뒤로하고 희미하게 반짝이며 창문 밖으로 흘러내렸다. 그 바로 밑에서 두꺼비가 울고 있었다. 두텁지만 다정한 소리였다. 따뜻한 밤비에 젖어 들며 두꺼비의 암놈이 수놈을 등에 태우고 조릿대 밑으로 천천히 기어가고 있는 것 같았다.

나는 전등이 비치는 큰방의 화로 옆이나, 이불을 사이에 두고 모여 앉아 의논하고 있는 동료들을 바라보면서 이들의 빛과 목소리에 잊힌 무성한 수목과 수풀이 있는 바깥 풍경을 떠올렸다.

흑갈색과 황색의 흉측한 몸에서 거품을 뿜어내며 걷고 있는 두꺼비의 모습이 아주 선명하게 떠올랐다. 언덕 중턱의 적토 구덩이에서 나온 두꺼비는 괙괙, 괙개굴, 괙개굴 하고 울면서 가파른 자갈길을 더듬거리며 연못까지 내려간다.

연못 근처의 문을 닫은 찻집 문틈에서는 불빛이 새어 나오고 있었다. 가는 불빛 줄기를 받은 시든 연꽃이 비바람에 들썩였다. 두꺼비 부부는 조용히 물가로 미끄러져 내려간다. 그리고 다시 수면 위로 떠오른다. 여전히 둘이 하나가 된 채 조용히 등을 반짝이고 있었다.

맑은 어느 날 아침, 젊은 남녀가 돌다리 위에서 두 마리의 두꺼비를 바라보고 있었다. 기모노에 나막신을 신은 여자가 "이제 가죠?" 하며 남자의 양복 어깨를 조금 밀었지만 그녀 자신도 역시 두꺼비로부터 시선을 떼지 못하고 있었다. "저기, 가자니까요." 그녀는 남자의 손을 잡았다. "어"라고 말한 남자는 조용히 일어서서 두꺼비를 바라보고 있었다.

"이 두꺼비 말이야, 이상할 정도로 침착하고 조용하단 말이지. 아주 진지해, 이 녀석들……" 남자는 독기 없는 표정으로 주의 깊게 두꺼비를 관찰하고 있었다. "두 마리 다 물속에서 꼼짝도 하질 않고 있잖아." "그러게. 그냥 가만히 저러고만 있네."

산책하는 다른 사람들이 지나가자 두 사람도 자리를 떴다. 나는 윗

길 끝에 있는 커다란 단풍나무 밑에서 내려다보고 있었다. 두 사람이 있는 쪽에서는 굵은 나뭇가지와 마른 수풀에 가로막혀 내 모습은 보이지 않았다. 언제였는지 기억이 분명하지는 않지만 백인 남녀가 혼자 있던 나를 발견하고는 금발의 머리를 흔들며 헉하는 소리를 내고 어깨를 움츠렸는데……

"그러면 결의를 합시다. 다른 의견은 없습니까?" 행두의 부드러운 목소리가 들렸다. 나는 정신을 차리고 일어섰다. 그리고 "의견이 있습니다" 하고 손을 들었다. 어찌 됐든 감독을 얻어맞게 해서는 안 되는 것이다.

"구타를 하는 것도 하산을 하는 것도 저는 반대입니다." 행두의 허락을 받고 나는 말하기 시작했다. "우리가 맞았기 때문에 때린다면 맞았다는 사실을 문제로 삼을 자격이 없어진다고 생각합니다. 우선 무엇보다 폭력은 불교적이지 않습니다. 저는 그런 식으로 감독을 재판하는 것에 반대합니다." 아나야마가 나를 쳐다보고 있는 것을 의식하고 있었다.

"하산을 하자는 것도 무의미하다고 생각합니다. 우리는 지금 하루라도 빨리 수계* 수료증을 받아서 절에 돌아가고 싶습니다. 이렇게 수행을 도중에 포기한다고 해도 물론 상관은 없겠지요. 하지만 하산한다는 건 오히려 우리가 패배를 인정하는 겁니다. 설령 당국이 하산을 하라고 명령을 해도 우리는 대웅전에 틀어박혀 한 발자국도 나가지 않도록 해야 할 겁니다. 영웅 간디처럼 단식을 하는 거죠. 당국이 폭력을 사용하지 않는다고 약속할 때까지 계속 단식을 하는 겁니다. 제 말인즉슨 무저항의 저항을 하자는 겁니다."

나는 간디가 힌두교도인지 불교도인지도 잘 몰랐지만 생각나는 대

* 受戒: 부처의 가르침을 받드는 사람이 지켜야 할 계율을 받음.

로 그의 이름을 이용해버렸다. 그러자 꽤 많은 박수 소리가 들렸다. "그래 맞아. 하산할 필요는 없지." "때리는 것도 그만두자" 하는 소리도 들려왔다. 행두는 "방금 말한 야나기 군의 주장은 상당히 흥미롭다고 생각하는데 찬성하는 사람 있습니까?"라고 말하며 승려들의 얼굴을 쳐다봤다. 반수 이상의 사람이 손을 들었다.

"하지만 제 주장을 받아들이려면 한 가지 주의해야 할 점이 있습니다. 그것은 행두가 가행승 전체의 행동을 잘 감독하고 통제를 해야 한다는 겁니다. 만일 이 계획을 실행했는데 누군가가 규칙을 깨고 감독을 때리러 갈 거 같으면 이 계획은 아무 의미도 없을 겁니다." 나는 아나야마 쪽을 바라보면서 큰 소리로 말했다.

"그리고 자기 멋대로 하산하는 자가 있으면 그자도 규칙을 깨는 자로서 벌을 받아야 할 거고요."

나는 고등학교 파업 통제 위원으로부터 들은 말을 그대로 흉내 냈다. 온건파들은 하산도 하지 않고 돌발적인 행동도 하지 않으면서 끝낼 수 있는 이 방법을 마음에 들어 했다. 그것은 즉 아무것도 하지 말고 끝내자는 것을 의미했기 때문이다. 그렇기 때문에 내 계획은 거의 모든 이들로부터 지지를 받았다.

행두는 거구의 감독관이 아닌 다른 감독관들과 면담을 하기 위해서 두 명의 위원과 함께 방에서 나갔다. 사람들은 나를 둘러싸고 "그러면 내일부터 아무것도 먹지 않는다는 말인가?" "물은 마셔도 되나?" "그래, 간디의 흉내를 내는 거라면 불만은 없을 거야" 하고 떠들어댔다.

갑자기 군중들에게 전폭적인 지지를 받게 된 나는 기분이 상당히 좋아져서 중앙 한가운데에 책상다리를 하고 앉아 있었다. 이 일로 아나야마가 이전보다 훨씬 더 나를 증오할 거라고 의식은 하고 있었지만, 이틀 뒤 그가 내게 보인 맹렬한 살기와 분노가 등을 보이며 드러누운 지르퉁한 그의 전신에서 부글부글 끓고 있으리라고는 생각하지 못했던 것이다.

다른 감독관들은 거구의 감독관보다 마음이 약하기는 했지만 그래도 똑똑했고 전체적인 상황을 파악하는 판단력은 가지고 있었다. 가행 중인 승려들이 대웅전을 점령하는 것이 얼마나 위험한 일인지 그들은 잘 알고 있었다. 이런 보기 드문 사건이 신문에라도 공표된다면 반대파들은 이것을 이용할 게 뻔했던 것이다. 그보다도 대웅전에서는 대규모 장례식이나 법회가 매일같이 열리고 있었고 그것은 본산의 중요한 재정 수입이 되고 있었다.

당국은 바로 다음 날, 거구의 감독관을 지방 포교로 파견시켰다. 그 결과 우리는 단 하루도 단식을 하지 않고 끝낼 수가 있었다.

다음 날은 대웅전 한가운데 자리 잡은 거대한 아미타여래상 앞에서 심야 12시를 기해 가행승들이 서약을 하는 날이었다. 예전부터 내려오는 이 어마어마한 행사가 끝나면 우리는 입단을 확인받고 정식으로 종단의 일원이 되는 것이다. 서약하는 의식은 500조(畳) 정도의 넓은 불전 내진*(그곳은 일반인의 출입이 금지되어 있었다)에서 행해진다. 사방의 문이 완전히 닫히고 꽤 높은 천장까지 어둠이 자욱한 곳에서 불상 앞으로 한 명씩 순서대로 촛불 하나만을 의지하며 나아간다. 절대무언 속에서 행해지는 의식이었다.

국보로 지정된, 몇 번의 화재에도 타지 않고 살아남았다는 그 불상은 인간의 영혼을 빨아들이는 신기한 혜안을 가지고 있다는 소문이 자자했다. 나라(奈良)나 가마쿠라(鎌倉)에 있는 거대한 불상들은 장엄하면

* 內陣: 절의 본당에서 본존(本尊)을 모신 곳.

서 온화한 표정 어딘가에 이 세상에 살아 있는 모든 것을 경멸한다고까지 말할 수는 없지만 지배하고 마음대로 다룰 것만 같은 강렬함을 느끼게 하는 것이 있었다. 굳게 다문 그 입술에 헤아릴 수 없는 조소가 희미하게 보이는 불상도 있었다. 그 눈빛이 지나치게 날카롭고 이 세상에서는 보기 드물게 인상이 흉악한 불상도 있었다. 이들 불상 제작자들은 인간의 지혜가 다다르는 곳, 그 심연 혹은 자연이 지닌 무시무시한 비정함과 자비심에 흔들리며, 단단한 나무를 파내고 엄청난 금속을 녹였을 것이다. 불상이 완성되기까지 연약한 인간의 피는 아무렇지도 않게 흘러내렸고 신음 소리와 흐느낌이 주변에 가득했다는 것은 역사의 기록에도 남아 있었다.

몇 개월 전에도 이 대웅전의 여래상 앞에서 혀를 깨물고 죽은 비구니가 있었다. 화족(華族)의 딸인 앳된 비구니의 시체는 불상의 커다란 금색 손에 움켜쥐어진 것처럼 그 단단한 무릎 아래에 엎드려진 상태였다. 그리고 그녀의 하얗고 가녀린 손은 마지막까지 불상을 향해서 뭔가를 애원하고 매달리기라도 하듯이 위쪽으로 뻗어 있었다고 한다.

서약의 시간이 다가옴에 따라 승려들의 긴장감은 한층 더해갔다.

어제까지 조용히 내리던 비가 밤이 되자 호우로 돌변했다. 도량의 입구에 서자 하얀 물보라가 어두운 지상을 가득 채우고 빗물은 반들거리는 돌계단 위로 격하게 흘러내리고 있었다. 현관의 차양이 비바람에 치이고 들썩여서 대화 소리도 들리지 않을 정도로 시끄러웠다.

"어제 일 기억하고 있겠지?"

아나야마의 낮은 목소리가 내 귓전에서 울렸고, 견골이 빠근할 정도로 그는 내 어깨를 움켜쥐고 있었다.

"각오는 되어 있겠지? 서약이 끝나면 밖으로 나와." 그는 무표정하게 말했다.

"후야 예불을 드리는 북소리가 나면 가미스테 산으로 와. 꼭 오라고. 올 거지?"

"……가지 뭐." 나는 대답했다. 지저분하게 수염을 기른 검푸른 그의 얼굴을 쳐다봤다. 그 얼굴은 몹시 언짢아 보였고 동시에 괴로운 듯한 표정이었다. 그는 나를 다시 돌아보지도 않고 음울하게 입을 다문 채 정해진 순번으로 되돌아갔다.

대웅전 측면의 높은 툇마루 밑으로 걸어가는 동안 버선도 옷도 흠뻑 젖어버렸다. 단에 올라 툇마루 위로 나오면 작은 문이 하나 열려 있었고 행두와 또 다른 사람이 입구 양쪽에 서 있었다. 그들은 말없이 향 녹인 물을 우리의 머리 위로 뿌렸고 잘 이겨낸 갈색 향 가루를 우리의 손바닥 위에 올려놓았다. 우리들은 흔들리며 올라가는 향의 희미한 보라색 연기에 휩싸인 채 내진 안으로 들어갔다.

그곳은 불상의 뒤편으로, 두꺼운 판자로 만든 칸막이가 천장까지 닿아 있었다. 그 폭이 좁은 두상 위로 높게 깔린 어둠 속에서 우리는 순번이 돌아올 때까지 기다리며 꼼짝하지 않고 서 있었다. 입구의 촛불로 뿌예진 어둠 속에 떠오른 동료들의 얼굴과 손발이 죄다 붉은 고동색이었다. 우리의 양쪽, 즉 불상 배후에 있는 판자벽에는 만다라의 그림이 걸려 있었고 대웅전의 바깥쪽 흰 벽에는 지옥 평면도가 걸려 있었다.

머리를 들고 쳐다봐야 할 것 같은 폭이 넓은 만다라 그림. 거기에는 남보라색의 실크 위에 금가루와 오색 물감으로 구석구석까지 수많은 부처들이 그려져 있었다. 크고 작은 각양각색의 부처들은 각각 빛의 후광을 목 뒤에 지고 다닥다닥 붙어 있었다. 부처는 여러 모양의 원형 속에 심지어 심장이나 꽃잎 한가운데까지 들어앉아 있었다. 정말이지 소름이 끼칠 정도로 많았고 벌레보다도 바글바글하고 빽빽하게 들어서 있었다. 어떤 다른 것도 더 이상 그곳을 비집고 들어갈 수 있는 여지가 없었고 오히려 삐져나올 정도로 종횡으로 가득 차 있었다. 그들은 쥐 죽은 듯이 조용했다. 부처들은 한결같이 아무런 표정도 짓지 않았다. 그 냉정함은 반대편에 걸린 지옥 평면도의 시뻘건 화염 속에서 커다란 입을 벌린 붉은 귀신이나 푸른 귀신보다도 더욱 잔인한 느낌이 들었다. 그곳에는 이제 지렛대로도 움직일 수 없는 에너지 불멸의 원칙과 같은 것이 엿보였다.

나는 촛불을 건네받고는 앞으로 나아갔다. 두세 번을 돌면 불상의 얼굴 앞으로 바로 올라갈 수 있는 작은 계단이 보였다. 삐걱거리며 올라갔다. 얼굴을 들자 바위와 같은 불상의 법의가 내 코끝에 닿았다. 좁은 판자 사이로 바닥을 스치며 걸어서 중앙에 앉으면 불상과 마주하게 된다.

금불상의 반은 빛이 나고 반은 그늘이 져 있었으며 불상은 내 머리 위의 꽤 높은 곳을 쳐다보는 형태로 놓여 있었다. 촛불이 밑에서 비쳐졌기 때문에 커다란 코와 입이 상당히 이상한 모양으로 보였다. 그 살점의 두께가 묵직해 보였다. 눈에는 검게 칠한 안구가 없었고 조금 파인 자국만이 선명한 선을 그리고 있었다. 하지만 그 엄한 눈매는 분명 뭔가를 계속 주목하고 있는 열린 눈인 것만은 틀림이 없었다. 본다고 하는 행위를 한순간도 멈추지 않는 것이다. 미래영겁(未來永劫)을 계속 쳐다볼 것만 같은 눈이었다.

게다가 불상은 나에게 눈길 한 번 주지 않고 전혀 다른 쪽을 쳐다보고 있었다. 그럼에도 불구하고 그렇게 함으로써 불상은 온전히 나의 전신을, 아니 그 내부까지 전부 간파하고 있을 것만 같았다.

"난 좀 있으면 결투를 하러 갈 거요." 나는 그를 올려다보면서 생각했다. “당신도 그건 알고 있겠지. 이제 곧 가미스테 산으로 가서 어리석은 짓을 저지를지 모르는 그런 나의 운명도 다 계산하고 지도하고 있을 테지. 내가 그런 짓을 그만두든지 저지르든지 간에 그건 전부 당신이 이미 다 정해버린 것일 게야.”

손에 든 양초가 나도 모르게 기울어지자 불상 옆의 거대한 그림자가 덮치려는 듯 내 몸 쪽으로 쓰러졌다.

“수많은 집념이 당신 앞에 올려졌어. 죽은 비구니나 친족을 잃은 남녀노소의 수많은 눈물도 당신 앞에 드려졌을 테고. 나도 이렇게 당신 앞에 앉아 있으면 바보 같다는 생각이 들기는 하지만 그래도 왠지 내 본심을 말하고 싶어지는군. 당신은 인간도 아니고 신도 아니야. 그냥 기분 나쁜 **그 뭔가**인 거야. **그 뭔가**인 것 그리고 **그 뭔가**로 있을 수 있는 비밀을 우리들한테는 말해주지도 않고 있지. 나는 내가 죽을지도 모르고 상대를 죽일지도 모르겠어. 좀만 더 있으면 파계승이 되거나 살인범이 될지도 모르지. 그래도 당신은 지금처럼 가만히 지켜보고만 있을 테지. **그 뭔가**는 옛날부터 그랬고 앞으로도 계속 그렇게 우리 전부를 지켜보고 있겠지. 그건 어쩔 수가 없을 거야. **그 뭔가**이신 분, 계속 그러고 있으시지. 나는 지금부터 가미스테 산으로 가기로 했어.”

어딘가 보이지 않는 아래쪽 어둠 속에서 똑똑 하는, 커다란 목탁의 둔탁한 소리가 계속 흘러나오고 있었다. 바람 소리는 거의 들리지 않았다.

“내가 앞으로 얼마나 당신의 이름을 부를 수 있을는지 당신한테 맹세를 할 수는 없어. 하지만 만일 내가 살아나갈 수가 있다면 무의식중이라도 **그 뭔가**인 당신을 반드시 생각해낼 게 분명해.”

나는 몹시 불안정하고 막연하게 그렇게 중얼거리면서 불상 앞의 검은색 단 위에서 내려왔다. 당내(堂內)를 한 바퀴 돌고 나서 입구로 나오자 차고 습한 바람이 목 언저리로 불어왔다.

『텐보(展望)』 1950년 4월호

바다의 정취

이치코가 희미하게 소리를 지르며 손에 든 고둥을 다다미 위로 던지자 신조는 읽고 있던 신문에서 눈을 들어 그녀 쪽을 쳐다봤다. 이치코는 손을 어깨 쪽으로 조금 구부리고는 조금 전까지 고둥을 쥐고 있던 손끝을 기묘하게 펼치다가 오므리면서 여전히 고둥을 쳐다보고 있었다. 그러자 신조는 '뭐하는 거냐? 또 뭔가를 시작한 거지?'라고 말하는 것처럼 거북하게 웃으면서 입을 조금 비죽거렸다. 접시 위에는 같은 녹색의 고둥이 잔뜩 쌓여 있었다. 삶은 지 얼마 안 된 뜨거운 고둥의 껍질은 놀랄 만큼 신선한 초록빛을 띠고 있었다. 다갈색의 낡은 다다미 위에서 나뒹구는 작은 고둥은 색종이처럼 부자연스럽고 선명한 초록색이라서 이치코의 시선을 끌었다.

선착장 부근에서 헤엄을 치며 떠드는 아이들의 소리 외에 주변은 한적했다. 한밤에 그물을 치고 숨을 돌리기도 전에 또다시 아침 다이보망*

* 大謀網: 바다에 쳐놓아 고기 떼가 걸리게 하는 그물인 정치망(定置網)의 일종.

을 끝내는 어부들 대부분은 집구석에서 지친 몸을 달래고 있을 시간이었다. 바닷물에 닿을락 말락 아슬아슬하게 먹이를 잡고 있던 비둘기 두 마리가 파드닥하는 소리를 내며 처마 끝의 둥지로 돌아왔다. 어두운 거실에서 복도와 현관을 통해 내려다보이는 8월의 태양은 눈부셨다. 그곳을 비둘기 그림자가 차갑게 가로질렀다. 그리고 말린 생선 냄새가 단둘이 사는 집 안으로 흘러들었다.

고둥의 살을 파려고 들고 있던 녹슨 바늘을 다다미에 콕 찌르며 이치코는 갑자기 털썩 주저앉아 엎드려 있는 신조의 목에 손을 대었다. 검은색 바지만 달랑 하나 입은 신조의 몸은 손바닥과 발바닥이 하얗고 엄청나게 큰 데 비해 목 위로는 숙부드러운 듯이 작았다. 기름을 바른 두발 탓인지 아니면 전쟁 중 어장을 떠나 해군에서 집단생활을 경험하고 돌아와서 그런 것인지 스물세 살 신조는 학생처럼 보였다. 부모와 형들이 세상을 떠난 뒤 그는 졸지에 한 집안의 가장이 되었다. 결혼한 지 얼마 안 된 그는 여전히 어린아이와 같은 수줍음과 어색함을 달고 다녔다. 하지만 시내에서 시집온 젊은 처자가 이렇게 아무렇지도 않다는 듯 거리낌 없이 드러누워 매끈하게 잘 뻗은 팔다리를 내던지는 모습을 보면, 이 좁은 어장의 어부들에게서 보이는 특유의 고지식하고 가부장적인 완고함으로 "그만 좀 하시지"라고 말했다.

"그만하라고. 또 누가 보면 시끄러워지니까 그만해."

"누가 본다 해도 난 신경 안 써."

"당신은 상관없을지 모르겠지만, 난 동료들이 뭐라 할 테니까 곤란하다고."

"……하지만 뭔가 불길하단 말이야."

"뭐가 불길한데?"

"고둥을 보고 있자니……"

목소리도 작고 말이 없는 신조는 조용히 웃었을 뿐 다시 입을 다물었다.

한밤중에 그물을 보러 나가야만 하는 날들이 계속되었고 그 때문에 혼자서 잠을 청하는 일이 부쩍 많아진 요즘 그녀가 외로움을 참지 못해서 투정을 부리는 것이다, 신조는 그렇게 생각하고 있는 게 분명했다. 하지만 이치코가 '불길하다'며 자신도 모르는 사이에 남편에게 매달리는 데에는 신조가 이해할 수 없는 복잡한 뭔가가 내포되어 있었다.

올해 4월, 누마즈* 시내에서 이 해변의 S부락으로 와서 살게 된 후 이치코는 본인도 알 수 없는 어두운 상념에 휩싸이곤 했다. 깊고 적막한 바다에 둘러싸인 S부락은 어부들의 기질도 온순했다. 지금까지 몇십 년 동안 화재와 도난 사건이 단 한 번도 일어난 적이 없었다. 민가가 80채 정도인 이곳은 깎아지른 작은 산들이 바닷가 근처까지 밀려 나와 있었다. 그래서 좁은 해변과 산기슭에 돌계단을 쌓고 다닥다닥 붙어서 살고 있었기 때문에 더 이상 집을 짓는 것은 불가능했다. 인구는 줄지도 않고 늘지도 않았으며, 남아 있던 젊은 남녀들은 언제부터인가 조금씩 마을 밖으로 빠져나가고 있었다. 이곳의 아이들이나 노인들은 누마즈 시내의 다른 어떤 이들보다도 예의가 발랐다. 그리고 치한도 거의 없어서 모범적인 마을이라고 할 만한 조건을 두루 갖추고 있었다. 이치코의 아버지가 운영하는 누마즈의 작은 나막신 공장에는 늘 거친 직공들이 들락거렸기 때문에, 마을의 노인이나 여자들이 지껄이는 사소한 빈정거림이나 농담 따위는 신경이 쓰이지 않았다. 이렇게 나무랄 데 없는 환경인데도 이치코

---

* 沼津: 시즈오카 현 동부에 위치한 공업 도시. 철도와 항만을 잇는 수륙 교통의 요지이다.

의 가슴에는 좀 전에 손에 있던 고둥을 내던졌을 때의 그런 섬뜩한 불안감, 즉 뭔가 정체를 알 수 없는 이물(異物)을 봤을 때 느끼는 견딜 수 없는 감정이 점점 쌓여가고 있었다.

고둥은 오늘 아침 신조 누이네 가족들과 함께 A섬까지 가서 캐 온 것이다. 마을에서 5~6백 미터 정도 떨어진 곳에 있는 A섬은 전신을 진녹색의 수목으로 빽빽이 장식하고 있었다. 섬은 10미터는 족히 넘을 잿빛 바위를 곳곳에 드러내며 깊은 바다에 몸을 웅크리고 있었다. 섬과 부락 사이로 물고기 떼가 빈번하게 통과하는 수로는 맑은 날이면 남보라빛으로 반짝였다. 섬의 바위 밑동이나 해저에서 나뒹구는 바위 조각이 투명하고 꽉 찬 바닷속에서 다갈색 혹은 엷은 흰색으로 떠오르는 듯이 보였다. 하얗게 타들어간 구불거리는 버스 도로, 오소리가 산다고 전해지는 삼각형 모양의 A섬을 뒤덮은 녹음, 이러한 색채 선명한 이곳의 풍경 중에서도 손에 닿으면 금방이라도 물이 들 것만 같은 이 수로의 짙은 쪽빛이야말로 가장 아름다웠다. 바다는 이따금 물이라고 할 수도 없을 만큼 농후하고 부자연스러운 색을 보여준다. 해안가의 유리알처럼 투명한 바다 밑에서는 흑녹색의 자갈과 회색빛 깨진 돌이 라임병처럼 연푸르고, 바닥까지 비추는 태양의 금빛 그물코의 움직임에 따라 너울거렸다. 그리고 돌돔이며 빨갛고 파란 놀래기들은 밀물에 휩쓸리듯 힘없이 수면 가까이로 헤엄쳐 올라왔다.

닛코라고 불리는 이 고둥은 변화무쌍한 해저의 빛깔을 고스란히 몸에 지니고 있었다. 닛코 껍질에는 마치 피복제를 더덕더덕 칠한 것 같은 다양한 색깔의 해조류와 석회, 그리고 작디작은 조개류가 들러붙어 있었다. 그 빨강이나 초록은 장난감에 일부러 페인트를 칠한 것처럼 선명한 것이었다. 복숭앗빛 내장에 진홍색 피가 흐르는 듯한 강렬한 빛깔의 껍질도 있었다. 고둥을 삶으면 그 진홍빛은 무미건조한 밝은 초록색으로 바뀐다. 하지만 바다에서 막 꺼낸 닛코는 싱싱하고 반들반들한 원래 그대로의 색으로 반짝거린다. 분명 해조류일 터인데 빳빳한 털로 가득 찬 조개도 있었다. 털 때문에 조개의 크기가 배나 더 커 보이기도 했다. 조개껍질의 표면에 들러붙은 해조류나 석회분, 그리고 너무 작아 꽃잎인지 벌레인지도 구분이 안 되는 조개들은 이 바다의 성질을 그대로 대변하고 있었다. 그들은 깊이 괴어 있는 움직임 없는 바다의 염분 속에서 서서히 그리고 끊임없이 그 껍질을 감싸고 있었음이 틀림없었다. 닛코는 별다른 움직임도 없이 풍요로운 바위에 들러붙어 그저 바닷물의 이끌림에 몸을 맡긴 채 오랜 세월 동안 살아남은 것이다. 자신의 껍질에 무엇인가가 들러붙는지도 모르는 채로 말이다.

바다와 친숙하고 바다에 투정을 부리다가 결국 바다 그 자체의 부스럼 딱지로 변해버린 듯한 이 고둥의 기분 나쁜 모습이 그녀에게는 이 마을을 둘러싼 나른하고 미끈거리는 온순함처럼 느껴졌다. 이 고장은 평온하고 안전하며 아름다운 지형에 둘러싸여 있는 곳이다. 그리고 모범적인 마을이라고 불리기에 충분한 경제조직을 수십 년 전에 이미 만들어냈다. 거친 분쟁과는 동떨어져 있는, A섬의 물 밑 깊숙한 곳에 자리 잡고 있는 그런 기질이 이치코를 점점 더 초조하게 만들었고 압박을 가하기 시작하고 있었다.

그날 아침, 배의 노를 저은 사람은 초등학교 3학년생인 시누이의 장남이었다. 그는 남태평양의 토인처럼 으스대듯이 가슴을 펴고서는 장난기 가득한 눈을 번뜩이며 시내에서 시집온 이치코의 거동을 지켜보고 있었다. "쳇, 갯강구가 무섭다는 건가요? 갯강구가?" 그는 놀려대듯이 말했다. 팔에 기어오르는 짚신 모양의 벌레를 뿌리치고 있던 이치코는 소년을 쏘아보았다.

"어라, 뭐하시는 거요? 그러면 안 되지요. 멍해가지고서는. 그러고 있으면 뱃머리가 부딪쳐서 배가 망가진다고요. 이거 빌린 것인디."

그는 뱃머리 근처에서 배에 익숙하지 않아 뒤뚱거리는 이치코를 보며 놀리듯이 말했다.

"마코토, 너 정말 자꾸 그럴래? 숙모는 배를 탄 적이 없으니까 그렇잖아!" 열일곱 살 된 장녀가 이치코를 감싸주었다.

"정말이지, 익숙하지 않은 사람은 어쩔 수가 없다니까. 그니까 배우기보다는 익숙해지라는 옛말도 있잖여." 시누이는 고생을 해서 수척해 보이기는 했지만 눈코가 반듯한 얼굴로 싹싹하고 부드럽게 말했다.

"헤엄을 치는 거라면 내가 마코토한테도 지지는 않을걸요." 월말이 가까워지고 생리적인 변화를 느낀 이치코는 조금 노래진 손으로 힘을 주며 뱃전을 붙잡고 있었다.

좀 마른 편이었지만 손발이 길고 탄탄한 그녀는 헤엄이라면 자신이 있었다. 하지만 이곳 해변이나 선착장에 있는 여인들, 그리고 이렇게 같은 배에 앉아 있는 이들을 바라보고 있으면, 그들의 몸은 어딘가 모르게 바다에 익숙하고 바다에 어리광을 피우며 또 바다와 친숙해서인지 마치 바다의 일부라도 되는 것처럼 유연함을 지니고 있었다. 이방인의 호기심 어린 눈으로 지켜봐서 그런지는 모르겠지만 깊은 바다에서 자란 이곳의 여인네들은 육지 여인들의 고집스러운 어색함 대신에 묘한 부드러움과 온순함을 지니고 있었다.

열일곱 살 시누이의 큰딸은 원피스가 젖은 김에 아예 뱃전을 잡고 물속으로 들어갔다. 이치코는 그 모습을 보고 더욱 그런 생각을 하게 되었다. 그 딸이 엄마와 둘이서 뭍에 끌어 올린 배 뒤편 물가에서 나무통을 씻고 있을 때도 그 골격은 너무도 연약하고 미덥지가 못한 것이었다. 무거운 나무통을 한 손으로 내리자 생동감 넘치던 그녀의 발치도 휘청거렸다. 그러던 사람들이 하얀 피부를 쪽빛 물속에 집어넣기만 하면 물고기 같은 정기가 전신에서 되살아나는 것이다. 두 개의 부풀어 오른 동그란 유방은 하얀 해파리를 닮았고 손발이나 엉덩이의 볼록한 부분도 물속에서는 스스럼없이 자유롭게 움직였다. 이치코의 근골은 육지에서 걷기 위한 장치에 불과한지라 물속에 들어가면 그 특이한 감각 때문에 긴장을 하는데, 소녀는 즐거운 듯이 모든 것을 활짝 열어젖힌 채 아무 거리낌도 없이 출렁거리는 바닷속에서 움직였다.

배에 올라 털썩 주저앉은 채 헥헥거리며 숨을 내쉬는 모습도 물속나라의 여인네들처럼 비릿하고 요염하다는 생각이 들었다. 이치코는 젖어 있는 소녀의 부드러운 팔을 잡고는 갑자기 힘을 주며 조금 비틀었다.

"아얏! 뭐하는 거예요, 숙모! 아, 꼬집으셨어."

"얄미워서."

"네? 얄미워요? 뭐가?"

그녀는 유연한 검은 눈동자로 이치코를 뒤돌아보면서 온순하게 웃었다. 그녀의 엄마도 마찬가지로 부드럽게 웃고 있었다. 이치코는 도저히 그런 온순함과 부드러움에 동화되어갈 수가 없었다. 남편인 신조도 그런 모습을 지니고 있었다. 성격이 상당히 강하고 말주변이 좋은 청년에게서도 그러한 면은 눈에 띄었다. 그런 식으로 서서히 닛코가 서식하는 것처럼 이 마을의 며느리로서 또한 어머니로서 앞으로도 매일을 그렇게 살아가도록 정해져버린 것이다. 하지만 그녀는 알 수 없는 미적지근한 어둠속에 혼자 서 있는 것 같은 불안감에 빠져 있었다.

신조의 어머니도 이치코와 마찬가지로 시내에서 시집온 사람이었다.

눈치도 빠르고 일도 열심히 했다는 그의 어머니는 돌아가신 뒤에도 사람들의 입에 오르내리곤 했다. 시어머니는 전사한 신조의 두 형과 세 딸을 키우며 정신없이 일만 하다가 급사했다고 한다. 시어머니가 엄청나게 일만 했다는 소문을 듣고 이치코는 시내에서 이 특이한 마을로 시집온 여인의 필사적인 모습을 상상했다.

이 마을의 바닷속과 같은 평온함의 원인에는 A섬을 둘러싼 바다가 매우 깊다는 사실 외에도 마을의 가구 80채 중 65채가 조직화된 완벽한 촌락공동체라는 점 때문일 것이다. 게다가 마을 사람들은 그런 사실에 대해 자각조차 하고 있지 않았다. 물론 이치코 자신도 그 점에 대해서는 깊이 생각해본 적이 없었다. 그들이 사용하는 다이보라는 게 배를 이용한 큰 정치망이라는 말인지, 아니면 다이바*라는 의미인지 그녀는 그것조차도 아직 잘 모르고 있었다. 그녀는 그저 시내에서 시집온 여자의 단순함으로 그런 특징을 감각적으로 냄새 맡고 있을 뿐이었다.

그날 아침도 시누이는 걱정스럽다는 듯이 눈살을 찌푸리며 "오늘도 물고기가 없나 보네그려. 아무리 다이보라 혀도 이렇게 물고기가 들어오지 않으면 큰일인디"라며 중얼거렸다. "원래 이런 거 아니었어?" 딸이 물었다.

"아니지, 이런 적이 없었지. 지금 어획량은 이전에 비하면 거의 10분의 1이여." 어머니는 여전히 조용하게 설명을 하고 있었다. 다이보에서 어선이 돌아오면 집집마다 여자들은 바구니나 양동이를 손에 하나씩 들고 일제히 선착장으로 나온다. "오늘은 배급이 있을까?" "배급은커녕……" 그런 맥 빠진 대화를 나누며 정어리 한 마리도 건지지 못한 채 빈손으로

---

* 台場: 바다를 방비하기 위해 만든 포대(砲臺).

돌아오는 날들이 계속되고 있었다. 마을 전체의 운명을 지배하는 그들의 다이보. 하지만 그것에 대해서도 그들은 무기력할 정도로 평온하게 그저 관습과 시간의 변화에 따르고 의지하자는 식이었다.

얼마 전, 한 대학교수가 이 부락을 조사하기 위해 신조의 집을 방문한 적이 있었다. 그 학자는 12, 3년 전 신조가 고등학생이었을 무렵, 2, 3년 연속으로 피서를 하러 이곳에 온 사람이었다. 그래서 신조의 돌아가신 부모에 대해서도 잘 알고 있었다. 그자가 불쑥 방문했을 때 신조는 밤낮으로 계속되는 노동에 지치고 피곤해서인지 두툼한 다리를 내던진 채 숙면에 빠져 있었다. 로마자로 와세다, 메이지 등의 대학 이름이 새겨진 유카타가 신조의 가슴과 배 위에서 기분 좋게 들썩거리고 있었다. 이치코는 그런 남편의 땀이 배어 있는 부드러운 이마와 볼을 기분 좋게 쓰다듬고 있었다.

"아주머니는요?"

"돌아가셨습니다."

"그럼, 테쓰카즈 군은?"

"전사했습니다."

"한지 군은?"

"둘째 형도 전사했어요."

"어휴, 그랬습니까? 저는 전혀 몰랐네요."

계속 신조 일가의 소식을 궁금해하는 손님이 눈앞에 있는데도 신조는 아직 잠에서 덜 깬 얼굴로 무뚝뚝하게 대답만 하고 있었다.

2층으로 올라가자 손님은 성급하게 방문한 목적을 설명하고는 다가앉아서 연달아 질문을 해댔다. 이치코는 닫혀 있던 2층의 덧문을 밀어젖히고 남편과 손님의 태도를 주의 깊게 살피고 있었다.

"……이 마을도 공산당 마을이라고 해서 요즘 꽤 유명해졌다지요?" 자신보다 나이가 많은 상대방의 성향을 금세 파악했는지 신조는 늘 그렇듯 수줍은 미소를 띠면서도 조심스럽고 신중하게 대답을 했다.

"그렇습니다. 제가 하는 연구는 이 마을의 조직이 중요한 자료라서요."

"……저희가 생각해도 참 잘 만들어진 조직이긴 하지요." 신조는 날카로운 눈초리로 주변을 치우고 있는 이치코를 힐끗 쳐다봤다. 그때 신조의 눈은 오래전 해군 항공 부대에서 매 순간 죽음에 직면한 사내가 지니고 있을 법한 검고 어두운 빛을 띠고 있었다. 그리고 태연해 보이면서도 어딘가 모르게 동물적인 힘이 들어간 그의 눈빛은 마루 정면에 걸려 있는 족자의 글을 읽으며 동요하고 있는 손님의 모습을 천천히 훑고 있었다.

"하늘에 계신 분이 만드신 일본은 영원히 번성할 것이다."

메이지 천황의 어제*라고 명기된 족자는 '공산당 마을'에 의욕을 보이며 뛰어들어 온 손님도 상당히 의외라고 여긴 게 분명했다. 벽에는 두 형의 대형 사진이 걸려 있었는데 둘 다 다부진 몸에 군복을 입고 있었다.

"어부는 암튼 물고기를 잡을 수 없으면 아무것도 할 수 없어서요. 그게 문제예요."

"다이보는 좀 어떻습니까? 물고기가 없나요?"

"요 1, 2년은 좋지 않았습니다. 전쟁 중에는 원양어선을 보내지 못하

* 御製: 왕이 직접 만든 글이나 물건.

게 해서 그런 건지 물고기가 이곳으로 몰려왔는데. 요즘은 그게……"

"정치(定置)어업도 이제는 안 된다는 말인가? 그럼 역시 원양어업으로 전환하지 않으면 안 된다는 말인데."

"그런 안건도 나오기는 했지만 저희한테는 아직 다이보라는 게 있어서요. 거기에 걸려들기만 하면 언젠가는 경기가 다시 좋아질 거라고 생각을 하고 있는 거죠…… 그야, 진지하게 전업을 생각하는 사람들도 있기는 합니다."

교수의 조급한 어조와는 사뭇 다르게 신조는 진득한 모습으로 재미없다는 듯이 그저 온순하게 대답을 하고 있었다. 교수는 신조의 마음 저변을 꿰뚫어 볼 여유 따위는 없는 것 같았다. S부락과 같은 조직이 바닷가 벽촌 깊숙한 곳에서 자연발생적으로 30년이나 전에 생긴 것에 대해 극구 칭찬을 했다. "재능에 따라 사람들이 일을 하고 사람들의 요구에 맞춰서 분배를 한다. 이건 말이죠, 굉장히 이상적인 거예요. 우리는 그런 사회를 만들고 싶어서 노력하고 있었으니까요. 각 가정에서는 공평하게 노동력을 공급한다, 그리고 임금은 평등하게 분배된다, 선주도 자본주도 없고 다이보망도 어선도 그리고 수도까지 죄다 일을 하는 어민들의 소유잖습니까? 물론 전쟁이 벌어졌을 때 정부가 모범적인 마을이라고 선동해서 전쟁으로 내몬 것은 정말 악랄했지요. 냉정하고 과학적으로 생각해봐도 S부락은 소리 없이 우리들의 이상을 잘 실현하고 있다고 생각합니다."

이치코는 교수가 하는 말이 어처구니가 없다고는 생각하지 않았다. 하지만 요즘 자신과 남편 사이의 어떤 답답한 감정과는 달리 번뜩거리는 뭔가가 막연하게나마 느껴졌다.

"이런 조직을 만들기 전에는 그래도 선주가 지배를 하고 있었다고 하던데. 그들과 투쟁을 해서 이긴 결과겠죠? 그 얘기는 예전에도 들은 거지만."

"그런 얘기는 말이죠, 암튼 우리가 태어나기도 전의 일이라서 저는 잘 모르겠습니다만. 여하튼 그 무렵에는 선주 집이 세 곳 있었다고 하던데 그 세 집 중 한 집이 우리 쪽으로 가담해줘서 어민 쪽이 이겼다고 합니다. 그분이 우리 쪽으로 가담해주지 않았더라면 도저히 승산이 없는 게임이었다고 해요. 어찌 되었든 그때는 시대가 시대인지라."

"그런 선주가 있었다고요? 그 사람은 어떤 사람이었죠?"

"아키야마라고 하는데 아직도 살아 계세요."

"특이한 분이군요. 한번 만나보고 싶네요. 그 사람은 지금 무슨 일을 하고 계십니까?"

"저희와 같이 다이보 배를 매일 타십니다."

교수는 신조의 소개로 아키야마 노인을 만났지만 "저 노인네가 이제 노망이 들었나? 도무지 무슨 말인지 모르겠군. 도대체 무슨 생각을 하고 있는 건지 도통 모르겠어. 난 아주 대단한 인물이라고 생각했는데"라며 투덜거렸다. 흰 구두를 신고 흰 셔츠에 흰 바지 차림의 교수가 마을을 떠날 때 신조는 "가을에라도 다시 오시면 좋을 겁니다. 그때는 귤도 있고 A섬도 단풍이 빨갛게 물들 테니까요"라며 정중하게 인사를 했지만, 남편의 수줍은 웃음 속에는 대학교수에 대한 알 수 없는 경멸과 불신이 담겨 있는 듯한 느낌을 받았다.

"저 사람 말이야, 아키야마 할배를 만나고 나서 할배가 무슨 생각을 하고 있는지 도통 모르겠다고 하던데, 다른 사람의 생각을 그렇게 쉽게 단번에 알 수 있다고 생각했나 보지?"

돌아간 손님에 대한 비판은 한마디도 하지 않고 신조는 낮잠에서 깨어난 뒤 천장을 쳐다보며 그저 중얼거리듯이 말했다.

다이보의 그물로 물고기를 잡을 수가 없게 되자 조합에서는 야간에 조업을 하기로 결의했다. 그게 바로 몇 달 전의 일이었다. 배터리를 바닷속으로 집어넣은 다음, 그 불빛으로 정어리를 잡는 것이었다. 하지만 최근에는 이러한 방법도 아무런 소용이 없었다. "뭐라도 해야 할 텐데." 신조와 같이 군대에 다녀온 젊은이들 중에는 성급하게 여러 가지 계책을 짜내는 이들도 있었지만, 그것도 깊은 바다의 표면에 이는 작은 물거품 같은 것이어서 결국 얼마 안 있어 원래의 모습으로 되돌아갔다.

신조가 오후에 다이보의 그물을 보러 나가면 이치코는 기름이랑 소금 때에 찌든 바지와 셔츠를 빨고 나서 선착장으로 나가 활기 없는 그곳의 정경을 바라보곤 했다. 바위 틈새나 배 가장자리로 숨어드는 바닷물이 간간히 소리를 낼 뿐인 조용한 바다는 해 질 녘이 되면 밤보다 더 고요해서 잔물결 하나 일지 않았다. 바람이 희미하게 지나가는 길목인지 아니면 구름이 드리우는 그림자인지 반듯한 수면 위로 새파란 농담(濃淡)이 비치기는 해도 물결이나 어떤 흐름 같은 것은 보이지 않았다. 양쪽 측면에서 튀어나온 돌담의 제방으로 둘러싸인 선착장 바닷가에는 누군가가 버린 수수 껍질이나 오색의 기름이 드문드문 떠 있었다. 그곳에서 아이들은 지치지도 않고 끊임없이 떠들며 헤엄을 치고 있었다. 둥둥 떠 있는 대야 속에서 두 살배기 어린아이가 볼록 튀어나온 벌거벗은 배를 앞으로 내밀며 귀여운 발을 오므리고 있었다. 아기를 돌보고 있던 남자아이가 물속으로 이어진 어선의 동체에 쿵 하고 대야를 부딪쳐도 아기는 무서워하지도 울지도 않았다. 아기를 들어 올려 그대로 물속에 집어넣어도 다리를 구부린 채 대야에 앉아 있을 때와 똑같은 모습을 유지하고 있었다. 등허리와 배가 개구리처럼 반짝반짝 빛이 나고 있었다. 초등학교 1학년 정도의 여자아이가 그 대야 밑을 빠져나갔다. 붉은 머리카락이 얼굴에 찰싹 달라붙었다. 여자아이는 또다시 물속에 몸을 숨기고 오랫동안 잠수를 했다. 키가 닿는 곳에 서게 되자 눈을 감은 채 두세 발자국 뛰다가 "푸아" 하고 숨을 내뱉는다. 입을 크게 벌리고 앞을 똑바로 쳐다보는 새카만 얼굴이 물에 떠오른 물고기의 앞모습과 매우 흡사했다. 남자아이들은 "헤이, 컴 온" 하고 외치며 자유형으로 헤엄을 쳤다.

돗자리 위에서 말리는 팥이랑 어박*을 흰 닭이 쪼아 먹어도 혼내는 사람은 아무도 없었다. 집 앞에 웅크리고 앉아 있는 닭도 하루 종일 바다만 바라보고 있었다. 간장을 끓이는 가마솥 안에는 오래된 피처럼 생긴 벌건 국물이 부글부글 끓어오르고 있었다. 그것을 끓이고 있는 사내의 피부도 간장처럼 진하게 그을어 있었다.

어느 날 한 노인이 죽었을 때 동료 노인들은 죽은 사람의 혼을 바다로 떠내려 보내기 위해 특별한 의식을 치른 적이 있었다. 살도 처지고 안색도 나쁜 노인들이 한데 모여 죽은 자를 배에 태우고 돌로 된 경사면에서 바다로 끌어 내리는 작업을 하고 있었다. 하얗게 시든 벌거숭이 노인도 있었고 젊은이들이나 입는 유카타를 입은 노인도 있었다. 그들은 오랜만에 힘을 내서인지 비틀거리면서 구령을 맞추고 있었다. "어기여차, 어기여차" 하는 소리가 이가 빠진 입에서 새어 나왔을 때는 "어기어싸, 어기어싸" 하는 소리로 들렸다. "어기어싸, 어기어싸." 그 헐떡이는 구슬픈 구령 소리가 저녁 해변에서 울리고 그치기를 반복했다.

'만일 바다가 없어져버린다면……' 이치코는 그런 생각을 해봤다. '이 사람들은 어떻게 되는 걸까? 그리고 신조와 나는 도대체 어떻게 되

* 기름을 짜고 남은 물고기 찌꺼기.

는 거지?' 이런 쓸데없는 생각을 할 필요가 없는데 이곳의 광경을 보고 있노라면 자꾸 그런 의구심이 이치코의 가슴을 죄어왔다. '만일 이 바다가 없어진다면…… 바다 전체가 아니라 그저 이 바다의 물고기가 사라져버린다면 그다음은 이 마을이 무너져버릴 게 분명했다. 단지 물고기가 오지 않는다는 이유 하나만으로도.'

제방 위에서는 사내들이 그물을 손질하고 있었다. 두꺼운 대나무로 짜 맞춘 건조장 위에서는 뱀이 막 빠져나간 허물 모양의 커다란 갈색 그물을 오랫동안 말리고 있었다. 그 그물에 매달리듯 모여 앉은 억센 사내들은 그물을 수선하고 있었다. 서 있는 사람도 있었고 앉아서 일하는 사람들도 있었다. 사내들은 다들 손만 쳐다보며 솜씨 좋게 열심히 일을 계속했다. 부분적인 손질이 끝나자 축 늘어져 걸려 있는 그물을 이동시켰다. 그물을 끌어당길 때는 일제히 손을 맞춰야만 했다. 그 작업이 끝나면 무거운 듯이 그물을 짊어지고 제방 아래쪽에 있는 배로 운반한다. 배 위의 사내들은 그물을 끌어당겨 감아올린다. 그럴 때면 사내들의 거무스름한 밀짚모자나 감색 바지, 순백의 셔츠 사이로 드러난 가슴과 팔의 근육 위로 석양이 붉게 물드는 것이었다. 건조장 위에 걸려 있는 그물은 잘 말려진 탓인지 스커트처럼 가뿐하게 나풀거렸다.

그 시각 이치코는 다이보 사무실 바로 옆을 지나 차가운 바람이 빠져나가는 터널을 통해 이루카보라라는 곳까지 걸어가기도 한다. 사내들만 있는 사무실에는 생선이 배급되는 날 외에는 접근하는 여자들이 없었다. 누마즈로 전보를 치기 위해 사무실 전화를 빌려 써야 할 때도 신조가 대신해주었다. 원래 이루카보라는 돌고래의 어미와 새끼가 드물게 잡히는 장소라 그런 이름이 붙여졌다. 이루카보라의 좁은 후미는 바닷속으로 뻗친 바위의 밑동이 검푸른 저녁 바닷속에서 하얗게 비쳐 보였다.

A섬의 커다란 그림자는 수로를 이미 어둡게 물들이고 있었다.

돌단의 잿빛 큰 바위 위에서 아키야마 노인이 낚싯줄을 늘어뜨리고 있었다. 빨갛게 그을린 커다란 머리에는 굵은 백발이 듬성듬성 남아 있었고 혈색 좋은 볼이나 턱에도 흰 수염이 보였다. 한밤중까지 계속 앉아 있을 생각인지 고무로 된 밤낚시용 검은색 우비와 작은 꾸러미가 옆에 놓여 있었다. 뭔가를 낚을 거라는 기대감도 없이 노인은 그렇게 바닷가를 떠날 줄 모르고 서 있었다. 다이보 사무실의 사내들과는 말을 건네본 적도 없는 이치코였지만 신조가 친하게 지내는 아키야마 노인하고는 대화를 나눈 적이 있었다. 노인은 어린 시절 거리에서 봤던 빵을 파는 러시아 사람을 닮아서인지 친근하게 느껴졌다.

“어라, 신조 색시 아니여?” 이치코가 인사를 하자 노인이 뒤를 돌아봤다. “어떤가? 이곳 생활은? 힘들지?” 낚싯줄을 드리운 채 노인이 다정하게 말했다.

“색시가 가장 최근에 이 마을에 온 사람인 게지. 그니까 우리가 색시한테는 자꾸 관심이 가는 거여. 앞으로 어떻게 사는지 또 어떻게 될는지 말이여.”

이치코는 어둠이 더해가는 바다를 내려다보면서 노인 옆에 바싹 다가가서는 웅크리고 앉았다. 신조 이외의 남자 옆에 이렇게 가까이 앉은 적은 처음이었다.

“사람은 말이지, 어디에 살아도 똑같은 게야. 하지만 암튼 자기가 살 곳은 선택하고 싶어 하는 법이지. 나도 예전에는 몇 번이나 이 마을에서 뛰쳐나갔으니까. 중학교 2학년 때는 홋카이도에 있는 목장으로 도망을 쳤어. 지리 시간에 배운 거 외에는 아는 거라곤 하나도 없었는데, 홋카이도의 아사히카와(旭川)까지 단번에 질주해서 갔지. 돈도 없고 보증인도 없이 목재 운반을 하면서 고생만 호되게 했어. 그리고 그다음에는 여자 일로 또 여러 번 가출을 했지. 미쳤나 싶을 정도로 엉덩이가 가만히 있질 않아서 말이여. 결혼식 전날 밤에도 난 애인하고 몰래 집을 빠져나갔지. 암튼, 우리 집은 선주였기 때문에 먹을 건 엄청나게 많았구먼. 결혼식 날에는 검은 예복을 입은 남녀가 몰려와서는 부지런히 집 주위의 돌계단을 오르락내리락하곤 했지. 친척이나 문하생들도 밀려들어 오고 축하해주기 위해서 홍백색의 피륙을 운반하는 녀석들도 있었는데, 그래도 역시 안 되는 건 안 되는 것이여. 아무리 노력을 해도 참을 수가 없었던 게지. 그러고 나서도 계속 사고를 치고 다녔구먼. 뭐가 좋고 뭐가 나쁜지 혼자서 생각을 해봤자, 다른 사람이 생각을 해봤자 그건 알 수가 없는 거여. 어찌 되었든 인간은 할 땐 하는 법이니까. 또 해보기 전에는 아무것도 모를 테고 말이여. 변덕스럽다든지 마가 끼었다든지 그러는데, 그게 다 우리의 정정당당한 운명인 게야. 후회할 게 아무것도 없는 대신 뭐 하나 자만할 것도 없는 거고. 물고기만 봐도 알 수 있잖여. 물고기는 지가 어떤 상태여도 자만하지는 않거든. 불평도 늘어놓지 않고 말이여."

"할아버지!" 이치코가 진지한 목소리로 말했다. "할아버지, 저기 말이에요. 앞으로 물고기가 이 마을로 돌아올까요? 이대로 계속 안 잡히면 어쩌죠?"

"물고기가?" 긴장해서 고개를 든 이치코의 얼굴을 가만히 쳐다보고는 노인이 가볍게 대답했다. "색시가 이곳에 오자마자 걱정만 하게 돼서 안됐네그려. 그럴 만도 허지. 헌데 그건 물고기한테 물어봐야만 알 수 있는 거여. 물고기한테도 변덕이라는 게 있을지도 모르고, 어쩌면 마가 끼었을 수도 있을 테니깐 말이여. 암튼 그딴 걱정일랑은 하질 말어. 시간이 되면 다이보 배를 타고 그물이라도 한번 보러 가지그려? 기분이 아주 좋아지거든."

"하지만 다이보 배에는 여자를 태울 수가 없잖아요."

"그야 지금까지는 태운 적이 없었것지. 타고 싶어 하는 여자도 없었을 게여. 알게 모르게 그만 관습이 생겼을 뿐인겨. 그려, 한번 타봐. 신경 쓸 거 없구먼. 타보라고. 내가 어부들한테는 말해놓을 터이니."

"타보고는 싶지만……"

노인의 아들은 네 명 모두 전사했다. 유골도 찾지 못했다. 굶어 죽었는지 물에 빠져 죽었는지 그것조차 확인이 안 되는 자식도 있었다. 그 때문에 일흔에 가까운 몸으로 젊은이들 사이에 끼여 있는 것이다. 노인을 닮아서 방랑벽이 있는 딸은 제정신이 아니었고 집 안에만 틀어박혀 살고 있었다. 그 딸은 발작이 시작되면 2층에서 일어선 채로 소변을 보기도 했다. 쾌활하게 말하는 노인에게서 거듭되는 집안의 어두운 불행의 그림자는 찾아볼 수 없었다. 그 밝은 표정의 이면에 억지로 불행을 감추고 있는 것인지 그것이 겉으로 드러나지는 않았다. 덕분에 이치코는 노인과 만나고 나서 다소 가벼운 발걸음으로 집으로 돌아왔다.

저녁 무렵부터 밤 사이, 바다와 하늘을 가르는 수평선은 희미해진다. 하늘이 낮게 깔리는 것인지 바다가 빨려 올라가는 것인지, 때로는 분홍색의 안개가, 때로는 검푸른색의 안개가 자욱하게 피어오르고 있었다. 밤으로 접어들면 물기 어린 돌담 위에서는 야광벌레가 반짝거렸다. 희푸른빛의 단편이 희미하게 흔들리며 끊임없이 깜박였다. 뭍에 끌어 올린 하얗게 메마른 배에 차악차악 바닷물이 닿는 소리가 들려왔다. 야간 고기잡이를 나가려고 엔진을 시험하는 소리도 내뿜듯이 들려왔다. 우스울 정도로 얇고 가는 철로 만든 굴뚝이 동그라미를 그리며 보라색 연기를 뿜어 올리고 있었다. 그리고 캄캄한 선착장의 출항 준비가 완료된 선상에서는 빨강과 초록의 전등이 켜져 있었다. 신호를 보내려고 램프를 머리 위에서 천천히 돌리는 둥그런 모양의 빛도 보였다.

비탈진 곳에 끌어다 놓은 어선 위에서는 여자아이와 노파가 귀신 이야기에 푹 빠져 있었다. 해변에서 가까운 이치코의 집에서는 복도건 거실이건 어느 곳에 있어도 그들 여자들의 대화가 또렷하게 들려왔다.

"저 할배는 마을에 공헌한 바가 아주 크잖우. 그니까 우리도 그 딸내미를 어떻게든 고쳐주고야 싶지."

동네 부인들은 아키야마 노인의 미친 딸에 대해서 떠들고 있었다.

"아무렴, 시집을 보낼 정도로 완전히 낫지는 않을 테지만 말이여. 그저 적당히 살 만큼은."

"그니까, 이나리(稲荷)신*한테 빌어보면 될 터인데 그러네. 이나리는 신이잖여. 여우와는 다른 게지. 신은 사람한테 화를 당하게 한다든지 신들리게 할 리가 없거든. 신이니깐. 헌데 여우는 못된 짓을 하겄지. 배가 고프면 말이여. 먹을 게 없어지면 사방으로 뛰어다니며 인간들한테도 들러붙는다지 뭐여."

"근데 말이여, 다들 여우한테 먹을 것을 준다고 하던데, 뭘 줘야 하누?" "뭐? 전병을 준다고? 전병이 없는 사람은 어찌하누? 그렇다고 아이스캔디를 두세 개 줄 수도 없는 노릇이잖여. 5엔짜리 동전을 주는 건 좋지 않은가?"

"신인지 악마인지 잘은 몰라두, 그게 뭐든 간에 사람에 대해서는 잘 알고 있을 거 아니겄어. 그걸 이렇다 저렇다 하면서 여우한테도 잘 가르치겄지."

---

* 일본의 토속 신들 중 하나이며 곡식의 신이다. 흰 여우를 상징으로 하고 있어 여우를 잘 부린다고 한다.

"어째서 그 집 딸내미가 저래 미치게 되었나 모르겄소. 오라비가 전쟁터에 나가고 이토(伊東)에서 돌아오고부터 저렇게 된 거라지? 아마 무슨 영화를 보고 나서 이상해졌다는 것인디. 부대 대원들이 벌거벗고 죽은 걸 봤다는 거여. 그러고는 한밤중에 혼자 2층으로 올라가서 계속 앉아 있기만 했다지 뭐요. '오빠가 불쌍혀, 오빠가'라는 말만 했다는 거지. 꿈을 꾸듯이 말이여."

"꿈은 아니겄지? 꿈이라면 깨어날 터인디. 안 그려? 돌아버린 거여. 머리 쪽으로 뭔가가 탁 하고 온 거지. 뇌 쪽으로 말이여."

아키야마 노인의 낚시하는 모습을 보고, 또 대화도 나누고 온 만큼 그런 대화가 그녀에게는 서글프게 들렸다. 뭐 하나 부족함 없는 가정에서 태어나서 온천 마을인 이토까지 떠돌아다니다 미쳐버린 딸은 아마도 마음이 따뜻한 사람이었을 것이다. 마을에서는 노인과 마찬가지로 이단아 중 한 명이었겠지만 그녀도 사랑을 받고 또 누군가를 사랑하기 위해서 태어났음이 분명하다. 하지만 어쩌다 보니 인간 사회에서는 돌이킬 수가 없는 그런 이단아가 되어버린 것이다.

신조는 그날 밤, 사무실에서 긴 회의를 마치고 밤늦게 돌아왔다. 중대한 회의일 경우, 회의가 끝난 뒤 사무실에서 술을 준비하곤 했지만 신조는 단 한 번도 그 술을 마시지 않았다. "마음을 터놓고 솔직하게 얘기하려면 술이 필요하지." 술을 좋아하는 노인들은 회의를 대충 끝내려고 '이의 없음' '이의 없음'이라고 외치고 싶어 했지만, 신조와 같은 젊은 청년들은 끝까지 말짱한 모습으로 버티고 있었다. 그런 날은 집에 돌아와서도 무서울 정도로 눈을 번뜩이며 말 한마디 하지 않고 흥분한 상태로 담배를 피워댄다. 군대에 동원되어 넓은 세상의 치열함을 깨닫고 돌아온 청년들의 온순한 표정 어딘가에는 언제 터질지 모르는 살기가 숨겨져 있었다. 고기가 계속 잡히지 않는 요즘 들어서는 그런 살기가 비지땀처럼 조금씩 배어 나오고 있었다.

"저기 말이야, 물고기한테도 변덕이라는 게 있지 않을까?"

마루에 들어서면서 심기가 좋지 않은 남편을 달래려고 이치코가 말을 걸었다. 그녀는 신조와 얘기할 때만 시내에서 사용하는 말을 사용했다.

"사람한테는 그런 게 있잖아. 그니까 물고기한테도 변덕이라는 게 있어서 다시 돌아올지도 모르잖아."

"없어." 신조는 날카롭게 딱 잘라서 말했다. "물고기는 떼를 지어서 다닌다고. 그물로 잡는 물고기는 다 집단으로 몰려다니는 거야. 사람들처럼 혼자서 어정쩡하게 다니거나 하지는 않아."

"그니까 그 물고기 떼가 변덕을 부려서 오는 경우는 없는 거야?"

"없어, 없다고. 생각 좀 해봐. 물고기 떼라고 하면 수천, 수만 마리야."

"그니까 수천, 수만 마리가 하나가 돼서 변덕을 부리는 경우 말이야."

"……" 이치코의 태연자약한 끈질김에 짜증이 났는지 신조의 높고 반듯한 코 옆의 흰 눈이 번뜩거렸다.

"그럴 리는 없어. 물고기는 이치코가 생각하고 있는 것처럼 그런 멍청이가 아니거든. 잘 통제되어 있고 그들 나름의 규칙도 있어서 착착 잘 움직인다고."

깔끔하고 화려한 유카타로 감싼 부인의 몸을 피해 신조는 빙그르 등을 돌렸다. 그 검고 미끈한 목덜미에서는 방금 목욕을 하고 나왔는데도 어장의 소금 냄새가 감돌고 있었다.

"당신, 오늘 아키야마 할배한테 뭐 부탁한 거 있었어?"

"부탁이라니?" 남편의 긴장된 말투를 의아스럽게 생각하면서 이치코는 아무렇지도 않게 말했다.

"딱히 부탁한 건 없었는데……"

"그러면 아키야마 할배가 제멋대로 그딴 말을 꺼냈다는 건가?"

그는 여전히 등을 돌린 채 괘씸하다는 듯이 말했다.

"할배가 그러는데, 당신이 다이보 배를 타고 싶다고 부탁을 했다는 거야."

"아아. 그거라면 나도 타고 싶다는 말은 했어. 하지만 부탁하지는 않았는데."

"그럼, 역시 당신이 말을 꺼낸 거로군."

"……"

오늘 밤 사무실에서 회의를 할 때 아키야마 노인이 신조의 부인을 어선에 태워서 다이보망을 구경시켜주자고 했다는 것이다. 지금까지 한 번도 여자를 태워본 적이 없는 아주 이례적인 일이기에 그게 의외로 중대한 문제가 되어버렸다. 아키야마를 믿고 그가 벌이는 일들을 재미있어하는 중년 이상의 사내들은 "뭐, 그것도 괜찮겠지"라고 말하며 찬성을 했다. 하지만 젊은 어부들 중에는 강경하게 반대하는 사람도 있었다. 우선 신조가 반대를 했다. 아주 태평한 얼굴로 노인이 그런 말을 꺼냈을 때 그는 수치스러워서 견딜 수가 없을 정도였다. 장이 뒤틀리는 느낌이었다. 스물세 살에 한 가정의 가장인 거며 시내에 사는 여자를 신부로 맞이한 것만으로도 사람들의 시선을 끌기에 충분한데 그 부인이 다이보 배를 탄다고 하니…… "그건 말도 안 됩니다. 고기잡이는 장난이 아니라고요." 혐오스럽다는 듯한 표정으로 토해내듯이 말하는 청년도 있었다.

"시내에서 온 여자가 말이야, 다른 사람들이 고생하는 것도 모르고. 기어오르려는 거야 뭐야?" 그렇게 중얼거리는 자도 있었다.

그렇지 않아도 고기가 안 잡히는 날이면 동료들은 그날 당번인 젊은 어부를 호되게 놀려댔다. "야, 야, 오늘 당번이 누구냐? M이야? 이봐, 너 어젯밤에 엉덩이는 제대로 씻었냐? 잘 씻었냐고! 엉덩이 말이야. 어이, 너 색시하고 자고 나서 씻지도 않고 나온 낯짝인데. 야, 냄새가 나. 알아? 냄새가 난다고, 냄새! 이러니 물고기들이 다 도망쳐버리는 거잖아. 안 그래?"

그런 혼란스러움 속에서 신조와 자주 어울려 다니는 친구인 긴지가 의견을 말했다. 긴지는 군대에서 담요와 식량을 잔뜩 짊어지고 나온 자였다. 그리고 그는 제대를 하고 곧바로 신조와 '프랙션 회의'*를 열었다. 물론 긴지와 그의 동료들은 어떤 정당에도 가입한 적이 없었지만 젊은 긴지는 그런 용어를 즐겨 쓰곤 했다.

'긴지 녀석, 그냥 가만히만 있어주면 좋겠는데. 쓸데없는 말만 하지 않았으면 좋겠는데.' 그는 쥐구멍에라도 들어가고 싶은 심정으로 고개를 숙이고 있었다. 긴지는 말을 잘했고 신조하고도 사이가 좋았다. 게다가 그는 당당하게 자유로운 연애를 하자고 주장하는 사내였다. 너무 나서서 청년들을 부추기기도 하고 노인들의 권위를 단박에 무너뜨리기도 해서 마을 사람들은 그를 백안시했다. 그렇게 고립되어 혼자 분투하는 긴지를 좋아한 여자도 있었다. 하지만 그녀는 얼마 안 있어 가정부 일을 하러 아타미(熱海)로 가버렸고 그 후에는 편지도 끊겨버렸다. 긴지는 여전히 자유연애를 해야 한다고 열변을 토하고 다녔다. 이번에는 공교롭게도 그런 긴

---

* 프랙션(fraction)은 정당이 노동조합 등의 조직 내부에 만든 당원의 분파이다. 여기서는 신조와 그의 동료들의 내부 회의라는 의미로 사용.

지 때문에 신조는 식은땀이 날 지경이었다. 하지만 긴지는 그런 것 따위는 전혀 아랑곳하지 않고 흥분을 하며 떠들어댔다.

"그건 말이야. S부락 사람들이 시샘을 하는 거야." 그가 말했다. "여자 얘기라면 금세 눈에 쌍심지를 켜고 있잖아. 매사를 좀 따뜻한 마음으로 지켜보면 좋잖아. 안 그래?"

"하지만 다이보는 신성한 곳이라고. 여자들이 놀러나 오는 그런 곳이 아니잖아."

"신조 색시가 신성한 곳에 간다는데 그게 뭐가 나쁘다는 거야? 신조 색시가 뭐 분위기가 안 좋은 이상한 곳에라도 다니는 여자라는 말이냐? 그딴 게 있다면 그걸 이 자리에서 분명하게 말을 해보라고."

청년들은 자신들이 고루한 사람 취급당하는 것을 싫어했다. 하지만 물고기는 잡히지 않고, 여자를 배에 태우면 부정이 탈 거 같고, 또 그냥 놀러 온다는 그런 기분 언짢은 생각 때문에 다들 뻣뻣하게 경직이 되어 있었다. 결국 다음 날 오후, 이치코를 1호 배에 태워 다이보망으로 데리고 가자는 합의가 이루어졌다.

"아아, 정말 싫다. 싫어." 신조가 말했다.

그녀 자신도 모르는 사이에 일이 그렇게 시끄러워졌고 남편의 심기도 불편해진 것이다. 하지만 그렇다고 아키야마 노인을 원망할 생각은 없었다. 두툼한 어깨를 고집스럽게 펴고 자신은 돌아보지도 않는 남편을 바라보고 있자니, 이치코는 애틋한 분노와 슬픔으로 온몸에서 피가 빠져나갈 것만 같았다. 신조는 분명 견딜 수 없을 만큼 기분이 언짢았음이 틀림없었다. 하지만 그녀도 마찬가지라고 생각했다.

이치코가 신조의 어깨에 가볍게 손을 대고 흔들자, "빨리 자지그래"라며 귀찮다는 듯이 말했다. "내일은 당신도 배를 타야 하니까, 어서 자라고."

"나도 타고 싶진 않아."

"타고 싶지 않다니, 이제 와서 그게 말이 돼?"

"하지만 그런 소동이 있을 줄은……"

"……"

오늘 밤, 남편은 자신을 안으려고 하지 않는다. 몸이 피곤하거나 부인을 아끼려는 마음 때문에 그런 것이 아니라 마을 주민들의 느릿느릿하고 부드럽게 감싸는 시선이 두려워서였다. 게다가 고기는 계속 잡히지도 않는 데다 어선에 아내를 태워야 한다는 사내의 불편한 마음까지 가해진 것이다. 오늘 밤은 아내의 몸에 손가락 하나 대지 않을 생각인 것이다. 평온하고 예의 바른 이곳은 바닷속보다도 더 조용하다. 모범적인 마을로 유명한 '공산당 마을'인 것이다. 이 마을의 믿음직한 청년인 신조는 이곳의 눈에 보이지 않는 어두침침한 집단 감정에 짓눌려서 젊은 부인을 애무할 자유조차도 버리고 있었다. 그는 노골적으로 더 차갑게 행동하고 있었다. ……시내에서 온 여자의 거만함, 그녀의 부정한 몸…… 이치코는 전등이 꺼진 거실에서 이제 곧 이 부락의 또 다른 이단자 중 한 명으로 전락해버릴 것 같은 자신의 운명을 목격하는 것처럼 느껴졌다. 그리고 그 아키야마 노인의 미쳐버린 딸, 그녀의 흐트러진 모습도 슬라이드처럼 깜박거리며 떠올랐다.

스르르 잠이 들려고 하는 순간 뿌우우, 뿌우우 하는 소라고둥 소리가 들려왔다. 옥외등만 반짝거리는 마을의 어둠을 떨치며 누군가가 동쪽을 향해 그리고 또 서쪽을 향해 나각을 불어댔다. 4시 반이었다. 아침 식사 준비를 마치고 식탁에 앉았다. 신조는 여전히 심기가 불편한 듯 아무 말도 하지 않았다. 식사가 끝나자 그는 도시락을 들고 곧바로 집을 나섰다. 아마 저녁 식사 때까지는 돌아오지 않을 것이다. 그녀는 오후에 다이보 사무실에 혼자 가야만 했다. 아프다고 말하고 그냥 누워 있으면 가지 않아도 될 것이다. 하지만 그러면 신조의 입장이 더 우습고 꼴사납게 될 게 분명했다. 게다가 그런 행위는 비겁하고 떳떳하지 못한 것이다.

간밤의 소나기로 백사장은 촉촉이 젖어 있었다. 차가운 바람도 불었다. 하지만 한낮의 태양이 비치기 시작하면 맹렬한 열기가 바다며 마을에 가득 찬다. 이치코는 마음의 동요를 억누르며 사당이 있는 뒷산으로 올라갔다. 좁고 비탈진 돌길에는 빗물을 받는 통, 곡류를 말리는 돗자리, 매달아놓은 건어물, 그리고 갖가지 색의 빨래가 잔뜩 가로막고 있었다. 아이들은 낯선 사람이 올라오는 것을 보고 놀라서 주춤거렸다. 기와지붕, 기둥, 초석이나 돌담마저도 태양의 열기에 바싹 말라 하얗게 빛이 났다. 즐비하게 늘어서 있는 집들을 지나자 마을의 공용 물탱크, 소나무와 떡갈나무 고목으로 둘러싸인 빨간색의 작은 사당이 나타났다. 사당의 위쪽으로는 대나무가 반짝였다. 빨갛고 흰 꽃이나 열매가 달린 잡목들은 빼곡하고 무성한 계곡을 바라보고 있었다. 밭을 매러 다니는 마을 사람들의 편의를 위해 좁다란 진흙길 위로 작은 돌들을 겹겹이 쌓아 올렸다. 작은 평지 위에도 파란 열매가 달린 귤나무나 야들한 채소를 심어놓았다. 그 길을 20분 정도 더 오르면 전망이 좋은 나무그늘이 나타난다. 이치코는 그곳에 걸터앉았다.

수평으로 탁 트인 파란 바다와 끝없이 펼쳐지는 높다란 하늘, 그리고 녹색의 A섬, 그 모든 경치가 한눈에 들어왔다. 이전에는 본 적조차 없는 광대한 풍경이 밝은 태양에 둘러싸여 환하게 내려다보이는 것이었다. 수로나 해안선을 따라 보이는 바다도 마을에서 볼 때보다 더 여리고 아련했다. A섬조차 이곳에서 보면 바다에 뿌리를 내린 삼각형처럼 작고

심플해 보였다. 평평하고 낮게 펼쳐진 바다 위에 착 달라붙은 작은 어선이 기어가듯이 움직이고 있었다. 그리고 그 밝은 정경은 이치코의 머리 위를 뒤덮은 나뭇가지가 검은 그림자가 되어 액자처럼 가장자리를 장식하고 있었다. 여름 낙엽은 밝은 그림을 배경으로 검은 실루엣이 되어 떨어지고 풀밭에서 날아오르는 나비조차 색이 없는 검은색 그림자로 팔랑거렸다.

그 화면 중앙에 다이보망이 설치되어 있는 게 내려다보였다. A섬에서 한 줄기 직선으로 쭉 뻗어 있는 그물은 물고기 떼를 저지하기 위해서이다. 그 선을 따라 옆으로 되돌아가면 8자 모양의 망으로 들어간다. 8자 위쪽의 반원에서 어부들이 물고기를 끌어 올리고 있었다.

산 위에서 밭을 매고 내려오는 소년과 노파가 바스락거리는 낙엽을 밟으며 걸어왔다. "어유, 덥지유" 하고 노파가 인사를 했다. "네, 덥네요." 이치코는 빨려 들어갈 듯이 그물의 모양을 바라보며 낮은 소리로 말했다.

"어라, 갈매기가 꽤 있는데. 그죠? 물고기가 들어왔나? 틀림없어. 물고기가 들어왔어. 진짜 들어왔나 봐." 소년은 바다를 내려다보면서 소리쳤다.

8자 모양의 그물 주위로 흰 바닷새가 날아오르다가 다시 내려오곤 했다.

"아니여. 물고기는 아적 그물에 들어오지 않았을 거여." 노파는 등에 진 커다란 바구니를 치켜 흔들며 천천히 내려갔다. 소년도 손에 든 막대기를 휘두르며 그 뒤를 따랐다.

'물고기가 잡히기만 하면. 그냥 물고기만 잡혀준다면' 하고 이치코는 생각했다.

또 다른 두 사람이 그 길에서 내려왔다. 노파와 중년 여자였다. 그리고 이치코에게 인사를 하며 그 옆을 지나갔다. "저 계집이야. 오늘 다이보 배를 탄다지." "저 여자였어?" 그렇게 속삭이며 길모퉁이로 사라졌다.

이치코는 피곤하고 답답한 기분으로 집에 돌아왔다. 들은 얘기로는 오전 그물에도 물고기는 없었다고 한다.

오후 4시 정각에 긴지가 이치코를 데리러 왔다. 그녀는 검은색 스커트와 하얀색 블라우스를 입었다. 평상시 자주 입는 색 바랜 옷에 수건 한 장을 가지고 긴지와 함께 사무실로 향했다.

사무실은 돌로 매립한 땅 위에 함석지붕의 건물이 세 개의 동으로 나뉘어 세워져 있었다. 하나는 그물이나 커다란 바구니를 넣는 창고였고 다른 하나는 물고기를 끌어 올리거나 출하하기 위해 흙바닥을 두들겨서 만든 곳이었다. 나머지 방은 전화와 사무실용 책상, 그리고 숙박용으로 다다미가 깔려 있는 사무실이었다. 세 군데 모두 사내들이 잔뜩 모여 앉아서 이치코를 빤히 쳐다보고 있었다.

"어, 1호는 이제 내보내도 되겠네. 1호 내보내자. 1호를." 긴지가 다그쳤지만 앉아 있는 사내들은 히죽거리며 밀짚모자를 꿰매기도 하고 모자를 쓰기도 했다. 그들은 수건으로 얼굴이나 손발을 닦으면서도 좀처럼 일어나려고 하지를 않았다.

"이 사람이 그물을 담당하는 캡틴이에요. 인사해두세요." 긴지로부터 소개를 받고 이치코가 머리를 숙였다. 중년 남자는 모자며, 바지며, 그리고 치켜 올라간 눈이 죄다 서부영화의 목장 주인을 닮았다. 사내가 일어나자 다른 사내들도 따라 일어섰다. 아키야마 노인은 이미 배 위에 올라타서 다가오는 이치코를 보며 재미있다는 듯이 고개를 연신 끄덕이고 있었다.

"신짱은 어디 있어? 신짱 말이여." 부스스하게 머리를 내리고 띠를 동여맨 꺽다리 청년이 쿵 하는 소리와 함께 배에 올라타자마자 소리를 질렀다.

"그 녀석은 오늘 사무실 근무야"라고 캡틴이 설명을 했는데도 청년은 "그냥 타면 되는데 뭐가 그렇게 부끄럽다고 그러는지 모르겠군. 그냥 타면 되는데" 하며 부자연스럽게 소리쳤다. 이치코는 신조의 모습을 보지도 못한 채 두꺼운 목재로 만든 무게감 있는 배의 중앙에 웅크리고 앉았다.

1호는 좀처럼 출발을 하지 못하고 있었다. 자전거 위에 하늘색 통을 올려놓고 파는 아이스크림 가게에서 노란색 아이스크림을 사서 먹는 이도 있었다. 소년이나 청년들이 뛰어와서는 우당탕거리며 난폭하게 배에 뛰어올랐다. 그리고 이치코의 모습을 발견하자 금세 표정의 변화를 보이고는 배의 깔판 위에 주저앉았다.

이윽고 네 명이 젓는 노가 일제히 움직이기 시작하자 배는 돌담에서 떨어져 나갔다. 바람은 이치코의 볼과 팔뿐만 아니라 두근거리는 가슴도 스쳤다. 바다색은 진했다. 오전에 뒷산에서 내려다봤을 때와는 비교도 할 수 없을 만큼 진한 쪽빛 바다가 이치코의 눈앞으로 다가오고 있었다. 배는 작은 동요도 없이 무신경한 동물처럼 나아간다. A섬은 복잡한 바위 표면과 두툼한 초록 옆구리를 드러냈고 배는 천천히 돌면서 이동했다. 세 척의 배들 중에 가장 많은 사내들을 태운 1호는 맨 뒤에서 그물 옆으로 조금씩 다가가고 있었다.

"저걸 운동장이라고 해요. 저 그물 말이에요." 긴지는 시중들듯이 앉아서 그녀에게 큰 소리로 설명을 했지만 이치코의 귀에는 전혀 들어오지 않았다.

"들어왔나?" "뭐가 들어왔다는 거야!" 바다를 잠자코 노려보기만 하던 사내들은 생각이라도 난 듯이 그런 말을 주고받았다.

"만약 한 마리도 못 잡으면 그냥 이대로 바다에 빠져서 확 죽어버릴 거야. 정말 죽어버리고 싶다고."

시내에서 온 여자, 그런 여자의 부정 탄 몸. 그녀는 신성한 그물에 자신의 모든 에너지를 쏟아부으며 정면으로 맞서는 억센 사내들에게 둘러싸여 있었다. 이치코는 생리, 그리고 자신의 내장이나 핏물이 묘하게 생생한 더러움으로 다가오는 것을 의식하고 있었다. 시내에서 온 여자. 부정한 그녀……

"얼굴이 새파래졌네! 멀미를 하는 거예요?" 긴지가 그렇게 말을 건네자마자 배는 갑자기 스피드를 죽이며 그물 쪽으로 바싹 들이댔다. 그물 주위에 떠 있는 대나무 위에서 바닷새가 고양이처럼 울부짖으며 날아올랐다.

일직선으로 서 있는 세 척의 배 밑에서는 뱃머리 옆에 장착된 그물 감는 기계 쪽에 네댓 명의 사내가 달라붙었다. '으쌰.' '으쌰.' 사내들은 그물 감는 기계의 손잡이를 돌렸다. 그럴 때마다 즈즉, 즈즉 하는 소리와 함께 듬성듬성한 그물이 끌려 올라왔다. 1호의 좌우로 접근하는 배는 조금씩 양쪽 수직 방향으로 뱃머리를 돌리고 있었다. 좀 전까지 1호에 타서 그냥 앉아만 있던 사내들도 갑자기 벌떡 일어나더니 그물에서 가장 가까운 배 가장자리로 달려갔다. 그물 감는 작업을 하던 사내들도 이내 가장자리에 있는 사람들 사이로 끼어들었다. 배는 갑자기 기울어졌고 이치코도 비틀거리며 엉거주춤 일어났다.

어부들은 마지막 그물인 8자 위쪽의 반원 그물을 양손으로 끌어당기기 시작했다. 그물 속의 물은 진한 쪽빛으로 고요하기 그지없었다. 고기 떼로 인하여 바닷물 색이 변하는 현상은 전혀 보이지 않았다. 그물망이 촘촘해지며 물치다랑어가 두세 마리 걸려들었고 그것을 집어서 배 위로 던졌다. 세 척의 배는 각기 다른 방향에서 조금씩 그물로 접근해 갔다. 캡틴은 어려울 것 같다는 듯이 미간을 찌푸리고 머리를 갸우뚱거리며 바다를 주시하고 있었다.

이치코는 그물이 올라가는 것을 보지 않으려고 등지고 있었다. 아아, 어째서 이렇게 되어버린 거지? 내가 왜 다이보 배를 타게 된 거지? 뭐 때문에 이렇게 되어버린 것일까? 뭐가…… 그녀는 어부들의 시커먼 적의가 오싹할 만큼 가깝게 다가오는 것을 느꼈다.

"우와!" 캡틴이 소리를 지르며 벌떡 일어섰다. "있다, 있어." 1호의 어부들도 일제히 소리를 지르기 시작했다. 격렬하게 물보라 치는 소리가 났다. 이치코도 그물 쪽을 돌아보았다. 검푸른빛이 나는 커다란 물고기의 등이 나타났다. 날카로운 지느러미와 꼬리가 새하얗게 용솟음치는 물보라 속에서 서로 오르락내리락거리며 움직였다. "참치다! 참치." "새끼 다랑어야! 새끼 다랑어." 역동적인 물고기들이 번개처럼 스치며 서로 올라타고 부딪쳤다. 물보라는 사방으로 분수처럼 뻗어 올랐다. 물고기와 물, 물고기와 물고기가 서로 치고받는 소리는 어부들의 목소리를 완전히 지워버릴 정도로 소란스러웠다. 그물 속의 물은 점차 물고기의 피로 탁해지기 시작했다. 피의 거품이 소용돌이치며 고기 떼를 뒤덮고 배의 가장자리를 물들이고 있었다. 세 명의 소년들이 물고기를 한 마리씩 잡아 배 위로 내던졌다. 힘을 준 소년의 손이 물고기의 도약을 견뎌내느라 바들바들 떨고 있었다. 무겁고 통통한 놈들이 전신에 빛을 발하며 소년의 머리 위로 던져 올려졌다. 비린내 나는 물이 소년의 머리와 얼굴을 적시며 목과 가슴에도 미끈거리며 흘러내렸다. 던지고 던져도 물고기는 밑에서 계속 부풀어 오르며 격렬하게 비벼대고 있었다. 뾰족한 지느러미와 팽팽하게 펼쳐진 꼬리는 어부의 손에 상처를 입히기도 했다. 던져 올려지고 또 서로 겹쳐지면서 미끄러져 움직이는 물고기 떼들로 배 안은 점점 가득 차오르고 있었다. 갑판 위에서 또는 물고기의 무리 속에서 새끼 다랑어는 격한 소리를 내며 뛰어오르고는 몸을 뒤로 젖혔다.

"5백은 되겠어." "아냐, 한 7, 8백은 될 거 같아." "한 관하고 5백 돈* 은 될걸."

누군가가 이치코의 어깨에 커다란 손을 부드럽게 올려놓았다.

"다행이여. 물고기가 잡혀서." 아키야마 노인은 그녀의 귀에 입을 가까이 대고 부드럽게 말하며 장난스럽게 웃었다. "1년 만이군. 이렇게 잡힌 게 딱 1년 만이야."

새끼 다랑어에 섞여 있는 커다란 참치는 갈고리에 걸어 망치로 머리를 내리쳤다. 쿵, 쿵 하고 내려치는 망치 밑에서 참치는 피를 내뿜으며 엄청난 힘으로 반항을 했다. 어부들은 그 힘을 이기지 못하고 배에서 떨어질 뻔했다. 거무죽죽한 피를 줄줄 흘리는, 강철처럼 견고해 보이는 검푸른 물고기를 사내 셋이서 배 위로 끌어 올리고 있었다.

"신조 색시 덕분에 수확이 아주 좋아."

캡틴은 악당처럼 눈을 가늘게 뜨고 기쁜 듯이 말했다. "앞으로 매일 배를 타줘야겠는데. 안 그래?"

이치코는 방심한 듯이 뱃전에 기대어 섰다. 웃음으로 아늠이 느슨해지고 눈물이 저절로 흘러내렸다.

"이거 4, 50만 엔은 될 거 같은데." "다들 급료가 오를 게야." 그런

---

* 匁: 일본의 무게 단위. 관(貫)의 1000분의 1. 1돈은 3.75그램.

소리도 희미하게 들렸다.

"……왜 물고기가 잡힌 걸까요? 오늘 말이에요. 어째서 물고기가 여기로 몰려온 거죠?" 이치코는 아키야마 노인의 팔을 붙잡으며 가냘프게 물었다.

"우연이겠지, 뭐. 우연히 여기로 온 거고 우연히 잡힌 게지." 노인이 대답했다.

청년들도 기쁜 나머지 잠자코 앉아 있었다. 소리치고 날뛴 다음에 느끼는 기분 좋은 피곤함에 몸을 맡기고는 아무 말 없이 평온함으로 되돌아온 바다를 바라보고 있었다. 이치코를 쳐다보는 사람은 아무도 없었다. 가끔 시선을 던져도 되돌아오는 시선 속에 혹독한 살기는 이미 사라지고 없었다.

배가 해안에 다다랐을 때 하얀 길도 잿빛 바위도 정기를 잃어 시들어빠진 것처럼 보였다. 이치코는 산지나 수목, 집들, 그리고 지상의 모든 것들이 오래된 뼈를 그대로 드러낸 추한 송장 같다는 생각을 했다. 피비린내 나는 물고기들이 부풀어 오르고 몸싸움을 벌이는 섬뜩한 광경이 눈의 저변 어딘가에 남아 있었다. 허우적거리며 몸부림치는 생기 있는 아름다움에 압도된 뒤, 눈에 보이는 안정된 지상이라는 것은 마치 사멸된 것처럼 꺼림칙했다.

진홍색의 대어 깃발을 휘날리며 배가 사무실 옆쪽으로 도착하자 여자들이 새카맣게 모여 대기하고 있었다. 멜대로 어롱을 진 사내들이 물빛으로 반짝거리는 바닥 위에 무거운 짐을 내려놓을 때마다 여자들은 환성을 질렀다. 다랑어가 얼마인지 묻는 이도 있었다. 그 혼잡함 속에서 이치코는 신조의 모습을 찾았다. 커다란 검은색 앉은뱅이저울 옆에서 신조도 이치코 쪽을 바라보며 즐거운 듯이 웃고 있었다. 어젯밤의 불쾌한 감정이나 답답함, 그리고 완고함은 더 이상 그의 웃음 속에서 찾아볼 수 없었다. 이치코는 눈이 부시다는 듯이 쑥스럽게 웃고 있는 남편을 보고 오히려 어색한 웃음을 되돌려주었다.

"어떠셨어요? 배를 타서 좋았지요?" 긴지는 힘 있게 어깨를 두드리며 사라졌다.

그때 사무실 앞에서 활기를 띠며 모여 있는 사람들과 동떨어진 **이루카보라**의 바위 근처에 쓸쓸하게 서 있는 아키야마 노인의 모습이 보였다. 무릎까지 내려오는 희고 구깃구깃한 바지에 짧은 속곳, 그리고 오래된 밀짚모자를 쓴 노인의 불그스름한 몸은 완전히 지친 것처럼 시퍼런 물을 배경으로 우두커니 서 있었다. 그리고 노인에게서 네다섯 발자국 떨어진 곳에 잡아먹을 듯한 노인의 시선을 한 몸에 받고 있는 미친 여인이 있었다. 노인의 딸은 자주색 기모노를 엉성하게 차려입고 있었다. 커다란 흰 꽃을 흩뜨려놓은 듯한 화려한 기모노 사이로 햇빛을 보지 못한 창백한 팔다리가 그대로 드러났다. 그녀는 하얗게 정돈된 얼굴에 핏기 없는 모습으로 산발이 된 채 물속의 한 점을 응시하고 있었다. 선이 흐릿하고 연약해서 믿음직한 곳이라곤 전혀 찾아볼 수 없는 그녀의 모습에서 비정상적인 강렬한 눈빛만이 멀리 떨어져 있는 이치코에게도 전달되었다.

짙은 녹색의 둥근 돌이나 회색으로 잘린 돌, 그리고 하얗게 조개껍데기가 붙어 있는 바위 표면을 투명하게 비추는 에메랄드빛의 물속에서 다랑어 한 마리가 움직이고 있었다. 다랑어는 헤엄을 치는 게 아니라 몸을 수면 위에 눕혀서 그냥 움직이고 있을 뿐이었다. 한쪽 지느러미를 잃어 직선으로 헤엄칠 수가 없었던 것이다. 한쪽 지느러미로 비리비리 몸을 떨며 고통스럽게 움직이고 있었다. 다랑어의 하얀 배에서 빨갛고 누련 피가 흐르고 있었다.

무리에서 떨어져 그물에 걸렸지만, 거기서 탈출해 지칠 대로 지친 상태로 버둥거리고 있는 게 분명했다. 미친 여인은 느슨하게 반원을 그리며 물속에서 헤엄을 치고 있는 물고기를 제방 위에서 내려다보고 있었다. 노인이 다가가도 뒤돌아보지 않았다. 사무실 앞은 소란스러움이 더해가고 있었다. 그곳에는 새로운 하얀 깃발과 오래된 빨간 깃발이 나부꼈다. 하얗게 타들어가는 도로 위로 빨간 선이 들어간 노란색 버스가 지나갔다. 버스의 창문을 통해 해수욕장에서 돌아오는 여자아이들의 화사한 옷이 바람에 나부끼는 모습이 눈에 들어왔다. 미친 여인은 꼼짝도 하지 않았다. 노인도 마찬가지였다. 이치코도 발이 움츠러들어 움직일 수가 없었다.

미친 여인은 만선으로 배가 돌아온 것조차 알지 못했다. 지금 그녀의 시야에 들어오는 것은 무리를 떠나 죽어가는 한 마리 물고기뿐이었다. 노인이 그것을 뼈에 사무치도록 느끼고 있다는 것을 이치코는 가슴이 아플 정도로 잘 알고 있었다. S부락의 모든 어민들과는 동떨어진 곳에서, 노인으로부터도 이치코로부터도 떨어져 서 있는 그녀는 바닷속에서 죽어가는 물고기를 혼자 지켜보고 있었다. 그녀는 놀랄 만큼 재빠른 움직임으로 작은 돌멩이를 수면 위로 던졌다. 헐거워 보이는 나막신이 달가닥달가닥 울렸다. 돌멩이는 물고기로부터 멀리 떨어진 물속에 떨어졌다. 다랑어는 아까보다 조금 더 빠르게 비리비리 지느러미를 움직이며 그곳에서 도망치려고 했다. 노인의 딸은 또 작은 돌멩이를 주워 들었다. 그 다음 장면은 보고 싶지가 않았다.

미친 여인은 돌이킬 수 없는 이단아가 되어 있었다. 그것은 어쩔 수 없는 일이다. 외롭고 두렵겠지만 이미 그렇게 되어버린 것이다. 나는 그녀와는 다르다. 하지만 어쩌면…… 하고 이치코는 생각했다. 어쩌면 자신이 그 미친 여인처럼 된다고 해도 그게 또 있을 수 없는 일은 아닐 거라고 그녀는 생각했다.

『텐보(展望)』 1949년 10월호

반짝이끼

제가 라우스(羅臼)를 방문한 것은 시들지 않은 해당화의 붉은 꽃잎과 반들거리는 홍조 띤 열매를 동시에 감상할 수 있는 9월 중순 무렵이었습니다. 그때까지 해당화도 그 열매도 본 적이 없었던 저로서는 더할 나위 없는 행운의 계절인 셈이었습니다.

해당화는 꽃잎이 다섯 장인 거하며 꽃의 모양이며, 나뭇가지의 가시나 날개 모양의 깃꼴겹잎이 죄다 장미를 닮았습니다. 바람이 거친 북녘 모래땅에 걸맞은 강인한 나뭇가지는 다크그린색을 띠며 가냘파 보이지만 위엄 있는 모습으로 버스 도로를 따라 쭉 늘어서 있습니다. 울타리처럼 이어지는 초록 사이로 드문드문 삐져나온 다홍색의 열매가 붉은 순무를 닮았습니다. 둥그렇게 뭉개진 모양의 열매는 빨갛게 물들인 목각 세공품처럼 보입니다.

시베쓰(네무로시베쓰) 역 앞에서 라우스 항까지 심하게 흔들리던 버스는 네무로(根室) 해협을 오른쪽으로 끼고 달립니다. 그래서 지금은 러시아의 영토가 된 지시마(千島)의 구나시리(國後) 섬이 푸른 바다 위로 납작하게 늘어서 있는 모습이 좋든 싫든 간에 시야에 들어옵니다.

정차 시간과 달리는 시간이 거의 같은 느긋한 열차가 벌판을 횡단해서 종점인 시베쓰(標津) 역에 다다르면 그제서야 구나시리의 섬 그림자를 바라볼 수가 있습니다. '지시마가 보인다'든지, '국경까지 왔다'고 하는 감격이 부풀어 오를 틈도 없이, 가까운 곳이면 7리 정도밖에 되지 않는 '외국'을 계속 바라보며 하얗게 메마른 해안 도로를 따라 버스는 꼭대기까지 오르고 나서 다시 내려가고 있습니다.

'외국'이라고 해봤자 비스듬한 녹색의 초지나 푸른 능선이 아득하게 이국적으로 보일 뿐 그저 평범한 섬 그림자에 지나지 않습니다. 또 '국경'이라고 해봤자 병사들도 없고 대포나 철조망도 없어서 삼엄한 기색이라고는 눈곱만큼도 찾아볼 수 없는 조용한 해안가에 불과합니다. 바닷가를 향해 모래사장을 달리는 방목된 말들이며, 말뚝마다 한 마리씩 앉아 있는 까마귀들, 바다로 흘러 나가는 하천마다 자리 잡은 작은 어촌 마을이 잊힌 고장처럼 쓸쓸해 보였습니다. 하지만 어획량이 좋을 때에는 홋카이도 지방에서 대여섯번째 순위에 이름이 올라갈 정도로 고액을 내는 납세자도 있다고 합니다.

저 바다 건너편이 '외국'이고 여기가 바로 '국경'이라고 몇 번이고 되뇌어봐도, 도쿄의 매스컴이 요란스럽게 떠들며 우리들의 신경을 날카롭게 하는 그 알 수 없는 짜증은 사라져갈 뿐입니다.

해협은 잔잔해서 이즈(伊豆)의 바다를 떠올리는 감청색으로 물들어 있습니다. 절벽의 수풀은 밝은 햇살을 받아 풍성한 나뭇가지가 반짝거립니다. 왼편에는 라우스 산이 버티고 있습니다. 어촌의 집들은 산에서 불어오는 북풍을 막기 위해 산 쪽으로 통나무를 높이 세워놓았습니다. 시레토코(知床) 반도는 이 네무로 해협 쪽이 오호츠크 해협보다 훨씬 더 완만한 지형이라고 합니다. 해당화의 아름다운 꽃과 열매를 동시에 감상할 수 있는 이 계절은 이 지방에서 눈 깜짝할 사이에 사라져버리는 온화하고 밝은 계절, 아니 아주 특별한 계절입니다. 이 기괴한 사건이 엄동설한에 일어났다는 사실을 미리 알아둘 필요가 있습니다. 왜냐하면 도시 사람들은 지형이나 기후가 사건의 내용을 얼마나 많이 좌우하는지 쉽게 잊어버리기 때문이죠.

라우스는 아이누어로 라우시. 그 옛날 아이누인은 사슴이나 곰을 잡으면 반드시 이곳에서 도살을 했는데 그 내장이나 뼈들이 산란하게 흩어져 있는 것을 보고 붙인 지명입니다. 그렇다고 하면 이곳에 왜인(和人)들이 비집고 들어오기 전까지만 해도 이 지역의 토착 아이누는 물고기뿐만 아니라 들짐승의 고기도 즐겨 먹었다는 말이 됩니다.

시베쓰라는 말은 큰 강이라는 뜻이고 바로 다음 정거장인 추루이(忠類)는 급류라는 뜻입니다. 군베쓰(薫別)는 아이누어로 '군네베쓰'라고 하는데 이는 검은 강이라는 뜻입니다. 우에베쓰(植別)는 아이누어로 '우엔베쓰'이며 이 말은 나쁜 강이라는 의미입니다. 나쁜 강이라고 이름을 붙인 것을 보면 아마도 그곳에서 변사체가 나왔다든가 역병이 유행했다든가, 아니면 수질이 좋지 않았기 때문일 것입니다. 아이누인은 그 지역의 지형이나 생산품을 지명으로 그대로 사용한다고 하니, 아이누어 지명 사전만 있으면 연안선의 지형이나 특산물도 사전에 미리 알 수 있습니다.

무당게와 털게를 가득 실은 트럭이 좁은 협곡 길을 스쳐 지나갑니다. 경기가 좋았던 부락에서는 오두막을 새로 짓기도 해서 목재를 가득 실은 트럭이 기세 좋게 달리고 있습니다. 비탈길을 뛰어 내려가듯이 달리는 버스는 계곡을 수놓는 것처럼 좁은 강변을 건너고 잿빛 마을을 지나더니 다시 헐떡거리며 산 중턱을 따라 올라갑니다. '송어 기름을 짜는 곳'이라는 슈무카르코탄(春苅古丹)을 지나 라우스 마을 어귀에 들어설 무렵이 되자 어스름하게 땅거미가 지기 시작했습니다. 가을전갱이잡이는 해금이 된 지 얼마 되지 않았다고 합니다. 지난해도 그렇고 올해도 역시 고기잡이가 그리 썩 좋지는 않았는데 도중에 버스를 탄 마을 청년은 육질이 단단해 보이는 연어 한 마리를 거꾸로 매달고 있었습니다.

산 쪽에는 사원, 초등학교, 중학교, 어업조합, 마을회관, 잡화점 등이 즐비하게 늘어서 있고 바다 쪽에는 여관이 대여섯 채 있습니다(벽에 칠을 하는 작업이 다 끝나지 않은 건물까지 포함하면 열 채 정도일지도 모름). 인적이 드물고 쓸쓸하다고 하기에는 집들이 너무 많은 것처럼 느껴졌습니다. 여인숙이라고 부르는 편이 어울릴 것 같은 낡은 집 하나를 골랐는데, 그 집에서 가장 구석진 방으로 안내를 받아 들어갔을 때는 이미 화로에 넣은 석탄이 벌겋게 타오르기 시작할 무렵이었습니다.

전등은 제대로 켜지지 않았고 바깥의 푸른 어둠만이 짙어져갈 뿐이었습니다. 따뜻한 물을 가지고 온 중년 부인에게 물어보니 "오늘은 마을에서 영화를 보는 모임이 있어서요"라는 대답이 돌아왔습니다. 오늘 같은 날은 평소보다 전기가 더 필요한 날인데 전기 인부들이 일부러 전선 상태를 나쁘게 해서 돈을 요구한다는 것입니다. 정원에 깔린 대여섯 개의 정원석에 발을 내디디며 건너자 울타리 대신 높게 쌓아 올린 장작더미 저편이 바로 바다였습니다. 붉게 타오르는 강렬한 노을은 검푸르게 쏟아져 내리는 밤하늘의 장막을 가로로 길게 펼쳐놓았습니다. 구나시리 섬의 절반은 구름 그림자 속에 숨어 거무스름하게 녹아 들어가고, 빛을 받은 부분은 올록볼록 선명하게 도드라져 보입니다. 쓰레기 매립지 건너편에는 네댓 척의 어선이 큰 각도로 기울어져 있고 거기에도 까마귀가 거무스름하게 고정되어 있습니다. 해협은 파도에 일렁이고 저녁 바람은 차

갑기만 합니다. 그렇게 거대하고 단순한 칠흑으로 변해가는 해협의 모습이 너무도 견고하고 또 너무도 강력했습니다. 그래서인지 모래사장에 방치되어 있는 배는 그저 단순한 회색 종이처럼 연약하고 위태로워 보입니다. 눈앞에 펼쳐진 모습은 '국경'이라기보다는 그저 북쪽의 바다이고 9월의 밤바다였습니다. 거멓게 바뀌면서 소리 없는 술렁거림을 거칠게 품은 충만한 바다이며 바람이었습니다.

옆방 손님은 식물채집을 하러 온 대학교수와 학생으로 이 둘은 내가 방 안에 들어온 뒤에도 정원에서 한밤의 해류를 한참 동안 바라보고 있는 듯했습니다.

다음 날도 쾌청한 가을 날씨였습니다. 마을 회관의 촌장실은 아침 햇살과 숯불의 열기로 숨쉬기도 곤란할 정도였습니다. 전망 좋은 언덕 부근에는 차시(아이누인의 성채) 유적이 많았고, 그곳에서 발굴된 석기와 토기를 촌장이 다수 소장하고 있다고 해서 만나러 갔는데 공교롭게도 촌장은 부재중이었습니다. 안내인이 "1등급 다시마가 40관에 6만 엔인데, 여기서는 그 1등급 다시마가 전 생산량의 10퍼센트나 돼요." "이곳에서는 오징어를 포로 만드는 자잘한 일은 별로 좋은 일이 못 되죠. 하루 품삯도 높은 데다가 여기 사람들은 손이 무뎌서 일이 느리거든요. 그 때문에 마른오징어를 만드는 작업은 대체로 다른 지역에서 온 사람들이 하고 있습니다"라는 말을 했는데 그게 다 마을의 앞날을 생각하는 실제적이고 열의가 담긴 얘기였습니다.

어업 얘기를 하는 중에 가끔 '규준'이라는 단어가 나왔는데 그 말이 무슨 뜻인지 알 수가 없었습니다.

"규준만 상대로 하면 어업도 불안정하겠지요. 그래도 여기는 다행히 다시마나 오징어가 있어서요."

"그러니까 규준에만 중점을 두지 않고 저희는 목축도 장려하고 있습니다."

이 '규준'이라는 말은 연어의 규(鮭)와 송어의 준(鱒)의 한자음이었습니다.

반짝이끼를 보러 가는 도중, 중학교 교장 선생님이 이곳 마을의 생활에 대해 이런저런 얘기를 해주셨습니다.

교장은 키가 크고 마른 편으로 나이는 30대 정도로 보였습니다. 줄곧 자상하면서도 수줍은 듯한 미소를 띠는 모습을 보면 자연이나 인륜을 거스르는 성품은 아닌 것 같습니다. 그는 누런 피부에 다박수염을 기르고 있었고 껑충하게 긴 낡은 바지에 변변치 못한 무명 즈크화를 신고 있었습니다. 국경 어촌의 시골 교장이라는 자신의 운명과 역할을 냉정하게 간파하고 있었기 때문에 아웅다웅하며 살기보다는 악의 없는 쓴웃음으로, 그리고 다소는 희극적으로 그 역할을 잘 받아들이고 있었습니다. 어떤 경계심이나 반감도 일으키게 하지 않는, 온화하고 음침하지 않은 인물입니다. 난폭한 버스 운전사나 지나치게 긴장을 하는 마을 안내인과는 달리 거친 자연의 에너지가 그의 육체만은 피해 간 듯합니다.

"저도 반짝이끼를 아직 본 적이 없습니다."

그는 즈크화 때문인지 비쩍 마른 몸이 다소 흔들리기는 했지만 힘도 들이지 않고 앞장서서 걸어갔습니다.

라우스가 버스 종점이라서 계속 가려고 해도 작은 배 말고 다른 교통수단은 없습니다. 그저 도로만이 버스 도로와 같은 폭으로 라우스 마을에서 꽤 멀리 떨어진 곳까지 쭉 이어져 있습니다. 해안가는 돌담으로 다져져 있었고 바다는 눈이 부실 정도로 환하게 반짝거렸습니다. 해안에서 가까운 바닷물은 해조류와 바위 이끼의 색 그대로 복잡한 색조의 세상을 펼치고 있고, 기다란 해조류의 흔들림에 따라 보라, 검정, 고동, 회색 그리고 청색 등 다양하게 바뀝니다.

러시아와의 경계선을 향해 조용히 미끄러져 나가는 어선의 엔진 소리도 여유롭습니다.

창고 앞에는 건장해 보이는 어부와 그의 부인이 묶여 있는 다시마의 무게를 재고 있었습니다. 얌전하게 접어놓은 다시마는 정사각형 모양으로 굵은 밧줄에 묶인 채 귀중품인 양 잘 모셔져 있습니다.

어부 네댓 명이 걸어오는 우리를 바라보고 있다가 교장에게 인사를 건넸습니다. 교장도 겸연쩍은 미소를 보이며 가볍게 머리를 숙입니다. 그 모습이 건장하고 눈매가 다부진 어부들에 비해 믿음직하지도 못하고 자신도 없어 보였습니다.

"아니, 아직까지 반짝이끼를 본 적이 없다고요?" 제가 물었습니다.

"네, 그렇습니다."

'이 지역에 살고 있다면서, 더구나 중학교 교장인데 어째서 학생들을 데리고 간 적도 없다는 걸까?' 저는 그게 이상하다고 생각했습니다.

'맛카우시'라고 이름이 붙여진 동굴은 산허리가 해안까지 밀려 나와 있었고 바다 쪽으로 큰 바위가 놓여 있는 곳이었습니다. '맛카'는 '머위의 꽃대'라는 의미이고 '우시'는 '많이 있는 곳'이라는 뜻입니다. 그곳의 동굴은 바다를 향해 고래가 커다란 입을 벌린 모습으로, 내부에서 밖을 바라보면 바위에 둘러싸인 반원 모양의 중앙에 바다의 수평선이 밀려 올라와 있습니다. 동굴이라기보다는 깊숙이 들어가면 갈수록 갑자기 오므라드는 산허리 구덩이라고 말하는 편이 나을 것입니다. 비탈진 적토를 따라 올라갈수록 바위의 천장이 조금씩 낮아지지만 아무리 깊숙한 곳이라고 해도 컴컴하지는 않았습니다.

"이쯤에 있어야 하는데 그게 어느 건지"라고 말하며 교장은 주위를 둘러보고 있었습니다.

암벽의 막다른 곳은 허리를 굽혀야 할 정도로 낮았지만 동굴 대부분은 높이와 폭이 비교적 넓었고 집 정원에 옮겨놓고 싶을 만큼 크고 평평한 바위가 동굴 한가운데에 박혀 있었습니다. 암벽도 지면도 젖어 있어 물방울이 계속 떨어집니다. 녹색의 이끼가 바위 표면과 지면 위로 피어 나왔지만 반짝이는 것처럼 보이지는 않았습니다. 다가가서 손으로 만져보면 평범한 이끼하고 감촉이 별반 다르지 않았습니다.

우리 둘은 허리를 굽혀 동굴 안을 잠시 둘러보았습니다. 동굴은 아주 단순한 반원 모양으로 자잘한 굴곡도 없고 중간에 잘린 자국도 없었기에 한눈에 동굴의 내부가 다 들여다보였습니다. 분명히 눈에 들어오는 시야 어딘가에 **반짝이끼**가 있을 거라는 생각을 했습니다. 그런데 그걸 우리 둘 다 찾을 수가 없었습니다.

"있나요?" 교장이 미안하다는 듯이 말합니다.

"글쎄요. 잘 모르겠는데요."

자세나 위치, 시선의 방향을 어떻게 해야 할지 여러 가지로 궁리한 끝에 나는 움직임을 멈추고 반짝이끼 찾는 것을 잠시 중단했습니다. 그러자 자포자기하는 심정으로 바라보던 열의 없는 시선 끝에 한쪽 구석에서, 질릴 정도로 봐왔던 이끼가 실로 아름다운 금녹색으로 반짝이기 시작했습니다.

"있다! 있어요."

"어디입니까?"

"선생님이 서 있는 곳에서 조금 오른쪽요."

교장이 당황해하고 있는 동안 내가 서 있던 위치에서 조금 벗어나자 또 다른 방향에서 금녹색의 이끼가 가만히 빛을 발하고 있었습니다. 대신 처음 발견한 이끼는 다시 평범한 녹색으로 돌아와 있었습니다.

"어! 그러네요. 선생님 다리 바로 밑에 있었군요. 허어, 정말 빛이 나고 있네요."

교장의 목소리가 조금은 밝아졌지만 그렇다고 목소리를 높이거나 하지는 않았습니다.

상대가 가리킨 곳으로 눈을 돌려봐도 이끼는 더 이상 빛을 발하지 않았습니다. 하지만 무심코 바라본 곳에서는 아주 일부였지만 금녹색의 고귀한 융단이 잇달아 나타났습니다. 빛이라는 것이 이토록 희미하고 조심스러우며, 또 스스로 결정체를 만들어내는 존재였던가 하는 감동을 받을 정도로 희미한 빛이었습니다. 이끼가 금녹색으로 빛을 낸다기보다는 금녹색의 이끼가 어느 순간 빛 그 자체로 변한다고 말하는 편이 좋을 것 같습니다. 빛이 반짝이는 게 아니라 빛이 잠잠해지는 것입니다. 빛을 밖으로 퍼뜨리는 게 아니라 빛을 내부로 흡수하려고 하는 듯합니다.

자신도 모르는 사이에 밟아버린 지면 위의 이끼들도 뒤돌아보면 검은 발자국만 남기고는 조용히 빛을 발하고 있었습니다.

"아니 이런, 여기 있는 게 죄다 그랬군요. 내가 소중한 천연기념물을 밟아버렸군."

밟혀도 아무런 소리를 내지 못하는 이끼들의 고요함이 동굴 안에서 충만해지는 것을 느낄 수 있었습니다. 그러다 뭐라 한마디 하면 우리들 육식동물의 조포한 육성이 암벽의 사방으로 튀어 나갔다가 다시 되돌아오는 것 같았습니다. 빛을 발하는 동안 반짝이끼는 얼마간의 위엄이 있기도 했지만 이끼 그 자체는 그저 융단이나 다다미, 담요, 그런 바닥에 까는 요 같은 게 뜯어진 것처럼, 아니 보푸라기처럼 여리게 피어 있을 뿐이었습니다. 오랜 세월을 견뎌낸 역전의 용사다운 강인함은 조금도 찾아볼 수가 없었고 모든 생물이 버리고 간 곳에서 그 누구의 방해도 받지 않으면서 얇은 층을 이룬 채 살아왔습니다. 살아남기 위한 특별한 전략도 하나 없고 이끼류의 기괴한 삶을 으스스하게 강요하는 모습도 없습니다.

아무리 제 시력이 날카로워지고 또 어둠에 익숙해진다고 하더라도 동굴 안이 눈부신 빛의 화원으로 가득 찬 모습을 멀리서 바라볼 수는 없을 것입니다. 이끼의 일부가 비단 조각처럼 겨우 빛을 발하는가 싶더니 금세 그 빛의 조각이 다른 곳으로 이동해버리기 때문입니다. 게다가 그 쓸쓸한 빛은 더하지도 덜하지도 않은 단순한 금녹색이었습니다.

동굴에서 자갈길로 내려오자 역동적인 해변이 반짝거렸습니다. 그 눈부심 속을 통과해서 마을로 돌아왔습니다.

"국경 지대라고 신문에서 떠들어대지만 와보니 아주 느긋해 보이는데요?"

"네, 그럴 겁니다."

"밤에 바다 쪽을 보니까 서치라이트도 비추질 않던데요?"

"네, 비추지 않죠. 시간이 좀더 지나면 비추겠지만요." 교장이 가볍게 말했습니다. "저쪽 편에서 서치라이트를 비추는 것은 이쪽이 오징어잡이 배를 내보낼 때뿐입니다. 오징어잡이 배가 많이 나오면 바다 전체가 환해지니까요. 멀리서 보면 커다란 마을이 갑자기 생긴 것처럼 보이거든요. 그러면 저쪽 편에서도 뭔 일이 있는가 싶어 서치라이트를 비춥니다."

항구의 제방 위에는 인적도 없고 그저 어선의 물꼬리가 한 줄기 길고 비스듬하게 바다 위로 뻗어 있습니다.

긴 겨울이 끝나면 이곳에서는 봄이 버스를 타고 찾아온다고 말합니다.

"그해의 첫 버스가 마을에 올 때는 정말 기쁘죠."

"언제쯤이죠?"

"5월 10일쯤입니다. 그때까지 기다리는 게 정말 힘듭니다. 담배가 다 떨어져버리거든요. 담배 가격은 점점 오르니까요. 네? 아, 우편물은 말 썰매로 가지고 옵니다. 작년 겨울이었나? 시험 답안 용지를 받으러 갔는데 배가 표류돼서 정말 혼쭐이 났습니다."

"전국에서 일제히 보는 시험이라 연기할 수가 없었거든요. 그래서 2월쯤에 어선을 타고 시베쓰로 나갔습니다. 갈 때는 별다른 일이 없었는데 돌아올 때 바람이 세차게 불어 배가 자꾸 지시마 쪽으로 흘러가는 거예요. 유빙이 해협으로 잔뜩 흘러 내려와서 항해도 곤란한 데다가 바람은 러시아 쪽으로 부는 통에 경계선을 완전히 넘어버려 구나시리 해안 근처까지 흘러가게 되었습니다. 해협의 유빙은 빙산처럼 크지 않고 자잘하게 쪼개져 있었습니다만, 그게 밀집해 있으면 항로가 막혀버리거든요."
교장은 기관실 지붕에 올라가서 순백으로 펼쳐진 얼음의 들판 어딘가에 갈라진 틈은 없는지 찾았습니다.

"러시아 쪽으로 흘러가서 붙잡히면 큰일 날 거라고는 생각하지 않으셨나요?"

"네, 그건 그리 걱정하지 않았어요. 아무튼 답안 용지를 가지고 오는 게 너무 급해서 어떻게 해서든 돌아오려고 했죠. 러시아 땅이라고는 해도 인적도 없었고 아무것도 보이지 않았습니다. 건너편 해안에서는 오징어 같은 걸 끌어 올려서 쌓아놓았다고 합니다만."

과장된 주장이나 억지스러운 모습은 전혀 찾아볼 수 없었고 그저 곤란했던 당시의 상황을 혼자서 음미하는 것처럼 보였습니다. 교장이 이쪽이다, 저쪽이야, 라고 방향을 지시하면 기관사가 지그재그로 배를 진행시켰습니다. 2시간 안에 갈 수 있는 거리를 3일이나 걸려 라우스에 겨우 도착했다는 것입니다.

라우스 산에 올라간 얘기도 들었는데 표류든 등산이든 이 호리호리하고 허약한 인물에게 '무저항의 저항'과도 같은 눈에 띄지 않는 인내심이 있다는 것을 알 수가 있었습니다. 라우스 쪽으로 올라가는 라우스 산은 샤리(斜里) 쪽과는 달리 완전한 등산로가 없습니다만, 교장은 곰의 발자국과 곰의 똥을 따라서(즉 곰의 지혜를 빌려서) 가장 가깝고 합리적인 길로 정상까지 올라갔던 것이었습니다.

그런 그가 아주 흥미롭다는 듯이 한 얘기는 '페킹 갑의 비극'에 관한 것이었습니다.

"그 선장이 동료의 살점을 먹고 자기 혼자만 살이 쪄서 라우스로 돌아왔다지 뭡니까. 정말이지 대단한 녀석이에요."

그는 그렇게 말하고는 굉장히 웃기다는 듯이 웃음을 토해내기 시작했습니다.

"선장이 잠자코 있었기 때문에 처음에는 아무도 몰랐는데 나중에 알고 보니 한 명이 아니라 두세 명은 먹은 것 같다는 겁니다. 대단한 녀석이었죠."

'대단한 녀석'이라며 웃으면서 말하는 그의 말투는 그저 같은 하숙집 친구가 엉뚱한 실수를 저지른 걸 보며 농담하듯이 말하는 핀잔처럼 천진난만하고 해맑았습니다. 쾌청한 가을의 바닷가에서 아무런 스스럼도 없이 그의 목소리가 울려 퍼졌기 때문에 '인육을 먹었다'고 하는 음침한 내용이 어두운 그늘 속에 갇힐 일도 없었습니다.

이곳의 정경에 둘러싸여 걸으면서 '인육 사건'에 대한 얘기를 들었을 때 저는 그 이야기에 빨려들어갔습니다. 내 가슴속의 어딘가가 긴장과 공포로 꽉 조여드는 느낌이 들었습니다.

"허어, 그렇습니까? 그때가 전쟁이 끝날 무렵이었나요?" 그렇게 응답을 하면서도, 그 얘기는 나의 '맛카우시 동굴' 깊숙한 곳에서 순식간에 작은 몇 개의 검은 알갱이가 되어 튕겨 다니면서 빨리 뭔가 결정체를 만들어달라고 재촉하며 날뛰는 것만 같았습니다.

"이 얘기를 M한테 들려준다면 M이 분명 기뻐했을 텐데."

저는 우선 아이누어 학자인 M의 분노와 슬픔으로 가득 찬 암울한 표정이 떠올랐습니다.

제가 삿포로에 도착한 것은 8월 25일이었습니다. 그날은 마침 북방민족, 그중에서도 아이누족에 관한 연구 발표회가 있던 날로 민속학자, 의학자, 생물학자, 언어학자, 향토사 연구가들이 모두 한자리에 모였는데, 그때가 마침 학회의 마지막 날이었습니다. M은 제가 삿포로에 살던 시절부터 잘 아는 사이였습니다. 저는 그의 학식과 운명에 마음을 빼앗겼던지라 이곳에 와서도 가장 먼저 생각이 나서 연락을 취했는데 바로 여인숙까지 찾아와주었던 것입니다.

방에 들어서자마자 M은 "이번 학회는 일본의 아이누 학자들이 얼마나 멍청한지를 그대로 보여준 겁니다"라고 섬뜩한 냉소와 공격을 퍼부었습니다. 병약하고 검푸른 얼굴에 떠오르는 쓴웃음도, 긴 속눈썹에 움푹 파인 커다란 눈동자도, 비쩍 말라서 눈에 확 띄는 광대뼈도, 그 모습이 죄다 집념 어린 어두운 분노와 반항의 불길에 달아오른 것처럼 보였습니다.

M을 이렇게나 화나게 만든 것은 한 학자의 발표 때문이었습니다.

아이누족 중 한 부족이 아주 오래전에 인육을 먹었다는 내용이었는데, 물론 그 내용은 논문의 주요 테마도 아니었고 조금은 즉흥적이면서도 주제에서 벗어난 내용이었습니다. M은 즉시 그 출전이 어디이며, 어느 지방의 전승을 근거로 한 것이냐고 맹렬하게 덤벼들었던 것입니다. 아이누의 피를 이어받은 학자들도 많았던 학회 석상에서 분명히 그러한 발언은 있을 수 없는 일이었기 때문에, 사회자도 당황해서 M을 진정시켰고 그 문제는 일단락 지어졌습니다.

제가 만나본 바에 의하면 아이누를 연구하는 일본인 학자들 대부분은 인도주의적이고 성실한 사람들로서 사라져가는 아이누 문화를 경외하고 보존하려는 사람들뿐이었습니다. 일반 사람들과 비교해도 동정심이나 이해심이 훨씬 더 많았습니다. 물론 실언을 한 발표자에게 악의가 없었다는 것은 말할 필요도 없을 것입니다. M 자신도 이들 연구자들과 친하게 지내는 사이였고 학문 연구도 함께 해온 동료들이었습니다. 그것을 잘 알고 있으면서도 M은 일부러 미친 듯이 사납게 날뛰면서 모든 학자들이 보는 앞에서 분노를 폭발할 수밖에 없었던 것이었습니다.

한 민족의 일원이(혹은 몇 명 아니 몇십 명이) 일찍이 인육을 먹었다는 발표가 어째서 M을 그토록 분노시킨 것인지, 그때 사실 저는 잘 이해할 수가 없었습니다. 그것보다 오히려 "하긴, 자신이 아이누인이라는 것을 숨기며 살아야만 하는 아이누의 지식인도 있을 테니까"라고 말하던 이 아이누 출신의 최고 지식인의 경멸과 고독과 비통함이 뒤섞인 불편한 표정만이 제 가슴속에 아로새겨졌던 것입니다. 만일 M이 페킹 갑의 비극에 대해서 알고 있다면 '전의를 고양'한 '성대의 민초'* 속에서 정작 인

* 일본의 전쟁 패배가 거의 확정된 상황에서 일본 정부는 국민에게 한층 더 전의(戰意)를 고양(高揚)시킬 것을 요구했다. '전의 고양'이야말로 진정한 일본인이라는 것이다. '성대

육을 먹은 것은 아이누 민족이 아니라 왜인이자 샤먼적인 순수(?)한 일본인 중에 있었던 게 아니냐고 정면으로 반격할 수 있었을 것입니다. 불확실한 먼 과거의 일까지 들먹이며 아이누인이 인육을 먹었다고 애매하게 말할 게 아니라 **그 남자**, 그 선장이야말로 그날 학회에서 민속학, 인류학, 의학, 심리학, 경제학, 정치학 등의 모든 학도들을 총동원해서라도 도마 위에 올려놓아야 할 대상이라고 큰소리를 치며 질타할 수도 있었을 것입니다.

숙소로 돌아오고 나서도 교장과의 환담은 한 시간 정도 더 계속되었습니다. 하지만 이 사건의 전모는 상당히 애매모호했습니다. "대단한 녀석이에요"라고 말하는 교장의 말투가 지나치게 표연했기 때문입니다. 결국 교장 선생님의 소개로 S군을 만나게 되었는데, 그가 쓴 『라우스 마을의 향토사』라는 책을 읽고 나서야 비로소 그 사건에 대한 구체적인 정보를 다소 얻을 수 있었습니다.

아마 책을 편찬한 이가 젊은 S군이 아니었더라면 자신이 태어난 고향의 향토사에 이처럼 뒤끝 안 좋은 비참한 사건을 일부러 쓰려고 하지 않았을 것입니다. 사건이 발생한 곳이 라우스의 마을도 아니었고 범인인 선장도 라우스 출신이 아니었는데, 그런 사건을 기록함으로써 자신의 고향이 미개하고 야만적이라는 인상을 주는 것은 그리 좋은 생각이 아니었기 때문입니다. 그렇다고 라우스 마을이 이 사건에 휘말려서 살벌해진다든지 참담한 모습으로 변할 거라고는 아무도 생각하지 않을 것입니다. 오히려 '난파선 선장 인육 사건'이라는 항목을 향토사에 기입하고 싶을

(聖代)'는 문자 그대로 '성스러운 세상'이라는 뜻이지만, 이 말은 당시로서는 '천황이 통치하는 세상'이라는 의미이다. 전시 중 천황은 신이라고 간주되었다. '민초(民草)'는 곧 일본인을 말한다.

정도로 기록해야 할 사건이 전혀 없는 평화로운 마을이었기 때문입니다.

태평양전쟁이 한창이던 1944년 12월 3일 이른 아침, 긴급명령을 받은 선단(船團) '아카쓰키 부대'는 시레토코를 경유, 오타루 항을 목표로 네무로 항을 출항했다.

S군이 고심해서 기술한 부분은 소설처럼 이렇게 시작됩니다.

아침부터 불안했던 날씨가 라우스 연안에 이르렀을 무렵에는 눈이 뒤섞인 세찬 바람, 즉 이 지역 특유의 눈보라로 바뀌어버렸고 선단의 진행 방향은 눈보라와 높은 파도에 둘러싸였지만 선단(7~9척 정도)은 항로를 유지하며 긴급명령을 완수하기 위해 시레토코를 목표로 항해를 계속했다.

문제의 난파선은 제5세진(清神)호(27톤)로 승무원은 선장 이하 일곱 명이었습니다. 선장의 연령을 37세로 기록하고 성명을 기입하지 않은 것은 S군의 배려라고 생각됩니다. 기관실이 고장이 나서 항해가 불가능하게 된 것은 라우스 북쪽 55킬로 해상이었습니다.

눈보라와 높은 파도 때문에 닻도 쓸모없었고 배는 계속 흘러갔지만 육지와 가까울 거라는 예감이 들었습니다. 해안에는 암초가 많아서 배를 안전하게 기슭에 대는 것은 거의 불가능에 가까웠습니다. 가장 헤엄을 잘 치는 한 젊은 선원이 몸에 그물을 감아 흔들리는 배 위에서 혹한의 12월 바닷속으로 나뭇잎처럼 뛰어들었습니다. 선장의 명령이었다고는 해도 이처럼 위험한 일을 하겠다고 배에서 뛰어내린 용감하고 희생정신

가득한 청년이 누구였는지는 파악할 수가 없었습니다. 아무튼 그가 해안까지 옮긴 로프에 매달린 선장과 나머지 선원들은 파랑 속을 헤엄치기 시작했습니다. 피로와 추위로 의식을 잃은 채 끌어 올려진 선장은 나이가 가장 어린 니시카와(19세)에게 엉덩이를 두들겨 맞고 나서야 정신을 차렸습니다.

눈보라가 치는 동안 선원들은 넘어지고 엎어졌으며 더러는 파도에 시달리고 있었습니다. 선장과 니시카와는 선원들에게 소리를 지르며 "여기 있으면 동사할 뿐이다. 어떻게든 이 고비를 넘기고 눈보라를 피할 장소를 찾아보자"고 격려하며 손을 잡고 걷기 시작했습니다. 『향토사』에는 이 부분이 명확하지 않았습니다. 과연 일곱 명 전원이 함께했다는 것인지, 오두막에 도달한 사람이 도대체 몇 명이라는 것인지, 그 점이 전혀 기술되어 있지 않았습니다. 어쩌면 선장의 진술 자체가 애매했던 것인지도 모르겠습니다.

"바닷물에 젖은 옷은 얼어서 철판처럼 뻣뻣해졌고 팔다리는 막대기처럼 감각을 잃어가고 있었다."

그들이 발견한 오두막은 봄에는 성게를 잡고 여름철에는 다시마를 채집하기 위해 숙박용으로 어민들이 만든 것입니다. 겨울철이 되면 사용하지 않고 그냥 방치해두는 오두막 중 하나였습니다. 쏟아져 내리는 눈을 헤집고 헤엄치다시피 하며 눈 속에 파묻힌 오두막을 발견한 것은 표류한 당일 해 질 무렵이었습니다. 오두막 안으로 겨우 기어들어 가기는 했지만 선반 위의 성냥과 얼마 안 되는 연료가 없었더라면 다들 곧바로 동사해버렸을 것입니다. 선장이 라우스에서 21킬로 떨어진 루시야에 모습을 나타낸 것이 1945년 2월 3일, 난파한 날로부터 딱 2개월째 되는 날이었습니다. 그때까지의 60일 동안, 오두막 안에서 선장 혼자, 혹은 그들이 어떻게 시간을 보냈는지는 베일에 싸여 있습니다. 생존자가 선장뿐이었기에 그의 고백이나 비밀은 어떤 식으로든 해석할 수 있었고 추정하는 것도 가능했기 때문입니다.

선장은 물론 난파 당일의 상황이나 그 뒤에 어떻게 지냈는지에 대해서 본인에게 전혀 지장을 주지 않을 만큼만 얘기를 했습니다. 심신이 쇠약해지고 더 이상은 혼자서 버틸 수가 없어서 오두막을 버린 일이며, 눈길 속에서 스키 자국을 발견했을 때의 기쁨이나 구조해주기만을 간절히 바랐던 마음 같은 것을 털어놓았습니다.

> "어민들은 곧바로 라우스의 면사무소에 전보를 쳤고 바로 다음 날인 2월 4일에 선장은 라우스로 보내졌다. 그리고 여관에 머무르면서 극진한 보호를 받았다. 용감한 선장의 **전쟁 미담**은 마을 전체로 금세 퍼졌다. 동정심을 보이고 감격해한 애국부인회, 청년단, 초등학교 등의 문병이 끊이지 않고 연일 계속되었다."
>
> 그러나 선장은 사람들에게 깊은 감사의 뜻만 표할 뿐 말을 많이 하지 않았고 그저 조용히 누워만 있었다.

S군이 기술한 부분은 선장의 고뇌와 불안을 잘 표현한 훌륭한 문장입니다.

아카쓰키 부대 본부는 보고를 받고 2월 하순에 부대장인 S상사 일행을 현지로 보내 조사하도록 명령했습니다. 물론 범죄를 조사하기 위해서가 아니라 전사자의 유해를 수용하려는 것이 목적이었습니다. 2월 하순에 유해를 찾는다는 것은 굉장히 힘든 작업이었기 때문에 어렵게 후지마키(20세)의 유해만 수용할 수 있었습니다. 후지마키는 절벽 옆에서 동사한 채 눈 속에 매몰되어 있었습니다. 발견된 지점에는 '군 소속 선박 제5세진호의 선원 후지마키가 전사한 곳'이라고 쓴 나무 비석이 세워졌습니다. 범죄가 발각된 것은 5월 상순으로 치니시베쓰(知西別)의 어민이 성게를 잡으러 페킹 갑에 나갔을 때였습니다. 그러니까 구조되고 나서 5월까지 약 90일 동안, 선장의 고뇌와 불안은 절정에 달했을 것입니다. 정말이지, 그것만으로도 충분히 심리소설 한 편은 쓸 수 있었을 것입니다.

페킹 갑에서 어부가 처음 발견한 것은 5월의 유빙 사이에 낀 사과 상자였습니다. 건져낸 상자 안에는 인간의 두개골, 손과 발의 뼈, 그리고 피부가 들어 있었습니다. 어부는 물론 놀라서 신고를 했고 경관이 이 사건을 다시 조사한 결과 뼈가 흩어져 있었지만 한 사람의 뼈였습니다.

껍질이 붙은 두개골에는 모발이 두 치 정도 자라 있었습니다. 손은 손목부터, 발은 발목부터 각각 좌우로 절단되어 있었습니다. 뼈는 전부 순백색으로 변해 있었지만 그중 늑골만은 간장에 조린 고동색이었습니다. 상자 바닥에는 껍질 두 장이 벗겨져 있었는데 한 장은 가슴부터 하복부까지였고 다른 한 장은 어깨부터 허리까지였습니다. 그리고 선장의 이름이 새겨진 양복 상의도 하나 발견되었습니다.

사건을 조사하기 위해서 검사를 현장으로 급파한 것은 물론 말할 필요도 없을 것입니다. 그때(어느 지점인지 S군이 명기하지는 않았지만) 선원 요시다(35세)의 사체도 발견되었습니다. 요시다는 바다 쪽을 바라보며 외투를 입고 양팔을 벌린 채 기분 좋게 잠자는 듯한 모습으로 쓰러져 있었습니다.

선장의 자백을 요약하면 다음과 같습니다.

오두막에 도착한 것은 선장과 니시카와 두 명뿐이었다. 다음 날 아침, 니시카와가 해변에서 갈매기 한 마리를 잡아 와 오두막에 있던 된장을 넣고 끓여 먹었다. 굶주림을 참을 수 없었던 두 사람은 해안가로 나가서 먹을 만한 것을 찾아보았다. 유빙 사이에 떠다니는 톳카리 한 마리를 오두막으로 끌고 와서 그것을 최대한 아껴 먹었다. (홋카이도 향토연구회 발행 『북방연구』 제1집의 사라시나 겐조* 씨의 설에 의하면 아이누인들이 바다표범을 육지에서는 '톳카리'라 부르고, 바다에서는 '치라만테푸'라 부른다고 합니다.) 1월에 들어서자 양식이 전부 바닥이 나버렸다. 사방이 유빙이었기 때문에 해조류도 채집할 수가 없었다. 죽은 갈매기나 톳카리도 눈에 띄지 않았다. "유빙이 바다 쪽으로 흘러갈 때까지만 참자"고 서로를 위로하며 된장과 따뜻한 물로 며칠을 더 버텼다. 덧없는 목숨을 연명했던 것이다. 그러던 중 니시카와가 굶주림과 고단함 그리고 추위로 인해 1월 16일 아침에 사망했다. 그는 니시카와의 시체 앞에 바짝 다가가 있었고 복잡한 감정에 휩싸여 큰 소리로 흐느꼈다.

"하지만 정말 먹을 거라곤 아무것도 없었습니다. 결국 니시카와와 마찬가지로 죽음을 맞이하지 않으면 안 된다는 생각을 하자, 건잡을 수 없이 짐승과 같은 기분에 빠져들어 미친 사람처럼 톳카리의 껍질을 벗길 때와 똑같은 심정으로 니시카와의 시체에서 살점을 베어버렸습니다."

---

* 更科源蔵(1904~1985): 일본의 시인이며, 아이누 문화 학자이다. 1930년 아이누의 현실을 그린 시집 『종서(種薯)』를 간행했다. 태평양전쟁 이후에도 아이누 문화 학자, 시인으로 활동했다.

1월 말이 되자 인육도 다 떨어져버렸다. 바다 위에는 여전히 유빙이 떠다니고 있었다. 바닷새, 바다짐승, 그리고 인간의 시체라도 손에 넣지 않는 이상 그의 죽음은 필연적이었다. 어차피 죽을 거라면 갈 수 있는 데까지 걸어가보기로 마음을 먹고 오두막을 나왔다. (다만, 그다음에 "남은 고기를 전부 구워서 가지고 나왔다"는 말이 계속되는 걸 보면 선장은 인육이 다 떨어지기 전에 출발했으므로 상당히 계획적인 인물이라고 판단할 수 있습니다.)

선장은 시체파손 및 시체유기죄로 형을 선고받았습니다.

매우 흥미로웠던 점은 마지막에 쓰여 있는 부분인데, S군이 추리소설처럼 상상한 것입니다.

"필자는 여기서 끔찍한 상상을 할 수 있었다"고 S군은 쓰고 있습니다. 그의 '상상'이란 결국 발견되지 못한 나머지 선원 세 명의 시체를 선장과 니시카와가 식용으로 사용했을지도 모른다는 것입니다. 이것은 난파 당일로부터 니시카와의 사망일까지(처음 구조되었을 당시, 선장은 니시카와가 행방불명되었다고 했습니다만) 44일 동안 두 사람이 시체 세 구를 먹었다면 15일에 한 구꼴로 먹은 것인데, 그 속도와 시간이 딱 맞아떨어지기 때문이라고 합니다. 두번째는 선장이 니시카와를 살해했을지도 모른다는 것입니다. 이미 인육의 맛을 알게 된 두 사람은 인육이 다 떨어졌을 무렵, 둘 중에 한 명을 죽이든가 죽임을 당할 입장에 서게 되었고, 결국 1월 16일 선장이 니시카와를 **먹을 목적**으로 죽였다는 것입니다.

S군이 기술한 대로 '끔찍한 상상'을 하게 된 그 첫번째 이유는 일곱 명의 선원 중에서 세 명의 시체가 끝까지 발견되지 않았다는 점입니다. 그리고 두번째는 선장이 니시카와의 인육을 먹은 다음 그 인골을 일부

러 상자 속에 넣어 바다로 흘려보냈다는 점일 것입니다. 마지막으로 니시카와가 누워 있던 곳에는 돗자리를 깔아서 만든 멍석이 있었는데 거기에 대량의 혈흔이 남아 있었고 그 혈흔이 바닥까지 스며들어 있었다는 점을 들 수 있습니다.

판결이 기록되지 않았기 때문에 검찰 측의 판결 내용을 소개할 수 없다는 것이 아쉬웠습니다. (하지만 판결이 1945년 8월 15일 이전, 즉 적군을 죽이는 것만이 유일한 소망이었던 전시 중이라고 한다면 '민주주의'를 모토로 하는 패전 후의 오늘날에 비해 형량이 가벼웠던 것은 아닐까요? 만약 잡아먹힌 상대가 미국인이나 영국인으로 당시의 관례대로 개사슴록변*이 붙여진 영미 백인종이었더라면 설령 그 인육을 먹었다고 해도 어쩌면 무죄가 되었을지도 모릅니다.)

S군의 생가인 잡화점 화로 옆에서 그와 얘기할 수 있었던 시간이 불과 10분 정도라서 그 사건에 대해 이야기를 할 수가 없었습니다. S군과 교장 선생님은 제가 버스에 오를 때까지 배웅해주면서 오랫동안 아쉽다는 듯이 손을 계속 흔들어주었습니다.

버스가 시베쓰에 가까워졌을 무렵, 동쪽 해상으로 끝없이 펼쳐지는 새파란 하늘에는 구나시리 섬과 많이 닮은 흰 구름이 눈에 들어왔습니다. 아래쪽은 수평선처럼 일직선이었고 위쪽은 구나시리 섬의 올록볼록한 산과 똑같은, 마치 길쭉하게 늘어진 섬 모양을 백지로 오려놓은 것 같은 구름이었습니다. 멀리서 바라보면 바다 위의 섬 그림자와 하늘의 흰 구름은 그 크기마저 일치하고 있었습니다. 33일 동안의 홋카이도 여행이 끝난 지도 이제 두 달이 다 되어갑니다. 저는 이 사건을 어떤 형

* 범할 범(犯), 사냥할 수(狩), 짐승이름 구(犰) 등에 사용되는 개사슴록변(犭).

식의 소설로 상을 차리면 좋을지 갈피를 잡지 못하고 있었습니다. 이 사건은 우리에게 사르트르의 『구토』와는 또 다른 의미의 구토를 일으키는 뭔가가 있었습니다. 너무나도 무거운 상징이고 너무도 색채가 선명한 위험신호이며 콘트라베이스처럼 가라앉은 저음의 중압감입니다.

노가미 야에코(野上彌生子) 여사의 『가이진호(海神丸)』도 바다 위에서 기아에 허덕이며 죽음을 눈앞에 둔 상황에서 선원들이 연출하는 살인극을 자세하게 묘사하고 있습니다. 『가이진호』에서는 선원 중 한 명이 인육을 먹으려는 목적으로 동료 선원을 살해했지만 결국은 먹지 않았다는 것입니다. 그것은 『가이진호』의 선장이 페킹 갑 사건의 선장과는 달리 선원들을 윤리적으로 지배해서 인육 먹는 것을 금했기 때문입니다. 비록 살인의 죄는 지었지만 인육을 먹는 죄는 범하지 않았다는 점이 이 소설의 이른바 '구원'이 되었습니다.

오오카 쇼헤이(大岡昇平) 씨의 『들불(野火)』에서도 굶주린 병사인 주인공이 동료들로부터 받은 인육(일본 병사)을 입속에까지 넣었지만 결국 목구멍 아래로 넘기지는 않았습니다. 이 병사는 아무 생각도 없이 원주민 여자를 총으로 죽이기도 하는 사람이었습니다만, "나는 죽이기는 했어도 먹지는 않았다"고 꽤나 윤리적인 반성을 하고 있습니다.

페킹 갑 사건, 『가이진호』 『들불』 등의 소설을 정리해보면 기아의 극한 상태에 몰려 도저히 탈출할 수 없는 상황에서 저지른 죄악에 대해 다음과 같이 정리해볼 수 있습니다.

(1) 단순한 살인.

(2) 인육을 먹을 목적으로 하는 살인.

(3) 인육을 먹을 목적으로 살인한 뒤 인육은 먹지 않는다.

(4) 인육을 먹을 목적으로 살인한 뒤 인육을 먹는다.

(5) 살인은 하지 않았지만 자연사한 인육을 먹는다.

이 다섯 가지를 비교하면 (2)는 (1)보다 더 중죄인 것 같고 (4)는 (3)보다 더 중죄인 것 같습니다. 하지만 (1)의 단순한 살인과 (5)의 살인은 하지 않고 자연사한 인육을 먹은 것 중에 어느 쪽의 죄질이 더 무거운지를 비교해보면, 그것은 어이가 없을 만큼 어려운 문제가 되어버립니다.

인간을 죽이는 것과 인육을 먹는 행위. 이 두 가지 행위가 어딘가 모르게 각기 다른 악취를 발산한다는 것만은 감각적으로도 알 수 있을 것입니다.

왜 다른지 깊이 생각해보면 그 이유는 지극히 단순합니다. 살인이라는 게 오늘날에는 극히 평범하게 잘 받아들일 수 있는 문제겠지만, 인육이라는 것은 이제 지구상에서 거의 소멸되어가고 있는 중이기 때문입니다. 물론 일본인이 한반도에서 대량 학살이라는 범죄 행위를 저지른 것도 얼마 되지 않은 일입니다. 뿐만 아니라 앞으로도 지구상 어딘가에서 그와 같은 살인 행위가 대규모로 발생할 거라는 예측도 그리 어려운 일만은 아닐 것입니다. 그런 예측에 대해 우리는 공포심은 있을지언정 구토를 일으키지는 않습니다. 반감이야 사겠지만 그게 기괴한 사건이라고는 생각하지 않습니다.

하지만 만약 누군가가 인육을 먹었다고 하면 설령 그게 어떤 조건하에서 발생되었다고 해도 소름이 끼칠 정도로 혐오스러운 생각을 불러일으킬 것입니다. '아니 이런 미개하고 야만적인, 아니 어떻게 그런 폭력적이며 신을 두려워하지 않는 행위를 한단 말인가?'라며 자신은 그런 행위와는 무관하고 도저히 상상조차 할 수 없다고 생각할 것입니다. 마치 살인은 죄를 짓는 측면에서 볼 때 일반적이며 고급 레벨인데, 그에 비해 인육을 먹는 것은 매우 특수하고 하등한 수준이라는 통념이 있기 때문인 것 같습니다.

살인은 '문명인'이라도 할 수 있겠지만 인육을 먹는 것은 '문명인'의 체면과 연관을 짓게 됩니다. 우리 민족, 우리 인종이 살인은 했을지언정 인육을 먹는 짓은 하지 않는다고 주장하는 것만으로도 신의 은총을 받을 수 있을 만큼 우수한 민족, 선진적인 인종이라고 착각할 만한 것입니다.

『들불』의 주인공이 "나는 살인은 했지만 인육을 먹지는 않았다"고 반성하면서 문명인인 양 행동한 것은 분명히 그런 착각에서 나온 결과일 것입니다.

살인을 하기 위한 도구가 당당하게 대량으로 생산되는 실정이 뉴스나 영화에까지 공개되어 문명의 위력을 자랑합니다. 하지만 인육 요리의 도구라면 백화점 식기 매장은커녕 박물관의 특별실에서도 이제는 더 이상 찾아볼 수 없을 것입니다. 두 종류의 범죄 도구 중 한쪽은 어느새 대중화가 되고 일취월장하여 발전을 거듭하는 데 반해, 다른 한쪽은 생각하는 것조차 소름이 끼치는 비밀 병기가 되어 완전히 사라지려고 하는 것입니다. 이 두 가지 범죄 행위를 인기투표에 부치면 전자는 의연하게 **상승세**인 것에 비해 후자는 확연히 뒤떨어집니다. 요컨대 전자의 선거포스터나 선전포스터, 그리고 정치 강령이 거리 구석구석까지 스며들고 있는 데 반해 후자는 선거 전부터 단속의 대상이 되어버렸기 때문일 것입니다.

어찌 되었든 저는 '문명인'들로부터 기괴하고 잔인하다고 할 게 분명한 이 '페킹 갑 사건', 즉 독자로부터도 환영을 받지 못할 게 분명한 이 소재에 대해 어떻게 해서든 문학적인 표현을 부여해야만 합니다. 그래서 저는 이 사건을 희곡으로 표현하는 고육지책(苦肉之策)을 생각해냈습니다.

'읽는 희곡'이라는 형식은 리얼리즘의 갑갑함에 얽매이지 않으면서 지나치게 생생하지도 않은 방법이므로, 독자들 각자의 감정과 다양한 방법을 통해 자연스럽게 다가갈 수 있기 때문입니다. 이 공연이 불가능한 '희곡'을, 독자가 독자인 동시에 각자 자기 스타일로 연출을 하는 연출자가 되어준다면 좋겠습니다만.

제1막 맛카우스의 동굴

때 혹한 속에 저물어가는 1944년, 태평양전쟁의 마지막 겨울.

인물 선장(독자가 상상할 수 있는 가장 험상궂은 모습의 남자)

선원 니시카와(미소년)

선원 하치조

선원 고스케

〔연출상의 주의 사항〕 뜨거운 눈물을 짜내는 신파극이나 의리와 인정을 테마로 한 비장감 넘치는 통속적인 연극으로 연출한다. 그게 아니라면 지적인 희극이나 환상적인 종교극 중 하나를 선택해서 연출하는 것도 하나의 방법이다. 어떠한 방법을 선택하든지 그건 독자(즉 연출자)에게 맡긴다.

(눈보라 치는 소리와 함께 막이 올라간다. 네 명의 사내는 바위가 가득한 무대 위에서 모닥불에 달아오른 얼굴로 아무 말 없이 웅크리고 앉아 있다)

하치조 울뿐인 겨? 그런 겨? 이케 된 거 말이여. 울 배만 이케 됐냐고?

일동 (침묵)

하치조 암만 기리도 울만 이케 된 건 아니갔디? 배가 열 척이나 되는디, 울만 난파된 건 아닐 겨.

일동 (침묵)

하치조 울만 이케 됐다 하문 넘 딱하디 않냐? 기러티 않냔 말이야? 다른 놈들은 다들 무사히 오타루에 도착했을 텐디, 울만 이케 된 거라문……

고스케 선장님한테 물어보라우!

하치조 울뿐일디도 모르잖니? 암만 봐도 울뿐인 겨. 글문 클 나는디.

고스케 글치 않아도 클 난다.

하치조 기래. 글치 않아도 클 나갔디.

고스케 어케 됐든 배 곯는 건 똑같다우.

하치조 기래, 어케 됐든 배 곯는 건 똑같갔디.

고스케 니시카와! 니시카와, 니 기러다 혼이 다 나가버리갔다!

니시카와 (말 한마디 하지 않고 톳카리 뼈를 마키리*로 깎는 작업을 계속하고 있다)

고스케 (조롱하듯이) 기래. 아주 혼을 다 빼버리라우. 기래서 날래 작살을 맨들어가지고, 고래 새끼래도 잡아서 멕여주라우요.

하치조 톳카리 뼈로 작살을 맨든다고? 아주 기맥힌 생각을 했구만.

* 아이누어에서 파생된 말로 아이누인이 사용했던 단도. 어업 종사자가 사용하는 어업용 식칼.

헌데 기걸로 뭘 어케 잡을 생각이디? 어케 하냐고? 모래사장에는 톳카리 새끼는커녕 물고기 새끼 한 마리도 없딜 않냐? 다시마 하나 떠내려오딜 않을 텐디. 내래 암껏도 하딜 않아도 배가 곯아 눈이 돌아버릴 지경이라우. 잘도 기딴 씨잘때기 없는 고생을 사서 하는구만. 안 그려?

고스케 내버려두라우. 이젠 뭘 어케 해도 살아날 가능성이 없딜 않갔냐?

하치조 기리티. 먹을 게 없으문 뒈지는 건 정해딘 사실이갔디. 아무리 머리를 비틀어 짜도 이젠 소용이 없갔디. 클 났군!

고스케 원래 고물 배니까이, 내래 탈 때부터 고생할 기라는 건 알았디만……

니시카와 그만두소. 기딴 말.

하치조 뭐시라?

니시카와 투덜댄다고 뭐시 나온답디까? 선장님을 좀 보시라우요. 선장님은 투덜거리디 않잖소. 동무들은 아카쓰키 선단의 임무가 뭐신디 다 잊어버렸소?

하치조 뭐시라 해왔냐?

니시카와 우린 이래 봬도 군 소속이디 않습니까?

하치조 기래, 군 소속이디.

니시카와 군 소속이문 군 소속답게 근성을 좀 보여달란 말이디오. 근성을 말이오. 기래갖곤 성전(聖戰)의 수행은 고사하고 암껏도 할 수가 없딜 않소!

고스케 니시카와! 니가 시건방진 소릴 지껄이는디, 니놈은 발걸음이 비틀거리디도 않냐?

하치조 내래 성전을 수행하고는 싶다우. 수행할 수만 있다문 말이야. 언제든디 할 수가 있다우. 수행하는 걸 싫다는 게 아니라는 말이디.

고스케 기래. 니시카와, 니가 아카쓰키 선단의 부대장이라도 되는 거처럼 말하는디. 긴데 말이야. 니시카와, 아니 부대장님! 당신이 부대장이문 우릴 여기서 좀 데리고 나가보라우. 여기서 억지로라도 끌고 나가보라는 거디 내 말은. 부대장이 뭐하는 거냐? 어? 대령을 데리고 오든가 아니면 대장을 데리고 오든가. 이딴 곳에서 뭘 어케 할 수가 있다는 거냐?

니시카와 우린 부대장의 군 소속이 아니딜 않소? 천황 폐하의 군 소속이잖디요. 천황 폐하.

고스케 아, 아. 기래? 헌데 내래 뭘 들이대도 이젠 암껏도 무섭디가 않다우. 천황이 뭘 어케 한다는 거냐고? 천황이문 배가 고파도 굶주리디 않는다는 거냐? 글타문 천황님을 이 동굴로 모시고 오문 되갔디.

하치조 고스케. 니 어케 그딴 모진 말을 하냐? 모시고 와서 뭘 어케 하는데?

고스케 데리고 오려문 오라 하라우요. 데리고 와서 톳카리 뼈라도 갉아 멕이디 뭐. 열흘이고 스무 날이고 있어보문 되갔지.

니시카와 미친놈! (고스케가 덤비려고 한다. 선장이 말린다)

(눈보라 소리가 고조되고 싸리눈이 동굴 안으로 불어온다. 다들 모닥불 곁으로 바싹 다가가서 옹기종기 모여 앉는다)

하치조 고스케도 내도 니시카와 니한테 혼날 짓을 할 생각은 없다우요. 먹을 건 없고 배는 곯고 하니, 기저 기딴 말이 튀어나온 거뿐이갔디.

고스케 헌데 기딴 것도 안 된다고 하잖냐?

하치조 글면 뭘 어케 말하문 좋갔니?

고스케 먹을 게 없어도 배가 고프디도 않을뿐더러 죽디도 않는다고 떠들문 된다는 거 아니갔어?

하치조 내래 공갈치는 건 싫다. 지금은 공갈칠 기력도 없구. 글면 이제 무신 말을 어케 해야 하디? 아, 기래. 천황님도 톳카리 고기를 먹었다 하드라. 기게 언제였드라? 내래 신문에서 봤는디.

고스케 기래?

하치조 니들도 몰랐냐? 설날에 황실 메뉴로 나왔다 하드라. 기거 본 적 없었냐? 홋카이도의 해표 스테이크하고 말이여. 남태평양의 야자열매를 날로 잡수셨대디. 기딴 거 먹어보고 전선의 병사들이 얼매나 고생하는디 기걸 생각해본다 하드라.

고스케 기래?

하치조 톳카리 고긴 어케 먹어도 맛있갔디. 끓여도 좋고, 구워 먹어도 맛있디. 니들 아이누 음식 중 '후이베'라는 거 먹어본 적 있냐? 톳카리의 내장을 말이디. 기 내장하구 허파, 간장을 잘게 썬 다음에 수염하고 뇌꺼지 몽땅 집어넣어 섞는 거디. 바닷물로 간을 해서 만드는 것인데. 기 맛이 암튼 기가 차다. 글케 맛있는 건 또 없을 것이구만.

고스케 기래? (참고 있던 복통을 더 이상은 참을 수가 없어 그냥 드러누워버린다)

하치조 야? 고스케 니 괜찮냐? 배 아프냐? 정신 차리라우. (일어나서 고스케를 돌본다)

니시카와 (일어서서 고스케 옆으로 다가간다) 괜찮갔소? 많이 힘들어 보이오.

선장 (혼자 잠자코 앉아 미동도 하지 않고 있다)

하치조 고스케, 니 설마 이대로 죽는 건 아니갔디?

니시카와 이상혀. 게처럼 입에 거품을 물고 있는디. 선장님, 고스케는 괜찮갔소?

선장 (혼자 고스케에게서 떨어져 서 있는다) 아적 죽디는 않을 거라우.

고스케 (배를 억누른 채 간신히 일어난다) 선장님, 내래 아직 죽딘 않갔디요?

선장 기리니까이, 내래 이케 말하는 거 아니갔니. 아적 죽딘 않을 거라우.

고스케 글면 내래 언제 죽는 거시오?

선장 언제 죽을딘 모르갔디만 오늘 죽디는 않갔디.

고스케 오늘이 아니문 글면 내일 뒈진다는 소리요?

니시카와 고스케! 죽을 땐 다 가티 죽는 거 아니갔소? 힘들갔디만 좀만 참아보라우요.

하치조 기래. 니시카와 말이 맞다우. 아무리 기래도 고스케 니만 죽는 건 아니갔디. 기러티 않냐?

고스케 내래 죽고 싶디가 않다우.

니시카와 기래. 이딴 곳에서 죽으문 기건 개죽음이갔디요. 우리한텐 아적 임무라는 게 있으니까이. 멋들어디게 전사할 때꺼지 암튼 죽으문 안 되갔디요.

고스케 내래 전사하고 싶은 맴도 없다우.

하치조 안심하라우. 우리도 이딴 곳에서 전사할 맴은 없으니까이. 어차피 적군도 없구 말이디.

고스케 내래 니들과 가티 죽고 싶디도 않다우.

하치조 기래. 기러타문 가티 죽디 않아도 되갔디 뭐.

고스케 따로따로 죽는다고? 기럼, 뒈지는 데도 순번이 있다는 거냐?

하치조 기럴디도 모르디.

고스케 기러타문 누가 가장 먼저 죽는 건데? (일동 침묵) 니들 잠자코 있냐? 기래, 말하디 않아도 내래 알 것 같다우. 내래 젤 먼저 간다 이거갔디?

니시카와 하치조 (부르짖는 고스케로부터 얼굴을 돌린다)

선장 (혼자서 고스케를 똑바로 쳐다본다)

고스케 내래 젤 먼저 죽고 싶디가 않단 말이오. (고통을 견디지 못하고 다시 쓰러진다) 내래 젤 먼저 죽고 싶디 않은 이유가 뭐신지 아냐, 니들? 기게 뭐신지 알려둘까이?

선장 (명령조로) 고스케, 입 다물고 잠이나 자라우.
니시카와! 해변에나 나가보자. 뭐가 있을디도 모르니까이. 날래 가보자우.

니시카와 (선장을 따라서 무대 위쪽으로 사라진다)

고스케 (점점 더 힘없는 소리로) 하치조, 하치조. 니 거기 있냐?

하치조 기려. 조용히 잠이나 자라 하딜 않았냐! 잠이 들문 기분도 좋아디갔디.

고스케 하치조, 내래 죽고 싶지 않은 이유는 말이디…… 니들한테 잡아멕히고 싶딜 않아서라우.

하치조 무신 기딴 소리를 지껄이고 있냐? 먹는다고? 니를, 먹는다고? 미친눔. 곰이나 늑대도 아니구. 재수 없는 소린 하딜 말라우요.

고스케 니는 먹딜 않는다고?

하치조 사람 고기를 먹는 놈이 어데 있다는 거냐?

고스케 하치조, 내래 죽어도 날 먹딘 않갔디?

하치조 안 먹는다우. 안 먹구말구. 같은 동네에 살구 같은 배를 타고 여꺼지 왔는디. 어케 먹는다는 거냐!

고스케 같은 동네에서 같은 배를 타디 않았다문 먹을 생각이었냐?

하치조 젠장, 그만하라우. 기딴 소린. 내래 더 이상 듣고 싶디도 않다우. (일어서서 위쪽으로 향한다) 기다리라우. 내래 해변에 갔다 올 테니까이. 뭐? 성마르게 굴디 마라우요. 알갔디? (사라진다)

고스케 (비틀거리며 일어난다. 네댓 발자국 걸어가다가 다시 쓰러진다. 잠시 후 겨우 일어나서 위쪽으로 사라진다)

(무대가 어두워진다)

(무대는 다시 밝아지고 사흘이라는 시간이 경과되었다)

(고스케는 이미 사망했고 생존한 나머지 세 명도 몹시 쇠약해져 있다. 고스케의 사체는 동굴 깊숙한 곳에 놓여 있어서 관객들에게는 보이지 않는다)

(동굴 안에는 선장과 니시카와뿐이다)

니시카와 (모닥불 옆에 웅크리고 앉아 있다) 난 싫소!

선장 (모닥불에서 떨어져 서 있다)

싫다고? 기래, 싫다문 하는 수 없갔디. 헌데, 니시카와! 기러문 니는 비겁한 놈이 되는 거라우.

니시카와 내래 비겁하딘 않소. 사람 고기를 먹을 순 없딜 않갔소.

선장 왜 먹딜 않는데? 먹디 않는 게 아니라 먹을 수가 없다는 거갔디.

니시카와 기래, 먹을 수가 없소.

선장 왜 먹을 수가 없다는 거디?

니시카와 먹는 게 좋지 않은 거라 기러티오.

선장 뭐시 좋지 않다는 거냐?

니시카와 ……사람 고기를 먹는다는 건 수치시러운 일이딜 않소.

선장 뭐시 수치시럽다?

니시카와 동료의 살점을 먹는다는 게 수치시러운 일이 아니란 말이오?

선장 니는 기래서 아직꺼지 멀었다고 하는 게야. 싫다문 하는 수 없갔디. 내래 명령하는 건 아니니까이. 헌데 내래 니놈을 죽게 내버려둘 수가 없어서 하는 말이라우.

니시카와 내래 죽는 건 두렵디가 않소.

선장 기래, 니가 어떤 맴을 갖고 있는디는 내래 잘 알고 있다우. 니놈은 꽤 괜찮은 젊은이갔디. 배가 처엄 난파했을 때도 로프를 갖고 바다에 뛰어든 게 니시카와 니였디. 고스케나 하치조하고는 인간의 됨됨이부터가 달랐으니까이. 몸이 부셔디도록 일을 해도 불평 한매디도 하딜 않았디. 조국을 위해서라문 목숨도 아깝어하딜 않았고. 동료들헌테도 친절했디. 기딴 니가 죽은 고스케의 살점을 먹고 싶디가 않다는 건 당연하갔디.

니시카와 기런데, 왜 자꾸 먹으라고 하는 거요?

선장 니놈은, 이딴 식으로 개죽음을 당해도 좋다는 거냐?

니시카와 (침묵한다)

선장 니놈은 화려하게 전사해서 금치훈장*을 받고 싶디가 않다는 거냐? 우리 선원의 임무를 잊고 있는 건 아니갔디? 우리가 얼매나 일본 육군에 필요한 인간인디 기걸 잊고 있는 건 아니갔디?

니시카와 잊디 않고 있소.

선장 이대로 있으문 어케 되든 우린 죽갔디. 지금 기냥 죽어버리는 건, 기것만큼 쉬운 일도 없을 거시야. 기저 배를 곯리며 죽는다문 임무도 책임도 있으나 마나 한 거시갔디. 다시 배 타고 조국을 위해 충성을 할 수도 없는 거시고 말이야. 기저 약해빠져서 굶어 죽는다. 기딴 건 게으른 놈두 비겁한 놈두 다 할 수가 있는 거니까이.

하치조 (위쪽에서 무거운 발걸음으로 들어온다. 모닥불 쪽으로 다가와서 아무 말도 없이 손발을 데운다)

선장 (하치조가 아무런 전리품도 가지고 오지 못한 것을 확인한다) 니시카와, 니놈은 먹는 게 두려운 거시여.

니시카와 두려운 게 아니라오. 기저 기럴 마음이 들디 않는 거시오.

선장 먹으문 나쁜 인간이 될까 봐이 기게 두렵은 거갔디. 먹어버리문 더 이상 평범한 인간이 아닐까 봐이 기걸 두려워하는 거디. 기딴 게 두렵은 거 아니갔어? 인육을 먹으문서꺼지 살아남은 놈이라는 말을 듣는 게 두려운 거라우. 기게 두려우니까이 인육만 먹디 않는다문 체면이 설 거라고 생각하고 있

* 金鵄勳章: 제2차세계대전 때까지 무공이 뛰어난 군인에게 주던 금빛 솔개 모양의 무공훈장.

는 거 아니냐?

하치조 무신 얘기를 하는 거시오?

선장 고스케를 먹는 얘기다.

하치조 아…… 역시. 기 얘기였수까? 날래 바다에 떠내려 보내디 않으문 안 되갔구만.

니시카와 하치조, 당신은 기딴 얘기를 들어도 놀라디 않는 거요?

하치조 ……음, 놀라야만 허는디 놀랄 수가 없구만. 왜 놀라디 않는디 기게 너무 이상하긴 하디만, 암튼 놀랄 수가 없소.

니시카와 하치조, 기러문 당신도 먹을 생각을 했소?

하치조 생각을 했다고 할 정도는 아니갔디. 기냥 머릿속에서 떠오른 거디. 기래, 애초에 머릿속에 떠오르는 게 좋지 않은 거시디. 한번 떠오르문 좀처럼 사라지디가 않으니까이. 기니깐 날래 바다로 흘려보내자우요. 기케 하는 수밖엔 없딜 않갔소.

선장 바다에는 흘려보내디 않을 거라우.

하치조 고스케의 장례식은 하딜 않아도 된다는 거요?

선장 장례식은 언제든디 가능하디. 기보다 니놈들이 맴을 어케 정할디가 문제갔디.

하치조 사람을 잡아먹는 장례식이라는 게 어데 있소?

선장 흘려보내문 기걸로 끝장이잖니? 흘려보내기 전에 다 같이 잘 생각해보자는 거디 내 말은.

하치조 생각을 하문 어케 하든 얘기가 다 기쪽으로 가버리딜 않소. 먹는 생각밖에는 하고 있딜 않으니까이. 먹을 거라곤 고스케밖에 없딜 않소. 기러타문 생각의 원인이 되는 걸 없애는 수밖에.

선장 하치조, 니놈은 진짜로 **저걸** 먹고 싶디가 않다는 거냐?

하치조 ……내래 고스케를 먹고 싶디가 않다는 말이오. 기러티만 **저기 있는** 고기는 먹고 싶디오.

니시카와 선장, 날래 바다로 흘려보내자우요.

선장 바다로 떠내려 보내는 건 내래 허락하디 않을 거라우. 선장으로서 말하는 거시다. 선장으로서 니들을 생각해서 하는 말이라우. 알갔냐? 기래, 물론 우리가 인육을 먹는 인종은 아니갔디. 우리는 지극히 정상적인 일본인이니까이. 동료 고기를 먹고 싶디 않은 건 인지상정이갔디. 기러타문 기 인지상정을 어데까지 지킬 수 있는디 해보문 될 거 아니냐? 어데까지 지킬 수 있는디 기다려보문 될 거 아니냐구?

하치조 기다리문 안 되디요. 기다리는 건 좋지 않단 말이오.

선장 내래 이케 해서꺼지 선장인 척하고 싶디는 않디만. 니놈들 맴대로는 안 될 거라우. 세 명, 울 세 명이 다 살아남디 않으문 안 되니까이 내래 걱정을 하고 있는 거디. 암튼 이틀만 더 기다려보자우. 이틀만 더 기다리고 나서 고스케의 장례식을 하면 되갔디.

하치조 이틀 지나문 기땐 아무도 움직일 수가 없갔디요.

선장 기러문 하루만 더 기다려보자우. 내일 밤꺼지. 알갔냐? 아 참, 기보다 오두막을 부셔버리고 맨든 땔감을 오늘꺼지 다 옮겨놓디 않으문 안 되갔는데. 아무리 몸이 힘들어도 땔감만은 운반해놓아야 하갔디. 자, 가보자우. 이제 곧 다들 한 발짝도 움직일 수가 없게 될 테니까이. 날래 가보자우요.

(일동 천천히 움직이며 위쪽으로 퇴장한다)

(무대 어두워진다)

(무대가 다시 밝아지고 또 사흘이 경과되었다)

(하치조는 이미 극도로 쇠약해져 반듯하게 누워 있다. 니시카와는 그 옆에서 쭈그리고 앉아 있다. 선장은 부재)

하치조 (아주 낮은 목소리로) 암껏도 신경 쓸 거 없다우요. 알갔디? 니가 괜찮은 놈이라는 건 잘 알고 있으니까이.

니시카와 (흐느껴 운다)

하치조 기래, 무리도 아니갔디. 인육을 먹은 게 괴로운 거디?

니시카와 내래…… 수치시럽소.

하치조 수치시러워 하는 건 니가 나쁜 인간이 아니라는 증거갔디.

니시카와 당신은 먹딜 않았잖소.

하치조 내래 고스케하고 죽기 전에 약속을 했으니까이. 약속만 하디 않았다문 먹었을디도 모르갔디.

니시카와 우째서 사람을 먹어버렸을까이!

하치조 충성 때문이갔디, 충성. 기래, 조국에 충성하기 위해서 먹은 것이라우.

니시카와 기러티 않소. 기게 아니라우요.

하치조 죄를 지은 게 아니라우. 먹디 않으문 배가 곯기 때문에 먹었으니까이. 배가 곯아 먹은 게 죄가 될 리는 없디 않갔니?

니시카와 선장이 이케 말했소. 천황 폐하가 고스케를 먹으문 니놈도 먹을 거냐고. 난 기냥 잠자코 있었디요. 기랬더니 또 이케 말하더이다. "니 몸은 이제 니 게 아닌 거여. 천황 폐하의 거시디. 천황 폐하가 미국을 해치워야 한다문 해치우는 거구. 미국인을 죽이라고 하문 죽이는 거시갔디. 니시카와! 기리니까이 아적 살아 있딜 않으문 안 된다고 하문 살아 있어야만 하는 거잖디. 살아남기 위해서 고스케를 먹으라고 한다문 먹어야만 하는 거시구"라고.

하치조 천황님은 우리가 뭘 어케 하고 있는디 알고나 있잖냐?

니시카와 기래, 글고 천황 폐하가 인육을 먹으라고 할 리도 없잖디.

하치조 천황님은 황궁 안에만 있을 텐디. 배를 곯은 적이 없을 테니까 기딴 지혜가 있을 리도 없잖디. 아, 내래 이제 졸린다우. 손발이 재려서 춥디도 아프디도 않다우. 잠 좀 자게 해주라우요.

니시카와 부탁이니까이 자디 말고 쫌만 더 있어주소, 제발. 선장이 글케 말하니까이, 내래 선장이 정말 무섭어졌소.

하치조 나쁜 짓을 하구선 억지를 쓰는 놈은 조심해야 하잖디. 기딴 핑계를 대는 놈이니까이 조심하라우. 아, 피곤하다. 피곤해서 미칠 거 같아. 잠 좀 자게 해주라우요.

니시카와 인육을 먹은 건 충성 땜이 아니라우. 기냥 나 자신 땜에 먹은 거잖디.

하치조 내래, 이제 곧 죽을 것 같다. 날 기냥 좀 내버려두라우.

니시카와 고기는 아직 남아 있소. 고기를 먹으문 힘이 붙을 텐디.

하치조 내래 먹으문 기만큼 니가 먹을 양이 줄어들 거 아닌가?

니시카와 당신이 먹을 것꺼지 먹고 싶디는 않소.

하치조 니는 몰라도 선장은 기러티 않잖디.

니시카와 선장은 먹으려고 하디 않은 놈한테는 멕이디 말라고 했소.

하치조 기래. 기딴 놈이잖디. 첨부터 다 계산했을 테니까이. 나중 일꺼지 말이디. 머리를 썼잖디.

니시카와 하치조, 선장은 정말 나쁜 사람일까이?

하치조 좋은 쪽이든 나쁜 쪽이든, 암튼 눈치가 빠른 사람이갔디. 지금쯤, 내래 언제 죽을디 기것도 계산하고 있을 테니까이. 내래 죽으문 둘이서 얼매 동안 먹을 수가 있을디 기딴 것도 벌써 계산이 끝났을 거라우.

니시카와 기것꺼지?

하치조 기것뿐이 아니디. 내 고기를 다 먹은 다음의 일꺼지 다 생각하고 있을 거라우요.

니시카와 ……내래 선장하고 둘만 남아 있는 게 두려워 죽갔소.

하치조 난, 니가 어케든 끝꺼지 살아남아주길 바란다우. 니시카와, 니라문 우리에게 있었던 일들을 기대로 전해주갔디. 선장 놈은 제대로 전할 리가 없을 테니까이. 니가 죽어버리문 우리가 어케 죽었는디, 죽기 전에 무신 생각을 했는디 아무도 알아주딜 않을 거라우…… 모닥불은 잘 타고 있냐? 불빛이 전혀 보이딜 않는구먼.

니시카와 모닥불은 잘 타고 있소.

하치조 기래? 기럼 내 눈이 흐려딘 거구만. 니시카와, 니 좀 일어나보라우. 일어나보라구.

니시카와 (의아스러워하면서 일어난다) 일어났소.

하치조 (상반신을 어렵게 일으킨다) 좀 안쪽으로 가보라우. 더 안으로.

니시카와 (조금씩 뒷걸음친다. 이윽고 그의 목 뒤로 불상의 후광 같은 빛의 고리가 금녹색으로 빛을 발하기 시작했다)

하치조 기래, 역시. 두려운 일이구만.

니시카와 뭐시? 뭐시 두려워 그러오?

하치조 니 목 뒤에 빛의 고리가 보이는구만.

니시카와 (목을 좌우로 돌린다) 내래, 암껏도 보이딜 않소만.

하치조 보이디 않을 거구만. 헌데 내래 잘 보인다우.

니시카와 현기증이 나는 거 아니오?

하치조 기러티 않다우. 옛부터 전해오는 얘기니까이. 인육을 먹은 사람의 목 뒤에는 빛의 고리가 나온다는 말이 있디. 녹색의 고리 말이야. 흐리고 엷은 빛의 고리가 나온다고 했디. 기게, 기 빛이 **반짝이끼**의 빛하고 많이 닮았다 하드라.

니시카와 (모닥불 옆으로 다시 되돌아온다. 빛의 고리도 사라진다) 기딴 게 있을 리가 없딜 않소. 현기증이갔디. 현기증……

하치조 현기증이라고 해도 상관은 없디. (다시 눕는다)

니시카와 설마, 아적꺼지 보이딘 않디요?

하치조 이제 보이디 않는구만.

니시카와 기것 보라우요. 역시 현기증 가튼 거 아니갔소?

하치조 기러티 않다우. 기 빛의 고리는 말이디, 아무한테나 보이는 것도 아니고, 아무 데서나 보이는 것도 아니라우. 어떤 사람이 말이여, 특정 방향에서 아주 짧은 시간 동안 봐야만 보이는 거라 했디.

니시카와 (공포에 휩싸여서) 난 기딴 거 싫소. 싫단 말이오.

하치조 괴로워할 건 없디. 나 말고 다른 사람한테는 보이디가 않을 테니까이. 기리고, 내래 곧 죽을 테고.

니시카와 하치조. 죽으문 안 되오. 죽디 말라우요. 부탁인데, 제발 죽디 말아주소.

선장 (위쪽에서 들어와서, 아무 말도 하지 않고 동굴 안을 살펴본다)

니시카와 선장님! 하치조가 죽소. 이대로 두문, 하치조도 죽어버리오.

선장 하는 수가 없디.

니시카와 하는 수가 없다구?

선장 인육을 먹디 않는 놈은 죽을 수밖에 없딜 않갔어!

니시카와 이 나쁜 자식, 니놈은 동료가 죽는데 슬프디도 않다는 거냐?

선장 슬퍼한다고 죽는 놈이 다시 살아나냐?

니시카와 니놈은 하치조가 죽으문 기것도 먹으려고 기다리는 거갔디?

선장 기다리디 않아도 하치조는 죽을 테디. 죽을 놈은 뭘 해도 죽갔디. 기리니까이, 살 놈은 살아야 하는 거 아니갔어?

니시카와 니놈은 고기만 먹으문 누가 뒈지든 상관이 없는 거 아니냐?

선장 내래 악마는 아니라우. 누군 좋아서 사람 고기를 먹은 줄 아냐? 기저 사실을 말하고 있을 뿐이디. 고스케가 죽디 않았더라문 우리도 오늘쯤 죽었갔디. 무신 말인디 알갔냐? 아무도 고스케한테 죽어달라고 부탁한 적은 없었디 않았냐. 기저 고스케가 죽은 거 아니갔어? 기래서 니놈하고 내는 기 고기를 먹은 거구. 뉘가 뭐시라 해도 기 정도의 일이라는 거디 내 말은. 하치조를 먹을디 안 먹을디는 아적 죽디도 않았는데 소동 피울 거꺼지는 없는 거 아니갔어? 내래 핑계 따윈 대지 않을 거라우. 하치조가 죽으문 아마 또 기 고기를 먹갔디. 니시카와 니놈도 아마 기럴 거라우.

니시카와 싫소. 싫다구.

선장 나도 싫다우. 니놈도 싫갔디만 또 먹을 수밖에는 없는 거시디.

니시카와 싫다구. 내래 싫단 말이오. (흐느낀다)

(무대가 어두워진다)

(무대 밝아지고 다시 열흘이 경과되었다)

(하치조의 인육도 이미 바닥이 나버렸고 추위는 점점 심해져갔다. 살아남으려는 선장의 의지는 조금도 약해지지 않았다. 니시카와는 살아갈 의욕을 이미 상실하고 있었다)

선장 (모닥불 근처에 서서 잠자고 있는 니시카와를 내려다보고 있다)

니시카와 (꿈에서 깨어나 벌떡 일어난다. 선장이 자신을 내려다보고 있는 것을 깨닫고 공포에 가까운 비명을 지른다)

(어색한 침묵 속에서 니시카와는 선장을 노려보고 있고 선장은 얼굴을 피한다)

선장 요 2, 3일 잠을 제대로 잘 수가 없나 보구먼.

니시카와 당신은 아주 잠이 잘도 오나 보오.

선장 기래, 내래 잠이야 잘 자디. 이케 되어버리니 더 이상 신경 쓸 게 암껏도 없어서 말이야. 긴데 니놈은 이상하게 흠칫흠칫하더구만. 잘 때는 기냥 푹 자라우.

니시카와 내래 잠을 자도 자는 게 아니라우요.

선장 기래, 기런 것 같구만.

니시카와 깨어 있어도 자는 것 같구.

선장 잠을 자도 깨어 있어도 힘이 들갔구먼.

니시카와 힘이 드오. 힘들다고 생각하문 더더욱 힘이 드오.

선장 잠에서 깰 때가 가장 힘이 들갔디.

니시카와 기래, 당신은 기러티 않은가 보디?

선장 나도 힘이 들디. 이젠 몸도 맴도 다 지쳐버렸다. 니놈하고 다르디가 않단 말이디.

니시카와 당신이 맴이 힘들 게 뭐 있갔소?

선장 힘들다고 했잖냐? 기래, 맴은 힘들갔디만 난 헤매거나 하디는 않디. 내래 하려고 생각하는 건 하니까이. 기러니까, 헤매거나 걱정하거나 하딘 않는 거디. 기딴 거 신경을 썼다문 첨부터 시작도 하딜 않았갔디.

니시카와 내래, 이제 사는 것도 죽는 것도 무서워서 견딜 수가 없소.

선장 두렵다고 생각하문, 무서워디는 법이갔디.

니시카와 당신은 두렵디가 않다는 말이오?

선장 내래 기저 빨리 구조되고 싶은 맘뿐이라우. 딴 건 암껏도 생각하고 있딜 않으니까이.

니시카와 우리는 구조되디 않을 거라우요. 구조돼서도 안 되는 거구.

선장 니시카와, 니놈은 날 원망하고 있냐? 먹고 싶디 않은 걸 먹게 했다고 날 원망하고 있갔디. 원망만 하고 있는 게 아니구만. 날 두려워하고 있냐? 니놈을 죽이고 잡아먹기라도 할까봐이 두려워하고 있는 거구만.

니시카와 기래.

선장 기래서 잠을 자려고 해도 잘 수가 없는 거시냐?

니시카와 기래, 기딴 맴도 물론 있갔디요. 헌데 잠을 잘 수가 없는 건, 기것만이 아니라우요.

선장 죽이딘 않을 거시야. 내래 니를 죽이는 일은 없을 거시라구.

니시카와 죽이문 되지 않소? 날 죽이고 먹어버리문 되지 않냐구! 아무도 알디 못할 테니까이.

선장 아적 죽일 생각은 없구만.

니시카와 내래 죽어버리문 당신이 뭘 했는디 알고 있는 놈들은 다 사라지잖디. 글면 당신이 생각한 대로 되는 거 아니잖어?

선장 죽일 필요는 없잖디. 아무 짓을 안 해도 죽을 테니까이.

니시카와 ……기냥 가만히 앉아서 죽는 걸 기저 기다린다는 거냐?

선장 죽는 걸 기다리고 있는 게 아니잖디. 기냥 기다릴 뿐이디. 기다리고 있으문 니놈은 죽을 테니까이.

니시카와 기게 죽이는 것보다 더 나쁜 거 아니잖어?

선장 기래?

니시카와 기딴 짓을 하는 놈이 더 나쁜 놈이디.

선장 기래? (눕는다) 나쁜 놈이라구?

니시카와 기래. 기러타니까이.

선장 나쁜 놈이 이딴 곳에서 사람 고기를 먹으문서리 힘들어하갔냐? 나쁜 놈이라문 좀더 괜찮은 걸 먹고 편히 살고 있잖디.

니시카와 선장, 당신은 고스케나 하치조를 생각한 적은 있소?

선장 생각하디 않을 수가 없잖디. 우리가 잡아먹은 인간이니까이.

니시카와 기래, 기러문 당신은 자신이 무섭디도 않소?

선장 무섭다고 하문 마음이 놓이갔냐?

니시카와 내래 상관할 바 아니오. 당신이 무신 생각을 하든 간에.

선장 기저 참고 있는 거라우. 참을 수 없는 일이라도 참고 있는 거디. 이만큼 참는 것도 쉬운 일은 아니잖디.

니시카와 참고 있을 뿐이라구?

선장 아무도 대신해줄 수가 없딜 않냐! 뭐든디 혼자서 다 참아야 한단 말이디. 참는다는 것엔 모든 게 다 포함되어 있는 거시디. 참는다는 게 탁 하고 수박을 짜르듯이 알기 쉬운 건 아니갔디.

니시카와 내래 더 이상은 참을 수가 없단 말이오.

선장 참을 수가 없게 된다문 기건 쉬운 거갔디. 참는 게 어려운 일이니까이. 다른 사람이 참는 건 자신이 참는 거라고 할 수가 없디. 뭐슬 얼매나 참으문 되는디 정해진 것도 없갔디만. 뭐 땜시 참는디 기것도 모르갔디만 기냥 참는 거라우.

니시카와 뭐 땜시 기러는디도 모르는데 참는다구? 기딴 게 가능하단 말이오?

선장 기래, 기러타문 니놈은 뭐시 힘든디 알고는 있냐? 춥은 게 힘든 건디 배가 고픈 게 힘든 건디, 아니면 동료 고기를 먹은 게 힘든 건디 구조될 가망도 없는 게 힘든 건디 알고는 있냐고? 기딴 걸 아냔 말이다. 알 리가 없갔디. 알 리가 없어. 이것저것 죄다 섞여서 힘들 테니까이. 뭐가 글케 힘든디 기것도 모르문서 기저 힘든 거시갔디. 내래 마찬가디라우. 뭐슬 참는디는 잘 모르갔디만, 기냥 참고 있을 뿐이라우.

니시카와 니놈은 잘 알고 있으문서 참고 있는 거갔디. 고스케 다음에는 하치조를, 하치조 다음에는 나를, 기걸 노리고 참고 있는 거 아니갔어? 순번을 기다리며 참고 있는 거 아니냐고?

선장 기딴 순번이라문 누구나 다 알 수가 있갔디. 누구 다음에 누가 죽는다는 걸 알고 있다고 해서 뭐슬 참고 있는디를 알고 있다곤 말할 수가 없디. 참고 있으라우요. 기저 참고 잠들라고. 잠이 들 수 없다문 참을 수도 없을 테니까이.

니시카와 내래 잠들지는 않을 거시오. (살의가 생겼는지 작살을 집어 든다. 그와 동시에 그의 목 뒤로 또다시 금녹색 빛의 고리가 생

졌다)

선장 (뭔가 이상한 기색을 눈치채고 상반신을 일으킨다) 니놈이 날 죽일 생각이냐? 니놈이 기딴 생각을 하고 있으문 내래 가만 있딜 않을 거라우. (선장의 목 뒤에도 빛의 고리가 생긴다)

니시카와 내래 당신한테는 잡아멕히디 않을 거라우.

선장 죽으문 어찌할 도리 없이 멕히는 거 아니갔어? 멕히지 않고는 견딜 수가 없을 테니까이.

니시카와 내래 죽어도 당신한테는 멕히디 않도록 할 거라우.

선장 뭐시라? 뭘 어케 할 생각이냐? 도망이라도 갈 거냐?

니시카와 기래.

선장 뭘 기딴 씨잘때기 없는 짓을 하냐? 어차피 죽을 거라문 기냥 여기서 죽으라우. 끝꺼지 살아남을 사람의 입장도 생각해 줘야디.

니시카와 내래 바다에 빠져 죽을 거라우. 니놈 손이 닿지 않은 곳에서 죽어야 되갔소.

선장 뭐 땜시 기딴 심술을 부리는 거냐? 니시카와! 니놈은 고분고분한 사나이가 아니었냐?

니시카와 당신한테 잡아멕히느니 차라리 물고기 밥이 되는 게 나을 거시야. (비틀거리면서 작살을 집어 들고 위쪽으로 퇴장)

선장 니시카와! 기다리라우. 뭐 땜시 기딴 시간 낭비를 하냐? 기럴 것꺼딘 없딜 않냐고. 니시카와, 기다려보라우. 날 굶주리게 해서 뭐가 좋다는 거디? (니시카와를 따라서 퇴장)

(니시카와한테 살의가 생겼을 때부터 웅장한 기도 음악이 희미하게 동굴 안으로 울려 퍼진다. 그 곡은 '아이누의 곰 축제'

때 부르는 노래를 모티프로 한 것이다. 곰 축제는 곰의 모습으로 곰의 고기를 선물로 가지고 온 카무이*를 되돌려 보내는 의식이 거행되면, 곰을 죽인 피비린내를 전부 잊어버릴 정도로 깊은 감사의 마음으로 기도를 한다. 고기를 내려주신 기쁨과 함께 카무이가 무사히 자신의 거처로 다시 돌아갈 수 있도록 하는 신중하고 열의가 넘치는 리듬이다)

(니시카와가 퇴장함과 동시에 음악 소리도 더욱 고조된다. 음악 소리가 고조됨에 따라 모닥불은 점점 약해진다. 음악 소리가 최고조에 달할 무렵, 불길이 완전히 꺼진다. 그 순간 동굴 안에서 **반짝이끼**가 일제히 빛을 발한다. 반짝이끼의 깊고 그윽한 금녹색이 무대를 가득 채운다)

(이윽고 선장이 니시카와의 시체를 끌면서 위쪽에서 등장한다. 선장이 서 있는 모습과 니시카와의 시체는 어두운 실루엣으로만 보일 뿐 그 표정이나 모습은 알 수가 없다. 물론 선장은 **반짝이끼**의 빛에도 기도 곡의 음악 소리에도 무감각하다. 선장은 시체의 팔에서 손을 떼고 동굴 중앙에 꼿꼿이 서 있다. 음악 소리는 점차 템포가 빠른 무용곡풍으로 바뀌어간다. 선장은 공포에 사로잡혀 머리를 움켜잡고 웅크리고 앉았다. 반짝이끼의 빛이 일제히 사라진다. 선장의 목 뒤로 빛의 고리가 빛을 발하기 시작한다)

(음악 소리가 계속 울리며 막이 내려온다)

---

* 아이누의 신.

제2막 법정

때 제1막으로부터 6개월이 지난 늦은 어느 봄날.

인물 선장

판사, 검사, 변호사 등 일반 법정에 있을 법한 인물들, 그리고 방청인

〔연출자(즉 독자)에 대한 주의 사항〕 연출자가 좋은 연출(읽는 방법)을 하기 위해서는 서양의 중세화가 보스* 또는 브뤼헐**의 그로테스크한 성화, 혹은 일본 중세 에마키***의 표현법을 염두에 둘 필요가 있다. 그리스도의 수난극처럼 스산하면서도 정적이 감도는 그런 느낌을 나타내기 위해서 특히 더 그럴 필요가 있다.

선장은 1막에서 연기한 배우와는 전혀 다른 배우가 연기하는 게 바람직할 것이다. 2막에 나오는 선장은 음성이나 그 모습이 1막의 선장과는 완전히 다른 인물이어야 한다.

2막의 선장은 악한 이미지에서 완전히 벗어나서 그리스도와 같은 평온함이 깃들어 있다. 그리고 무엇보다 중요한 것은 **선장의 얼굴이 필자**

---

* 히에로니무스 보스: 네덜란드의 종교화가. 특이한 색채로 이상한 괴물, 납 속의 유령, 텅 비어 있는 눈과 특이한 몸을 가진 사람 등 무서운 지옥의 세계를 많이 그렸다. 상상 속의 풍경을 담은 작품들로 유명하다. 20세기 초현실주의 운동에 영향을 끼쳤다.

** 피터르 브뤼헐: 네덜란드 플랑드르의 화가. 브뤼셀 출생. 풍속화, 종교화를 주로 그렸다. 공상적이고 괴기한 장면이나 악마, 지옥과 같은 장면을 즐겨 그려서 '지옥의 브뤼헐'이라고 부르기도 한다. 대표작으로 「십자가를 진 그리스도」 등이 있다.

*** 두루마리 그림. 에마키는 그림과 이야기를 교대로 세팅한 것으로 어떤 스토리를 그린 것이다. 그림과 글이 연결되어 있어 두루마리가 시간의 흐름과 같은 효과를 나타내고 있다.

(즉 독자)를 맛카우스 동굴로 안내한 그 중학교 교장의 얼굴과 매우 흡사하다는 것이다.

필자에게 **반짝이끼**를 보여주며 "아주 대단한 녀석이었죠"라고 말하면서 페킹 갑 사건으로 이끌어준 사람이 다른 누구도 아닌 교장이라는 것을 상기하면 선장에서 교장으로 갑작스럽게 변한 것이 그렇게 이상하지만도 않을 것이다. 혹시 주인공이 너무 달라서 도저히 2막을 1막의 연장이라고 생각할 수 없는 경우에는 2막과 1막을 별개의 다른 극으로 생각해도 무방할 것이다.

2막에서 선장은 야성적인 방언을 사용하는 것이 아니라 이지적인 표준어로 말해야 한다. 그 이유는 1막의 선장이 '참고 있다는 것'을 야성적으로밖에 이해할 수 없었던 것에 반해, 2막에서는 그것을 이지적으로 터득하고 있다는 것을 나타내기 위해서이다.

(막이 열리면 대낮처럼 눈부시게 밝은 법정의 모습이 나타난다. 단, 그 법정의 구조는 1막의 동굴과 어딘가 모르게 비슷하다)

(어수선하게 야유를 퍼붓는 방청인들을 제지하는 재판장의 망치 소리)

검사 ……방금 변호인은 피고가 어쩔 수 없는 사정하에서 인육을 먹었다고 주장하셨는데, 본 검사는 이에 반대하는 바입니다. 그와 마찬가지로 어쩔 수 없는 사정하에 있었던 고스케나 하치조는 그럼에도 불구하고 인육을 구태여 먹지 않았기 때문에 사망한 것은 아닐까요? 또 니시카와는 선장과 마찬가지로 인육을 먹기는 했지만, 그것을 수치스럽게 생각한 나머지 바닷속으로 몸을 던지려다가 선장한테 살해당한 겁니다.

이 세 명의 피해자는 각각 정도의 차이는 있겠지만, 인간적인 반성과 인간적인 고뇌를 하다가 사망한 것에 반해 한 사람, 단 한 사람인 피고만이 끝까지 그 어떤 반성이나 고뇌도 없이 살아남았습니다. 그뿐만 아니라 범죄가 발각된 다음에도 여전히 그 죄에 대해서 후회하는 모습이 보이지 않았습니다. 법정에서 보이는 이상하리만큼 오만한 태도는 피고의 범죄자적인 성격을 입증하고도 남을 것입니다.

또한 변호인은 에도시대에 농민들이 기근에 허덕일 때 자신의 아이를 타인의 아이와 바꿔서 먹기도 했다는 예를 들었는데 그것은 2백 년이나 이전의 일입니다. 목격자도 증인도 생존하고 있지 않은 예전의 기록에 지나지 않습니다. 따라서 본 사건을 판정하는 참고 자료로서는 적합하지 않다고 할 수 있겠습니다. 마지막으로 변호인이 변호하기 위해 피고의 애국심을 운운했는데, 이것도 말이 안 되는 억지에 불과합니다. 아니, 어쩌면 애국심을 모독하는 것일지도 모르겠습니다. 만일, 변호인이 주장하듯이 애국심을 발휘하기 위해서 오로지 살아남으려는 목적으로 인육을 먹은 것이 용서받을 수 있는 행위라면, 어째서 우리의 용감무쌍한 수천 명의 병사들은 머나먼 전쟁터에서 부족한 식량 때문에 굶어 죽어야만 했겠습니까? (박수) 나라를 위해 힘껏 싸우다 굶어 죽은 충령들과 여기 있는 이 가증스러운 피고의 이기심을 같은 날에 말하는 것조차 결코 용서받을 수 없는 일일 것입니다. (박수)

게다가 피고는 선원들의 소중한 생명을 책임지고 있는 선장입니다. 배가 침몰할 때 자신을 희생하며 바다에 빠져 죽은 선장에 대한 이야기는 일일이 다 예를 들 수 없을 정도로 많습니다. 그럼에도 불구하고, 피고는 전우였던 선원들의 인육을 먹고 그것도 모자라서 마지막까지 함께 생존한 단 한 명의 생명마저 빼앗았습니다.

피고는 혹독한 추궁을 받고 나서야 비로소 자신의 범행 일체를 자백했습니다만, 이 끔찍한 범행을 감행한 자신의 심정에 대해서는 아직 한마디도 흘리지 않고 있습니다. 변호인의 주장대로 이 사건은 분명히 기괴한 사건임에는 틀림이 없습니다. 하지만 이것은 피고가 자신의 비열한 심정을 토해내는 게 견딜 수 없어서 그런 것인지, 그게 아니라면 타고난 교활함의 소유자여서 침묵으로 일관함으로써 판결을 자신한테 유리하게 이끌어가려는 계략인 게 분명합니다.

변호인은 계속 피고의 심정을 이해해달라고 호소하는 것 같은데 그것보다는 피해자인 고스케, 하치조, 그리고 니시카와와 그들 가족들의 심정을 먼저 생각해야만 할 것입니다. (박수) 자신의 아버지, 아들, 혹은 남편을 잡아먹힌 분들의 입장도 생각해주시는 것이 무엇보다도 중요한 판단의 근거가 되지 않을까 생각합니다. 슬픔과 분노의 눈물로 목이 멘 유족분들의 심정을 생각한다면 비열한 피고의 저속한 심정 따위는 따져봐야 할 것입니다.

변호인 재판장님, 피고의 발언을 허락해주십시오.

재판장 피고한테 지금까지 몇 차례 발언의 기회를 주었는데도 아무 말도 하지 않은 것 같은데요.

변호인 다시 한 번만 기회를 주십시오.

검사 만약 피고가 자신의 심정을 솔직하게 고백하는 거라면 본 검사도 주의 깊게 들어볼 용의가 있습니다.

재판장 그렇다면 피고는 하고 싶은 말이 있으면 한번 해보도록 하시오.

검사 피고가 무슨 말을 한다고 해도 죄상이 이미 명백하기 때문에 판결에는 변함이 없을 것입니다. 단지, 피고가 대단히 보기 드문 범죄자이기 때문에 참고하는 입장에서 그 심리 상태를 알고 싶을 뿐입니다. 변호인의 신청도 있으니까 피고는 기립해서 대답해주시오.

선장 (기립한다)

검사 피고는 지금 심정이 어떻습니까? 미안하다든지 잘못했다든지 하는 인간적인 생각은 가지고 있지 않습니까?

선장 (슬픈 어조로) 대답을 해야만 하는 겁니까?

검사 대답하시오. 그렇게 대단한 척할 필요는 없지 않습니까.

선장 저는 그저 참고 있습니다.

검사 뭘 참고 있다는 거죠?

선장 여러 가지로 참고 있는 겁니다.

검사 여러 가지라고 하면 그게 뭔지 잘 모르지 않습니까? 예를 들어 무엇을 참고 있다는 것입니까? 사양하지 말고 말하면 되질 않습니까?

선장 ……예를 들면 재판을 참고 있습니다.

(장내, 어수선해진다)

검사 (분노를 억누르고) 지금 재판 받는 게 불만스러운 건가요?

선장 그렇지 않습니다.

검사 불만이 아니라면 참을 게 뭐가 있습니까?

선장 불만은 아니지만 참고 있습니다.

검사 좀더 분별 있는 말을 할 수는 없습니까? 지금 피고가 한 말은 여기 있는 우리들을 혼란스럽게 하려는 말장난으로밖에 들리지 않거든요.

선장 저는 재판에 불만이 있는 게 아닙니다. 하지만 재판이라는 게 자꾸 저하고는 무관한 것처럼 생각되어져서요.

검사 무관하다고? 당신은 중대한 죄를 지었습니다. 본인은 그렇게 생각하고 있지 않다는 건가요?

선장 그렇게 생각합니다.

검사 흠, 자신의 죄를 인정하는군요. 그렇다면 참은 것도 참지 않은 것도 없지 않습니까? 재판 받는 건 당연한 거 아닙니까?

선장 ……그렇습니다. 아니, 그래서 저는 그저 참고 있다는 말 외에는 드릴 말씀이 없다는 겁니다.

검사 피고는 지금 본인의 생각이 우리한테 통하지 않을 거라고 생각하는 거겠죠. 본 검사가 한마디 하자면 그게 바로 당신이 지나칠 정도로 오만하다는 겁니다. 재판을 참고 있다는 것, 그따위로 말하는 게 당신이 우리보다 한 수 위라고 우쭐대고 있다는 증거 아닙니까?

선장 아닙니다. 그렇지 않습니다. 저는 자신이 타인보다 뛰어나다고 생각한 적은 단 한 번도 없습니다.

검사 그렇다면 좀더 솔직하게 말해도 되지 않습니까?

선장 이 이상 더 솔직하게 드릴 말씀이 없습니다. ……지금 저는 그저 모든 것을 혼자서 참고 있을 뿐이라서……

검사 피고는 굉장히 참을성이 강한 것처럼 말하지만 그것은 제가 보기에 뻔뻔스럽다고밖에는 할 말이 없습니다. 본 검사의 경험에 의하면 피고뿐만 아니라 악당들 대부분이 참을성이 강하다는 건 잘 알려진 사실이니까요.

선장 제가 한 짓에 대해서 발뺌할 생각은 없습니다. 저는 그저 참고 있기 때문에 참고 있다고 말씀을 드릴 뿐입니다.

검사 참아서 어떻게 되었지요? 그럼, 당신의 그 자신만만한 참을성으로 뭐 하나라도 건진 게 있었나요?

선장 아니요. 그렇지는 않습니다.

검사 그런데도 피고는 그 대단한 참을성을 끝까지 밀고 나갈 생각인가요?

선장 저는 **그때도** 참아야 한다고 생각해서 참았습니다. 지금도 **그때와** 마찬가지로 참고 있을 뿐입니다.

검사 본 검사는 피고처럼 이렇게 말을 잘하는 악당은 처음 만났습니다. 피고가 말하고 싶은 것은 그것뿐인가요? 그 말만 하면 되는 겁니까? 다른 할 말은 없나요?

선장 ……질문을 허락해주시겠습니까?

검사 어떤 질문인지 말해보시오.

선장 검사님께서는 작년 12월부터 올 1월까지 어떤 음식을 드셨습니까?

(장내가 실소와 분노로 어수선해진다)

검사 (쓴웃음을 띠면서) 그걸 묻고 싶었던 겁니까? 본 검사는 다양한 걸 먹었지만 사람 고기만은 먹지 않았습니다.

선장 알겠습니다. 한 가지 더 묻고 싶은 게 있는데요. 검사님은 자신의 고기를 타인에게 먹게 한 적은 있으십니까?

검사 (비아냥거리며) 다행히 그런 적도 없었는데요. 본 검사의 동료 중에는 피고처럼 위험한 인물이 없었거든요.

선장 (점점 더 슬프다는 듯한 표정으로) 제가 묻고 싶었던 것은 이 두 가지뿐입니다. 잘 알겠습니다.

검사 그게, 어떻다는 건가요? 본인은 알겠지만, 본 검사는 잘 모르겠는데요. 대답해보시오.

선장 대답을 꼭 해야만 하는 건가요?

검사 빨리 대답해보시오.

선장 대답을 해도 소용이 없을 겁니다.

검사 괜찮으니까 대답해보시라고요.

선장 저는 검사님한테 재판을 받더라도 재판을 받았다고 생각할 수가 없어서 그렇습니다.

재판장 피고, 좀더 신중하게 말하지 않으면 발언을 금하겠습니다.

검사 재판장님, 상관없습니다. 피고가 말할 수 있도록 해주십시오. 피고는 본 검사한테 재판 받고 싶지 않다는 겁니까? 왜 저는 안 된다는 거죠? 그럼 누구라면 괜찮다는 건가요? 누구한테라면 납득할 수가 있다는 겁니까?

선장 고스케나 하치조, 니시카와라면. 그렇지 않으면……

검사 당신이 이름을 댄 사람들, 세 명 모두 사망하지 않았는가? 게다가 당신한테 손끝에서 발끝까지 전부 먹혀버렸지. 죽은 자들한테 재판을 받고 싶다고? 그런 주장을 해서 어떻게든 이 재판에서 빠져나가고 싶다는 거겠지!

선장 빠져나가고 싶다는 생각을 한 적은 없습니다. 그저 검사님한테 재판을 받아도 재판을 받았다고는 생각할 수 없어서 말씀을 드리는 것뿐입니다.

변호인 피고는 그 이유를 말하는 편이 좋지 않을까요?

선장 이유는 검사님이 인육을 먹은 적도 없고 타인한테 자신의 고기를 먹힌 적도 없기 때문입니다.

검사 좋습니다. 알겠습니다. 당신이 하고 싶은 말은 잘 알겠습니다. 피고는 자신처럼 극악한 범인이나 죽은 인간이 아니면 검사라는 직책을 맡기지 않겠다는 것이로군요.

선장 (조용히 독백을 하듯이) 아니요. 그렇지는 않습니다. 제가 말씀드리는 것은 그런 의미가 아닙니다.

검사 그게 아니라고? '적반하장'이라는 말이 당신 같은 사람을 두고 하는 말이군요. 피고는 자신의 죄를 사회라든지 국가에 전가하려고 하는 겁니다. 그렇지만 우리들은 지금 국가와 사회를 대표해서 당신을 재판하고 있습니다. 그런 우리들의 공정성을 피고는 부정하고 있는 것입니다. 공정성에 침을 뱉고 싶은 것이겠죠.

선장 아니요. 그건 그렇지 않습니다. 저는 그저 타인의 고기를 먹은 자나 타인한테 먹힌 자한테 재판을 받고 싶다는 말씀을 드리고 있을 뿐입니다.

검사 재판장님, 들으셨습니까? 이제 피고의 근본적인 생각이 무엇인지 잘 알 수 있을 겁니다. 피고는 실로 구원받기 어려운 극악무도한 자입니다.

재판장 피고는 자신이 나쁜 짓을 했다고는 생각하지 않는 겁니까?

죄에 굴복한 죄책감은 없는 것이냐고요.

선장 저는 사형을 당하는 게 당연하다고 생각하고 있습니다.

재판장 그러면 왜 검사한테 그런 무례한 말을 하는 거죠?

선장 제가 무례했다고는 생각하지 않습니다. 대답하라고 강요하셔서 말씀드린 것뿐입니다. 그런 명령이 없었다면 발언을 하지 않아도 상관없었을 겁니다.

검사 거짓말이야. 당신은 거짓말을 하고 있어. 어떻게 해서든 이 재판의 권위를 떨어뜨리고 싶었던 거지?

선장 아니요. 그럴 생각은 전혀 없습니다. 저는 그저 참고 있을 뿐입니다.

검사 이보시오. 당신은 이 법정에 있는 어느 누구한테서도 재판받을 권리가 없다고 말하고 싶은 거잖아. 당신이 우리와 똑같은 인간이라고 말함으로써 자신의 죄를 피하고 싶은 거겠지. 그렇게는 안 될 거야. 알겠나? 지금부터 당신의 죄를 다시 한 번 상기시켜주지. 당신은 하치조를 손가락부터 먹기 시작했나? 그렇지 않으면 귀부터 먹었나? 그리고 당신은 니시카와의 껍질을 배부터 벗기기 시작했나? 아니면 등부터? 손톱을 벗겼을 때는 어떤 소리가 났지? 그리고 씹었을 때는 어떤 느낌이었지?

선장 ……검사님, 본인이 경험하지 않은 것을 아무렇게나 상상하는 건 좋지 않습니다.

검사 당신은 수치심이라는 것을 모르는가, 수치심을?

선장 저는 참고 있을 뿐입니다.

검사 당신이 한 짓은 일본인의 존엄성에 상처를 입히는 짓이었어!

국위를 실추시키는 짓이었다고! 그런 짓을 저지르고도 천황 폐하께 송구스럽지 않다는 것인가?

선장 ……저는 그분과 제가 그렇게 다른 인간이라고는 생각하지 않습니다.

검사 무, 무슨 말을 하는 거냐? 네놈은!

선장 그분도 참고 계실 뿐이지 않습니까?

(장내, 어수선해짐. 재판장은 망치를 계속해서 친다)

재판장 피고의 발언을 금지하겠습니다.

(공습경보의 사이렌 소리가 울린다. 장내에 모인 사람들이 우왕좌왕하고 있다. 사이렌 소리가 어느새 눈보라 치는 소리로 변한다. 법정이 어두워지면서 장내도 점점 동굴처럼 변해간다)

변호인 (선장의 귀에 입을 가까이 댄다) 도저히 당신을 변호할 수가 없겠소.

선장 괜찮습니다. 처음부터 알고 있었습니다.

변호인 내가 검사였어도 화를 냈을 겁니다.

선장 그렇겠죠. 검사님이 화를 내시는 것도 무리는 아니겠죠. 저도 검사님을 화나게 하고 싶지는 않았습니다. 자꾸 대답하라고 하기에……

변호인 하지만 당신도 정말 불쌍한 사람이군요. 먹지 않으면 굶어 죽을 거고 먹으면 죄를 범하게 되니. 불행한 운명이군요.

선장 저는 제 자신이 그렇게 불행하다고는 생각하지 않습니다.

변호인 당신이 불행하지 않다고요?

선장 그렇습니다.

변호인 그렇다면 내가 당신을 위해서 할 수 있는 일은 정말 아무것도 없겠군요.

선장 그렇습니다. 아무도 저한테 해줄 수 있는 게 없습니다. 동굴 속에서도 그랬고 법정에서도 그렇습니다.

변호인 이상할 정도로 쉽게 포기를 하는군요.

선장 아닙니다. 그 반대죠. 아, 깜박했습니다. 지금이라도 변호사님이 해주셨으면 하는 게 하나 있는데요. 하지만 그게 너무 어려운 일이라서요.

변호인 그게 무엇인가요?

선장 저를 먹어주셨으면 좋겠습니다. 제가 고스케와 하치조, 니시카와에게 한 것처럼 제 고기를 전부 먹어주는 것 말입니다. 변호사님은 그걸 하실 수 있나요? 할 수 있을 리가 없겠죠. 그럼, 그걸로 됐습니다. 아무도 그런 짓을 하고 싶어 할 리가 없을 테니까요. 하다못해 저분이라도 저를 먹어주시면 정말 좋겠습니다만. (검사를 가리킨다)

검사 이봐, 왜 날 가리키는 거지? 내가 뭔가 특별한 인간이라고 말하고 싶은 건가?

선장 아닙니다. 저는 그저……

검사 내가 인육을 먹은 사람이라고 말하고 싶은 건가?

선장 그렇지 않습니다. 검사님이 인육을 먹을 사람처럼 보이지는 않습니다. 검사님이질 않습니까? 훌륭한 분이시겠죠. 여기 있는 사람들은 모두 훌륭한 사람들뿐이겠죠. 인육을 먹은 사람은 저뿐입니다. 저 혼자서 먹은 겁니다. 다른 사람은 아무도 먹지 않았습니다.

(선장이 말하는 동안에, 무대의 어둠은 짙어지고 눈보라 치는

소리도 더욱 심해진다. 아주 희미하게 1막의 마지막에 연주된 음악이 울려 퍼지기 시작한다)

선장 여러분과 제가 분명하게 구별되는 게 하나 있습니다. 제 목 뒤에는 빛의 고리가 채워져 있습니다. 그걸 봐주십시오. 잘 보면 그게 보일 겁니다. 그게 바로 증거가 될 겁니다.

(검사의 목 뒤에 빛의 고리가 빛나기 시작한다. 점차 재판장, 변호인, 방청하는 남녀들에게도 빛의 고리가 생겼다. 그런데 아무도 그것을 알아차리지는 못하고 있었다. 군중들은 빛의 고리가 생긴 채 여전히 우왕좌왕하고 있었다)

검사 당신은 아직도 무슨 말인지 알 수 없는 말을 지껄이고 있군. 빛의 고리가 어떻다는 거지? 아무것도 보이지 않는데. 변호인은 뭔가 보이나요?

변호인 아뇨, 저도 아무것도 보이지 않습니다.

선장 저한테만 빛의 고리가 붙어 있을 겁니다. 그게 바로 단서가 될 거고요.

검사 그런 표시가 있다면 재판할 필요도 없지 않은가?

선장 그렇습니다. 잘 봐주세요.

검사 재판장님, 뭔가 보이십니까?

재판장 보일 리가 없질 않은가?

선장 보이지 않을 리가 없습니다.

재판장 피고는 그게 본인한테도 보인다고 말하는 건가?

선장 저는 보이지 않습니다. 하지만 다른 분들한테는 보일 겁니다. 잘 보세요. 더 가까이 다가와서 잘 봐주세요.

변호인 왜 당신한테만 그게 보이지 않는다고 단정하는 겁니까?

선장 빛의 고리가 달려 있는 자한테는 그게 보이지 않을 겁니다. 그 짓을 한 사람은 볼 수가 없습니다.

변호인 하지만 저도 보이지 않는데요.

선장 변호사님도 보이지 않는다고요? 아니요. 그럴 리가 없습니다.

변호인 검사도 재판장도 보이지 않는다고 말하고 있어요.

선장 그런 말도 안 되는 일이…… 만일 그게 사실이라면 무서운 일입니다. 그럴 리가 없습니다. 더 가까이 와서 저를 자세히 보셔야 합니다. 분명히 보일 겁니다. 대충 봐서는 안 됩니다. 더 진지하게, 보일 때까지 잘 봐야만 해요.

(재판장, 검사, 변호인, 방청하는 남녀 중 일부가 선장의 주위로 모여들었다. 그 모여든 사람들의 모습은 마치 처형을 당하러 골고다의 언덕으로 십자가를 끌고 가는 그리스도를 둘러싼 군중들과 흡사했다. 선장은 군중들에게 에워싸여 보이지 않았다)

선장 잘 보세요. 저를 잘 보시라고요.

(선장을 둘러싼 군중들의 수는 계속 늘어났고 엄청난 수의 빛의 고리가 가득 차서 북적거렸다)

("여러분, 저를 잘 보세요"라는 선장의 계속되는 절규 속에서 막이 조용히 내려진다)

『신초(新潮)』 1954년 3월호

마이너리티, 경계선에 있는 사람들

상식의 폭력에 저항하는 다케다 다이준의 작품 세계

다케다 다이준(武田泰淳)은 1912년 2월 도쿄 출신으로 조센지(潮泉寺)라는 절에서 태어나, 아버지 다이신(泰信)에게 『십팔사략(十八史略)』『일본외사(日本外史)』로 교육을 받으며 자랐다. 우라와(浦和)고등학교 재학 시절부터 중국문학에 흥미를 가졌으며 좌익 그룹 A(반제국주의)에 가입했다. 도쿄제국대학에 입학한 뒤에는 반전운동으로 체포되기도 했다. 1934년 구태의연한 한학이 아니라 현대 중국문학을 연구하려는 목적으로 『중국문학월보』를 창간했다. 『중국문학월보』는 일본보다 중국에서 더 나은 평가를 받았고 중국문학연구회의 설립으로 일본에서는 중국문학이라는 말이 정착하게 되었다. 1937년 10월에 소집되어 보병으로 중국 대륙에 파병, 전쟁을 직접 체험하게 되었다. 이 전쟁의 체험으로 일본문학사에 길이 남을 『사마천』을 쓰게 되었다. 『사마천』 외의 대표작으로는 「심판」

「살무사의 후예」『풍매화』「반짝이끼」『후지』『쾌락』 등이 있다.

문예평론가 가와니시 마사아키(川西政明)에 의하면 '사는 것은 수치스러운 고통'이라는 자각이 작가 다케다 다이준을 탄생시켰다고 한다. 다케다가 31세에 쓴 『사마천』은 "사마천은 살아남아서 수치를 당한 자이다"라고 시작된다. 그리고 이렇게 이어진다.

"사는 것이 수치스럽다는 고통은 치명적이고, 자신도 타인도 어떻게 할 수가 없는 것이다. 이 어떻게 할 수 없는 고통에 빠지면 사람들은 종종 커다란 일을 생각하고 싶어지는 듯하다. 사마천의 경우 생각한다는 것은 쓰는 것이고, 쓴다는 것은 '기록'하는 것이었다."

『사마천』이 표현한 세계는 멸망을 반복하면서 지속하는 세계라고 한다. 병사로서 전장에 선 다케다 다이준은 중국의 역대 왕조가 멸망한 것처럼 대동아공영권(大東亞共榮圈)을 주창하며 중국을 비롯한 아시아 제국을 침략하고 있는 일본도 결국은 멸망한다고 생각했던 것이다. 『사마천』에 나오는 "모든 것은 변화한다. 서로 관계를 맺으며 변화한다"는 적극적인 제행무상관(諸行無常觀)이 그의 사상의 중심이며 불교관이자 인생관이라 할 수 있다고 가와니시는 말한다.

사마천이 쓴 『사기』의 70「열전」 중 첫 장은 「백이열전(伯夷列傳)」으로 시작된다. 필자는 예전에 『사기』를 처음 읽을 때, 왜 「백이열전」이 맨 처음에 나올까 하는 생각을 한 적이 있다. 백이가 기원전 11세기 주나라 무왕(武王)의 무력혁명에 반대하고 저항의 의지를 나타내고자 동생 숙제(叔齊)와 함께 수양산에 올라가 고사리만 먹으며 살다가 결국 굶어 죽었다는 얘기다. 참으로 현실성 없는 얘기라서 아마 그런 생각을 했을 것이다. 하지만 일본에서 '중국사상'이라는 수업을 들은 적이 있는데, 교수님이 사마천의 『사기』에 대해, 그리고 「백이열전」에 대해 많은 자료와 시간을 할애하여 설명해주었다. 그 자료 중 하나인 요시카와 고지로(吉川幸次郎)의 「상식에 대한 반항」에 이런 구절이 나온다.

"「백이열전」은 좌절한 자들의 전기라고 할 수 있다. 왜 좌절은 종종 개인을 덮치는 것일까? 사마천은 도저히 이해할 수 없는 운명의 개입이라는 문제를 생각했다. 선인(善人)인 백이의 죽음으로, 사마천은 하늘이 선한 자의 편이라는 것에 회의를 품게 된다. 그 자신도 친구 이릉(李陵)의 패전을 변호하다가 한무제의 노여움을 사게 되어 부형(腐刑)이라는 수치스러운 벌을 받은 좌절한 사람 중의 한 명이었다. 사마천은 '인간은 절대적이고 이해할 수 없는 하늘의 지배하에 있다'는 견해로 가볍게 정리해버리고 싶은 유혹에 빠지지 않았다. 그는 그런 운명론자가 아니었던 것이다. 개인을 좌절시키는 대상으로 다른 선택을 한 것이다. 즉 '상식의 폭력'이라고 할 수 있다. 집단에 의해서 진보하거나 성장해나가는 인간이, 집단이라는 이유로 아무런 반성도 없이 공통적으로 가지게 되는 생각, 그것을 상식이라고 부른다고 한다면, 상식은 그 범주에서 튀어나오게 되는 개인을 압박하고 좌절시킨다. 「열전」에 등장하는 백이의 경우가 그런 것이다. 폭력혁명이라는 시대적 상식에 대해 백이는 저항을 했다. 그리고 자멸한 것이다. 하늘, 즉 운명의 자의(恣意)로서 상식을 정리해버리는 경우가 있지만, 사마천은 실은 인간의 자의가 있을 수 있다고 생각한 것이다. 즉, 역사가는 상식의 폭력에 굴하지 않는다고 선언하고 있었다."

다케다 다이준은 「백이(伯夷)부터 화식(貨殖)까지」에서 또 이렇게 말하고 있다. "절망에 빠진 사마천은 극단적인 정신주의인 「백이열전」을 「열전」의 첫 장으로 했다. 하늘에 버림을 받게 되면 무엇을 믿어야 하는가? 결국 자신을 믿어야 하고 그것은 자신의 역사이자 『사기』인 것이다. 사마천은 스스로가 천도(天道)가 되어 역사를 조명한다. 그가 백이를 존경했다고는 할 수 없지만, 그는 백이의 경지를 스스로에게도 부여하고 백이의 결의에 뒤지지 않는 결의를 다졌을 거라고 생각한다."

문예평론가 사사키 기이치(佐々木基一)는 "실재하는 것은 반드시 사라지고 몰락하며 지속할 수 없다는 인식이 이미 『사마천』에서 작가 안에 확립되어 있는데, 이 인식이 다케다의 전후(戰後) 작품 세계 전체를 하나로 관통하고 있다고 해도 좋을 것이다"라고 했다. 그는 "다케다의 작품 속에는 시간이 거의 결여되어 있다"고도 했다. 소설이 본래 시간예술이라고 불리는 성격을 가지고 있다면, 다케다의 작품은 고전적인 의미에서의 소설이 아닌 것이다. 행동을 통해 인물의 성격이 분명하게 떠오르고, 여러 사건과의 조우로 주인공이 자신을 만들어 살아간다는 구조가 아닌 것이다. 또한 그는 다케다의 소설을 시간과 인연이 없는 세계에 전개되고 있는 필연적인 귀결이라고 보았다.

다케다의 세계관이 엿보이는 작품들

다케다의 작품을 가까이에 두고 고민하면서 먼저 읽은 독자로서 네 편의 소설에 대해 간략하게 소개하고자 한다.

『반짝이끼』에는 「반짝이끼」와 「유배지에서」 「이질적인 존재」 「바다의 정취」, 네 개의 중단편이 수록되어 있다. 첫번째 작품인 「유배지에서」는 현대판 유배인에 대한 이야기이고, 「이질적인 존재」는 삶과 죽음의 경계에서만 존재의 빛을 발하는 승려 이야기이다. 그리고 「바다의 정취」는 조용한 바닷가 마을에서 이단아가 되어버릴 것 같은 한 여인의 이야기이다. 마지막으로 「반짝이끼」는 인육을 먹은 선장에 관한 소설이다.

「유배지에서」

5백여 명이 거주하는 작은 섬 Q에는 T마을과 U마을이 있고 이 두 마을은 각기 다른 지역색을 띠고 있다. 자연이 아름다운 섬이지만 정치는 어리석고 추악한 유배지였던 섬(지금은 무인도)에 '나'는 십수 년 만에 되돌아온다. '나'는 예전과는 다른 시각으로 섬을, 바다를, 그리고 섬사람들을 바라볼 수가 있게 된다.

현대판 유배인이었던 '나'에게 바다는 끝없이 가득 차 있는 존재로 무한한 저력을 지닌 증오의 대상이었고, 변덕스럽고 난폭했으며 모래가 없는 사막이었다. 절대적인 지배자로 존재했던 '고용주'도 증오의 대상이었다. 아이러니하게도 '나'는 그 섬에서 '고용주'에 의해 죽음을 당함으로써 탈출하게 된다. 나는 그 섬으로 되돌아가 고용주였던 게누마의 손가락을 요구하지만 그는 손가락을 자르는 것을 허용하면서도 유배지에서 빠져나올 수가 없었다.

유배지인 섬과 바다의 풍경을 묘사할 때, 주인공이 배를 타고 있는지 버스 또는 삼륜 자동차 안에서 내려다보고 있는지 아니면 걸어가면서 보는 섬의 풍경인지, 그때마다 그 속도감이 다르고 빛과 시간에 따라 그림도 달라진다. 때로는 멈춘 상태에서 구름의 움직임을 그린 장면에서는 마치 영화의 한 장면처럼 영상이 펼쳐지기도 한다.

이 소설은 마치 장자(莊子)가 머나먼 우주에서 우리가 사는 곳을 들여다보듯, 그런 시각이 되어 자연과 인간을 바라보는 듯하다. 그 작은 섬에서 서로 싸우며 정치판을 벌이는 것이나, 지금 한국이나 일본에서 벌어지는 일들이 조금도 다를 바가 없어 보인다.

「이질적인 존재」

「이질적인 존재」는 사회주의 학생이었던 주인공이 승려가 되기 위해 수행을 하는 과정을 담고 있다. 다케다 자신이 도쿄의 조센지라는 절에서 태어났다는 점, 우라와고등학교 시절 좌익 그룹 A에 가입하기도 한 경험이 「이질적인 존재」에 잘 나타나 있다.

> 〔……〕 겉으로 보기에 혈기 왕성한 사회주의 학생이었던 열아홉 살의 내가 절에서 태어나서 절에서 살지 않았더라면 그렇게 성급하게 극락 쪽으로 치달릴 이유는 없었을 것이다.(79쪽)

누군가가 죽거나 혹은 어느 누군가가 이 세상에서 사라지면 남은 사람들은 저세상과 관련되어 있는 '이질적인 자'들이 이 세상에도 있다는 것을 기억해낸다. 이들이 이 세상에 존재의 의의를 인정받을 수 있는 것은, 사람들의 뇌리 속에 저세상이 아주 잠시 스칠 때뿐이라는 것이다. '나'는 삶에도 가깝고 죽음에도 가까운 곳에 있지만 누구보다도 삶을 누리고 있다고 할 수 있다. 하지만 죽음에 가까운 곳에서만 이 세상에 사는 존재 가치를 인정받는다.

결국 '나'는 대웅전에 있는 불상 앞에서 "당신은 인간도 아니고 신도 아니야. 그냥 기분 나쁜 그 뭔가인 거야"라고 말한다. 절에서 태어나고 교육을 받은 다케다가 자신의 근원일지도 모르는 불교의 세계관과 사상에 대해 보이는 태도는 아주 도전적이고 도발적이라는 느낌마저 준다.

「바다의 정취」

안정된 세상에 사는 그들과는 다른 한 여자. 그리고 그곳은 경제조직도 탄탄한 모범적인 마을이다. 평온하고 안전하며 아름다운 지형에 둘러싸여 공평하게 노동력을 공급하고 임금은 평등하게 분배하는 이상적인 공산주의 마을에 가깝다.

그녀는 이 마을의 안정되고 변함없는 온순함 속에서 보이지 않는 치열한 압박감을 맛보게 된다. 이단아였던 아키야마 노인과 그의 딸을 보며 자신도 이단아가 아니라고 할 수 없게 된다.

안정된 세상에 둘러싸인 지상, 하지만 어장은 치열한 싸움과 혼잡함으로 묘사되어 있다.

> 배가 해안에 다다랐을 때 하얀 길도 잿빛 바위도 정기를 잃어 시들어빠진 것처럼 보였다. 이치코는 산지나 수목, 집들, 그리고 지상의 모든 것들이 오래된 뼈를 그대로 드러낸 추한 송장 같다는 생각을 했다. 피비린내 나는 물고기들이 부풀어 오르고 몸싸움을 벌이는 섬뜩한 광경이 눈의 저변 어딘가에 남아 있었다. 허우적거리며 몸부림치는 생기 있는 아름다움에 압도된 뒤 눈에 보이는 안정된 지상이라는 것은 마치 사멸된 것처럼 꺼림칙했다.(157쪽)

잡힌 물고기들이 날뛰는 광경(즉 죽어가는 모습)이 오히려 더 생기 있는 삶의 모습이고, 안정된 지상이라는 것은 사멸된 것 같았다는 부분에서는 다케다의 세계관을 엿볼 수 있다.

「반짝이끼」

「반짝이끼」는 일본 전후(戰後)문학 최고의 실험적인 작품 중 하나라고 일컬어진다.

문예평론가 가와니시는 "「반짝이끼」는 현실로부터 발현되어 허구에 다다르는 소설의 방법을 확립시킨 기념비적인 작품이며, 일본 쇼와(昭和) 문학사에 남을 명작"이라고 했다. 그만큼 이 작품은 실험적이고 독특하며 또한 중후하다.

「반짝이끼」는 사토 모리오(佐藤盛雄)의 『라우스(羅臼)향토사』에 나오는 「난파선 선장의 식인 사건」(1943년 홋카이도에서 발생한 조난 사건으로 선장이 동료의 인육을 먹고 혼자만 살아남았다)을 바탕으로 쓰였다. 1부는 기행문 형식으로 시작되며, 2부에서는 그 인육 사건을 문학 형식으로 표현하기 위해서 희곡을 선택한다. 소설에서는 희곡이 나오기 전에 인육과 살인에 대해 정리한 부분이 있다. 인류가 왜 살인에 대해서는 관대하고 인육에 대해서는 그 흔적조차 감추려고 하는가 하는 질문을 독자들에게 던진다. 이 부분을 읽고 나면 '인육'에 대한 어떤 선입견 같은 것들이 사라지고, 머릿속 어딘가에서 기묘하게 살인과 인육에 대해 생각이 냉정하게 정리된다. 자신도 모르는 사이에 이미 작가에게 설득당한 것은 아닌가 하는 생각을 하게 되는 것이다.

그리고 작가는 독자에게 연출자가 되어 희곡을 읽으라고 한다. 마치 연출을 하듯이 읽어보라는 것이다. 연출자의 입장이 되어 살펴보면 하치조가 아이누인이라는 것은 분명해 보인다(음식에 대해서나 그의 캐릭터를 살펴봤을 때 그렇다). 그러면 같은 동네 출신인 고스케도 아이누인일 가능성이 있다. 니시카와는 일본인이고, 선장도 순수한 일본인이다. 희곡에 아이누인이 등장하는 것이 페킹 갑 사건과는 관계없는 얘기겠지만, 이런 아이누인, 전쟁 등을 통해서 일본인과 전쟁에 대한 작가의 비판 의식을 반영하고 있는 것 같다.

작가는 이 작품을 통해 불교와 기독교의 종교적인 요소에 철학적인 질문을 더하고 있다. 그리고 어두운 내용을 담담하게 그려내며 인간에 대해, 인생에 대해 커다란 질문을 하게 만든다.

사는 게 죽는 것보다 더 어려울 수도 있는 사람들이 있다. 죽음이 가까이에 있고 그게 늘 겪는 일상사인 사람들도 있을 것이다. 그들이 죽음이 아닌 삶을 선택해서 살아 있는 순간은 적어도 그 자체가 존엄한 것이며, 그것은 그 순간에 서로가 살아 있는 존재이기에 느끼며 확인할 수 있는 것이다. 과연 우리는 제대로 살고 있는가? 견디고 참아야 하는 것조차 의식하지 못하고 너무 당당한 것은 아닐까?

소설의 마지막 부분에서 법정에 서게 된 선장은 "나는 참고 있을 뿐입니다"라고 말한다. '참고 있을 뿐'이라는 말은 살아남은 게 수치스럽고 괴롭지만 견디고 있다는 말이다.

막연하고도 커다란 질문을 찾고 싶을 때

TV에서 어느 철학자가 이런 말을 했다. "사랑하는 사람과 헤어지면 고통스럽다. 마치 세상이 다 끝나기라도 한 것처럼. 하지만 우리가 그보다 더 큰 문제에 직면하게 된다면, 예를 들어 죽을병에 걸렸다든지 하는 상황이라면 실연이라는 것이 작게 느껴질 수도 있다. 그래서 철학을 공부하고 고전도 읽는 것이다."

하루하루를 살아가야 하는 우리지만 때로는 막연하면서도 커다란 질문을 던져보고 싶을 때가 있다. 다케다 다이준의 『반짝이끼』는 그런 소설집이다. 묵직하고 중후하다. 내가 이런 생각을 해봤던가? 이런 고민이 지금의 나와 무슨 상관이 있을까 하는 생각을 해보게 된다. 작가는 「반짝이끼」가 일본 전후문학 최고의 실험적인 작품 중 하나라는 말을 들을 만큼 독특한 구성으로 자신만의 소설 세계를 보여준다.

『반짝이끼』에 수록된 네 개의 중단편은 모두 삶과 죽음의 경계선에 있는 사람들의 이야기다. 이 작품들의 주인공을 보면 다케다의 시선이 어디로 향해 있는지 짐작할 수 있다. 다케다는 이단아들, 혹은 마이너리티를 독특한 시선으로 바라보고 있다. 마이너리티라고 해도 그들이 반드시 정의롭거나 윤리적 혹은 도덕적인 것은 아니다. 우리가 알고 있는 상식이 과연 상식인 것인지, 또 그것을 강요해도 되는 것인지 하는 의문을 갖게 한다. 보고 싶은 것만 보고, 듣고 싶은 것만 듣는, 상식적인 거대하고 안이한 사회 안에서의 한 구성원으로서 우리의 시선은 어디로 향해 있는지를 생각해본다.

작가 연보

1912 정토종을 따르는 도쿄 조센지(潮泉寺)에서 출생. 아버지 다이신(泰信)으로부터 중학교 시절 『십팔사략(十八史略)』과 『일본외사(日本外史)』에 대한 가르침을 받음. 우라와(浦和)고등학교에 들어가 중국문학에 흥미를 갖게 됨. 고등학교 시절 좌익 조직인 A(반제국주의 그룹)에 가입.

1931 도쿄제국대학 중국문학과에 입학. 반전운동으로 체포되기도 하다가 결국 1년 만에 퇴학.

1934 한학이 아닌 현대 중국문학을 연구하려는 목적으로 다케우치 요시미(竹内好) 등과 함께 중국문학연구회 발족. 이듬해 3월 『중국문학월보』 창간. 일본에서 처음으로 중국문학이라는 말이 정착하게 되었고, 『중국문학월보』에 글을 쓰면서 문학가의 길을 걷기 시작.

1937 보병으로 소집되어 중국 대륙에 파병. 전쟁터에서 군복도 입지 못한 민중들이 죽어가는 모습을 목격함.

1943 전쟁을 체험한 뒤 일본문학사에 길이 남을 『사마천(司馬遷)』 집필.

1947 「심판(審判)」 「살무사의 후예(蝮のすゑ)」 발표. 그해 홋카이도대학 문학부 조교수로 근무. 이듬해 『근대문학』 동인이 되고 작가 활동에

전념하기 위해 퇴직.

1948　「사랑의 형상(愛のかたち)」 발표.

1949　「월광도시(月光都市)」『바다의 정취(海肌の匂い)』 발표.

1950　「이질적인 존재(異形の者)」 발표.

1951　『여자의 방(女の部屋)』「미래의 음녀(未來の淫女)」 발표. 스즈키 유리코(鈴木百合子)와 결혼.

1952　『풍매화(風媒花)』 발표.

1953　「유배지에서(流人島にて)」「사랑과 맹세(愛と誓ひ)」『하늘과 땅의 결혼(天と地の結婚)』 등을 발표.

1954　「반짝이끼(ひかりごけ)」「미모의 신도(美貌の信徒)」 발표.

1955　「재자가인(才子佳人)」『적의 비밀(敵の秘密)』 발표.

1956　『여자의 숙소(女の宿)』 발표.

1958　홋카이도 아이누를 소재로 한 『숲과 호수의 축제(森と湖のまつり)』가 발표 직후 영화화.

1959　『귀족의 계단(貴族の階段)』이 영화화.

1968　『나의 아이 그리스도(わが子キリスト)』 발표. 예술선장 문부대신상이나 일본예술원회원 선출 등 국가적인 영예에 대해서는 거부의 뜻을 표명.

1969　장편소설 『후지(富士)』를 문예잡지 『바다』에 연재, 1971년에 간행.

1972　『쾌락(快樂)』『내 안의 지옥(私の中の地獄)』 발표.

1973　『쾌락』으로 일본문예대상 수상.

1976　『현기증 이는 산책(目まいのする散歩)』으로 노마문예상 수상.
10월 5일 위암이 간으로 전이되어 64세로 사망.

'대산세계문학총서'를 펴내며

2010년 12월 대산세계문학총서는 100권의 발간 권수를 기록하게 되었습니다. 대산세계문학총서의 발간은 앞으로도 계속될 것이고, 따라서 100이라는 숫자는 완결이 아니라 연결의 의미를 지니는 것이지만, 그 상징성을 깊이 음미하면서 발전적 전환을 모색해야 하는 계기가 된 것은 분명합니다.

대산세계문학총서를 처음 시작할 때의 기본적인 정신과 목표는 종래의 세계문학전집의 낡은 틀을 깨고 우리의 주체적인 관점과 능력을 바탕으로 세계문학의 외연을 넓힌다는 것, 이를 통해 세계문학을 바라보는 우리의 시각을 전환하고 이해를 깊이 해나갈 수 있도록 한다는 것이었다고 간추려 말할 수 있습니다. 그리고 궁극적으로는 우리의 인문학을 지속적으로 발전시켜나갈 수 있는 동력이 될 수 있기를 희망하는 것이었습니다. 이러한 기본 정신은 앞으로도 조금도 흩트리지 않고 지켜나갈 것입니다.

이 같은 정신을 토대로 대산세계문학총서는 새로운 변화의 물결 또한 외면하지 않고 적극 대응하고자 합니다. 세계화라는 바깥으로부터의 충격과 대한민국의 성장에 힘입은 주체적 위상 강화는 문화나 문학의 분야에서도 많은 성찰과 이를 바탕으로 한 발상의 전환을 요구하고 있습니다. 이제 세계문학이란 더 이상 일방적인 학습과 수용의 대상이 아니라 동등한 대화와 교류의 상대입니다. 이런 점에서 대산세계문학총서가 새롭게 표방하고자 하는 개방성과 대화성은 수동적 수용이 아니라 보다 높은 수준의 문화적 주체성 수립을 지향하는 것이며, 이것이 궁극적으로 한국문학과 문화의 세계화에 이바지하게 되리라고 믿습니다.

또한 안팎에서 밀려오는 변화의 물결에 감춰진 위험에 대해서도 우리는 주의를 게을리하지 말아야 할 것입니다. 표면적인 풍요와 번영의 이면에는 여전히, 아니 이제까지보다 더 위협적인 인간 정신의 황폐화라는 그늘이 짙게 드리워져 있는 것이 사실입니다. 대산세계문학총서는 이에 대항하는 정신의 마르지 않는 샘이 되고자 합니다.

'대산세계문학총서' 기획위원회

대산세계문학총서

001-002 소설 **트리스트럼 샌디**(전 2권) 로렌스 스턴 지음 | 홍경숙 옮김

003 시 **노래의 책** 하인리히 하이네 지음 | 김재혁 옮김

004-005 소설 **페리키요 사르니엔토**(전 2권) 호세 호아킨 페르난데스 데 리사르디 지음 | 김현철 옮김

006 시 **알코올** 기욤 아폴리네르 지음 | 이규현 옮김

007 소설 **그들의 눈은 신을 보고 있었다** 조라 닐 허스턴 지음 | 이시영 옮김

008 소설 **행인** 나쓰메 소세키 지음 | 유숙자 옮김

009 희곡 **타오르는 어둠 속에서/어느 계단의 이야기** 안토니오 부에로 바예호 지음 | 김보영 옮김

010-011 소설 **오블로모프**(전 2권) I. A. 곤차로프 지음 | 최윤락 옮김

012-013 소설 **코린나: 이탈리아 이야기**(전 2권) 마담 드 스탈 지음 | 권유현 옮김

014 희곡 **탬벌레인 대왕/몰타의 유대인/파우스투스 박사** 크리스토퍼 말로 지음 | 강석주 옮김

015 소설 **러시아 인형** 아돌포 비오이 까사레스 지음 | 안영옥 옮김

016 소설 **문장** 요코미쓰 리이치 지음 | 이양 옮김

017 소설 **안톤 라이저** 칼 필립 모리츠 지음 | 장희권 옮김

018 시 **악의 꽃** 샤를 보들레르 지음 | 윤영애 옮김

019 시 **로만체로** 하인리히 하이네 지음 | 김재혁 옮김

020 소설 **사랑과 교육** 미겔 데 우나무노 지음 | 남진희 옮김

021-030 소설 **서유기**(전 10권) 오승은 지음 | 임홍빈 옮김

031 소설 **변경** 미셸 뷔토르 지음 | 권은미 옮김

032–033 소설 **약혼자들(전 2권)** 알레산드로 만초니 지음 | 김효정 옮김
034 소설 **보헤미아의 숲/숲 속의 오솔길** 아달베르트 슈티프터 지음 | 권영경 옮김
035 소설 **가르강튀아/팡타그뤼엘** 프랑수아 라블레 지음 | 유석호 옮김
036 소설 **사탄의 태양 아래** 조르주 베르나노스 지음 | 윤진 옮김
037 시 **시집** 스테판 말라르메 지음 | 황현산 옮김
038 시 **도연명 전집** 도연명 지음 | 이치수 역주
039 소설 **드리나 강의 다리** 이보 안드리치 지음 | 김지향 옮김
040 시 **한밤의 가수** 베이다오 지음 | 배도임 옮김
041 소설 **독사를 죽였어야 했는데** 야샤르 케말 지음 | 오은경 옮김
042 희곡 **볼포네, 또는 여우** 벤 존슨 지음 | 임이연 옮김
043 소설 **백마의 기사** 테오도어 슈토름 지음 | 박경희 옮김
044 소설 **경성지련** 장아이링 지음 | 김순진 옮김
045 소설 **첫번째 향로** 장아이링 지음 | 김순진 옮김
046 소설 **끄르일로프 우화집** 이반 끄르일로프 지음 | 정막래 옮김
047 시 **이백 오칠언절구** 이백 지음 | 황선재 역주
048 소설 **페테르부르크** 안드레이 벨르이 지음 | 이현숙 옮김
049 소설 **발칸의 전설** 요르단 욥코프 지음 | 신윤곤 옮김
050 소설 **블라이드데일 로맨스** 나사니엘 호손 지음 | 김지원 · 한혜경 옮김
051 희곡 **보헤미아의 빛** 라몬 델 바예–인클란 지음 | 김선욱 옮김
052 시 **서동 시집** 요한 볼프강 폰 괴테 지음 | 안문영 외 옮김
053 소설 **비밀요원** 조지프 콘래드 지음 | 왕은철 옮김
054–055 소설 **헤이케 이야기(전 2권)** 지은이 미상 | 오찬욱 옮김
056 소설 **몽골의 설화** 데. 체렌소드놈 편저 | 이안나 옮김
057 소설 **암초** 이디스 워튼 지음 | 손영미 옮김
058 소설 **수전노** 알 자히드 지음 | 김정아 옮김
059 소설 **거꾸로** 조리스–카를 위스망스 지음 | 유진현 옮김
060 소설 **페피타 히메네스** 후안 발레라 지음 | 박종욱 옮김
061 시 **납** 제오르제 바코비아 지음 | 김정환 옮김
062 시 **끝과 시작** 비스와바 쉼보르스카 지음 | 최성은 옮김
063 소설 **과학의 나무** 피오 바로하 지음 | 조구호 옮김
064 소설 **밀회의 집** 알랭 로브–그리예 지음 | 임혜숙 옮김
065 소설 **붉은 수수밭** 모옌 지음 | 심혜영 옮김

066 소설 **아서의 섬** 엘사 모란테 지음 | 천지은 옮김

067 시 **소동파사선** 소동파 지음 | 조규백 역주

068 소설 **위험한 관계** 쇼데를로 드 라클로 지음 | 윤진 옮김

069 소설 **거장과 마르가리타** 미하일 불가코프 지음 | 김혜란 옮김

070 소설 **우게쓰 이야기** 우에다 아키나리 지음 | 이한창 옮김

071 소설 **별과 사랑** 엘레나 포니아토프스카 지음 | 추인숙 옮김

072–073 소설 **불의 산**(전 2권) 쓰시마 유코 지음 | 이송희 옮김

074 소설 **인생의 첫출발** 오노레 드 발자크 지음 | 선영아 옮김

075 소설 **몰로이** 사뮈엘 베케트 지음 | 김경의 옮김

076 시 **미오 시드의 노래** 지은이 미상 | 정동섭 옮김

077 희곡 **셰익스피어 로맨스 희곡 전집** 윌리엄 셰익스피어 지음 | 이상섭 옮김

078 희곡 **돈 카를로스** 프리드리히 폰 실러 지음 | 장상용 옮김

079–080 소설 **파멜라**(전 2권) 새뮤얼 리처드슨 지음 | 장은명 옮김

081 시 **이십억 광년의 고독** 다니카와 슌타로 지음 | 김응교 옮김

082 소설 **잔지바르 또는 마지막 이유** 알프레트 안더쉬 지음 | 강여규 옮김

083 소설 **에피 브리스트** 테오도르 폰타네 지음 | 김영주 옮김

084 소설 **악에 관한 세 편의 대화** 블라디미르 솔로비요프 지음 | 박종소 옮김

085–086 소설 **새로운 인생**(전 2권) 잉고 슐체 지음 | 노선정 옮김

087 소설 **그것이 어떻게 빛나는지** 토마스 브루시히 지음 | 문항심 옮김

088–089 산문 **한유문집–창려문초**(전 2권) 한유 지음 | 이주해 옮김

090 시 **서곡** 윌리엄 워즈워스 지음 | 김숭희 옮김

091 소설 **어떤 여자** 아리시마 다케오 지음 | 김옥희 옮김

092 시 **가윈 경과 녹색기사** 지은이 미상 | 이동일 옮김

093 산문 **어린 시절** 나탈리 사로트 지음 | 권수경 옮김

094 소설 **골로블료프가의 사람들** 미하일 살티코프 셰드린 지음 | 김원한 옮김

095 소설 **결투** 알렉산드르 쿠프린 지음 | 이기주 옮김

096 소설 **결혼식 전날 생긴 일** 네우송 호드리게스 지음 | 오진영 옮김

097 소설 **장벽을 뛰어넘는 사람** 페터 슈나이더 지음 | 김연신 옮김

098 소설 **에두아르트의 귀향** 페터 슈나이더 지음 | 김연신 옮김

099 소설 **옛날 옛적에 한 나라가 있었지** 두샨 코바체비치 지음 | 김상헌 옮김

100 소설 **나는 고故 마티아 파스칼이오** 루이지 피란델로 지음 | 이윤희 옮김

101 소설 **따니아오 호수 이야기** 왕정치 지음 | 박정원 옮김

102 시 **송사삼백수** 주조모 엮음 | 이동향 역주

103 시 **문턱 너머 저편** 에이드리언 리치 지음 | 한지희 옮김

104 소설 **충효공원** 천잉전 지음 | 주재희 옮김

105 희곡 **유디트/헤롯과 마리암네** 프리드리히 헤벨 지음 | 김영목 옮김

106 시 **이스탄불을 듣는다**
오르한 웰리 카늑 지음 | 술탄 훼라 아크프나르 여 · 이현석 옮김

107 소설 **화산 아래서** 맬컴 라우리 지음 | 권수미 옮김

108-109 소설 **경화연**(전 2권) 이여진 지음 | 문현선 옮김

110 소설 **예피판의 갑문** 안드레이 플라토노프 지음 | 김철균 옮김

111 희곡 **가장 중요한 것** 니콜라이 예브레이노프 지음 | 안지영 옮김

112 소설 **파울리나 1880** 피에르 장 주브 지음 | 윤 진 옮김

113 소설 **위폐범들** 앙드레 지드 지음 | 권은미 옮김

114-115 소설 **업둥이 톰 존스 이야기**(전 2권) 헨리 필딩 지음 | 김일영 옮김

116 소설 **초조한 마음** 슈테판 츠바이크 지음 | 이유정 옮김

117 소설 **악마 같은 여인들** 쥘 바르베 도르비이 지음 | 고봉만 옮김

118 소설 **경본통속소설** 지은이 미상 | 문성재 옮김

119 소설 **번역사** 레일라 아부렐라 지음 | 이윤재 옮김

120 소설 **남과 북** 엘리자베스 개스켈 지음 | 이미경 옮김

121 소설 **대리석 절벽 위에서** 에른스트 윙거 지음 | 노선정 옮김

122 소설 **죽은 자들의 백과전서** 다닐로 키슈 지음 | 조준래 옮김

123 시 **나의 방랑—랭보 시집** 아르튀르 랭보 지음 | 한대균 옮김

124 소설 **슈톨츠** 파울 니종 지음 | 황승환 옮김

125 소설 **휴식의 정원** 바진 지음 | 차현경 옮김

126 소설 **굶주린 길** 벤 오크리 지음 | 장재영 옮김

127-128 소설 **비스와스 씨를 위한 집**(전 2권) V. S. 나이폴 지음 | 손나경 옮김

129 소설 **새하얀 마음** 하비에르 마리아스 지음 | 김상유 옮김

130 산문 **루테치아** 하인리히 하이네 지음 | 김수용 옮김

131 소설 **열병** 르 클레지오 지음 | 임미경 옮김

132 소설 **조선소** 후안 카를로스 오네티 지음 | 조구호 옮김

133-135 소설 **저항의 미학**(전 3권) 페터 바이스 지음 | 탁선미 · 남덕현 · 홍승용 옮김

136 소설 **신생** 시마자키 도손 지음 | 송태욱 옮김

137 소설 **캐스터브리지의 시장** 토머스 하디 지음 | 이윤재 옮김

138 소설 **죄수 마차를 탄 기사** 크레티앵 드 트루아 지음 | 유희수 옮김

139 자서전 **2번가에서** 에스키아 음파렐레 지음 | 배미영 옮김

140 소설 **묵동기담/스미다 강** 나가이 가후 지음 | 강윤화 옮김

141 소설 **개척자들** 제임스 페니모어 쿠퍼 지음 | 장은명 옮김

142 소설 **반짝이끼** 다케다 다이준 지음 | 박은정 옮김